AF191852

Autorenbiographie

Mit meditativen Bildbe-
trachtungen und kurzen
Theaterstücken begann
Sonja Unger, geb. 1967
in Ansbach, in der Jugend
mit dem Schreiben. Die
Werke waren und sind als
Bereicherung für Got-
tesdienste gern gesehen.
Sie verfasst Predigten im
Auftrag der evangelischen
Kirche und hält Sonntags-
gottesdienste.

Auch für das Laientheater ist sie unterwegs, als Co-Regie für die
Freilichtbühne Villenbach.

Beruflich ist sie als Koordinatorin und Krankenschwester in der
ambulanten Hospizarbeit tätig.

Sie lebt in einem kleinen Dorf in der Nähe von Augsburg mit
Mann und Hund und hat einen erwachsenen Sohn.

In ihrem Haus gibt es ein ganzes Zimmer voller Fantasy-Bücher
wie „Die Chroniken von Narnia" oder „Tintenherz". Die Kulisse
Wald ist, als Frau eines Jagdaufsehers, ihr zweites Zuhause.

Als sie 2017 begann diesen Roman zu schreiben, verschwendete
Europa noch keinen Gedanken an eine weltweite Seuche, geschwei-
ge denn an einen Krieg vor der eigenen Haustüre. So werden Teile
des Romanes auf einmal erschreckend aktuell.

Moosland
Der Geist der Zeiten

von

Sonja Unger

mit Illustrationen
von Linda Mosena

IMPRESSUM

Die automatisierte Analyse des Werkes, um daraus Informationen insbesondere über Muster, Trends und Korrelationen gemäß §44b UrhG („Text und Data Mining") zu gewinnen, ist untersagt.

© 2024 Sonja Unger

Korrektorat: Claudia Cebulla
Layout: Herbert Vetter
Cover Design: Linda Mosena

Verlag:
BoD · Books on Demand GmbH,
In de Tarpen 42, 22848 Norderstedt
Druck:
Libri Plureos GmbH,
Friedensallee 273, 22763 Hamburg
ISBN: 978-3-7597-7628-0

Inhalt

1.

Aus den hellgrauen Schatten der vergehenden Nacht erhob sich eine schwarze Gestalt. Grell leuchtete die Fackel in seiner Hand. Stundenland hatte er in der Kälte ausgeharrt bis zum Morgengrauen. Jetzt waren sie da! Ungefähr sieben Eichenlängen von ihm entfernt schienen sie urplötzlich hinter einem der Berge aufgetaucht zu sein. Sein gieriger Blick legte jeden vernünftigen Gedanken lahm. Die wilde Schönheit dieser Pferde faszinierte ihn und er wollte sie besitzen um jeden Preis.

Das war sein Moment. Er senkte den Arm und sogleich loderten die Flammen auf. Sie bahnten sich in rasender Geschwindigkeit einen Weg durchs hohe Elefantengras und fraßen sich gierig tiefer in die Steppe. Erschrocken über das Ausmaß seiner Tat, ließ er die Fackel fallen und suchte eiligst Deckung an der nahen Felswand.

Die Pferde galoppierten in Richtung der Schlucht, die durch die Berge führte. Ihr Anblick ließ ihn die möglichen Folgen des Feuers aus seinem Gedächtnis streichen. Zufrieden mit sich und seiner Tat lief er den panischen Tieren hinterher. Sein Plan war aufgegangen, er hatte sein Ziel erreicht.

Etwas abseits im Schutz einer krummen Kiefer sprang atemlos eine ältere Frau vom Pferd. Ihre kleinen Flügel flatterten aufgeregt am Rücken. Sie schnappte sich einen herumliegenden Ast und lief wütend und verzweifelt auf das Feuer zu. Ein Bergantilopenhorn baumelte wild am Gürtel ihres Kleides. Ihr Pferd schnaubte und scharrte ängstlich im Staub, verharrte jedoch treu an seinem Platz. Es würde seine Reiterin nie im Stich lassen.

Weiter unten im Eichenwald hing eine trügerische Ruhe in der Luft. Die Morgensonne blinzelte durch die Baumwipfel und verfing sich in der Krone eines Baumes. Sie strahlte eine Kugel aus Moos an, die dort wie zufällig befestigt war. Für fremde, unwissende Augen unsichtbar mitten im dichten Blattwerk war eine Bewegung wahrzunehmen.

Kilpa, der Moosfliegerjunge reckte und streckte sich wohlgelaunt in seinem Bett.

Gestern war sein dreizehnter Geburtstag gewesen, ein besonderer Tag für jeden Moosflieger. Der Weg vom Kindsein hin zum Erwachsenwerden hatte begonnen.

Dazu versammelte sich die ganze Moosfliegergesellschaft unter dem Blätterdach der großen Eiche. Der „Geist der Zeiten", der die Moosländer beschützte, war dort deutlich zu spüren. Die Geburtstagskinder erhielten an diesem Tag einen Segen, der sie behüten und begleiten sollte. Für Kilpa war es ein beindruckender und aufregender Moment gewesen.

Als die alte Nora den Segen gesprochen hatte, bewegten sich die Zweige der Eiche auf geheimnisvolle Weise zu ihm herab. Ein zarter Klang drang an seine Ohren, als ob die Blätter sangen. Irritiert hatte er um sich geblickt, doch außer ihm schien keiner etwas gehört zu haben. Kilpa hätte nie für möglich gehalten, dass ihm das Ganze so nahe gehen würde. Wenn seine Mutter früher über den „Geist der Zeiten" gesprochen hatte, hielt er das immer für Hokuspokus und hörte gar nicht so genau hin. Doch diesem Geburtstagssegen konnte und wollte er sich nicht entziehen. Seine besondere Bedeutung für sein zukünftiges Leben hatte er deutlich wahrgenommen.

Gerade keimte in ihm das Gefühl, seit gestern gewachsen zu sein. Er stellte sich auf sein Bett. Genau eine Handbreit bis zur Mooskugeldecke. Mist! Das war wohl doch eher ein inneres Wachstum gewesen. Er war immer noch 12 Eichellängen groß und keine Stiellänge mehr.

„Was solls! Das wird schon noch werden!", dachte Kilpa, zuckte mit den Schultern und war voller Tatendran.

Er schwang sich auf die Leiter, kletterte zu seiner Schwester Pami ins Zimmer und ließ sich mit einem sehr uneleganten Plumps auf deren Bett fallen.

„Spinnst du!" Pami fuhr erschrocken hoch.

„Pst! Weck doch Mama und Papa nicht auf mit deinem Geschrei!" Kilpa grinste unverschämt über das ganze Gesicht. Pami rollte mit den Augen und warf ein Kissen nach ihrem Bruder. Dabei schimpfte sie leise vor sich hin. Wer allerdings den liebevollen Blick bemerkte, den sie ihrem Bruder zuwarf, würde ihren Worten keinen Glauben schenken. Kilpa schleuderte das Kissen zurück und eine ausgelassene Schlacht begann.

Die Mooskugel tanzte leicht im aufkommenden Wind, als ob sie Freude an der Ausgelassenheit der Geschwister hätte.

Ein kleiner Baummarder kletterte hektisch auf dem Nachbarbaum herum und schob sein Näschen immer wieder nervös in die Höhe. Es roch ganz fein nach Rauch, allerdings noch weit aus der Ferne.

Die Kissenschlacht war inzwischen in vollem Gange. Das ging nur so lange gut, bis eines der Geschosse aus Versehen ins elterliche Schlafzimmer flog, wo Mutter Jola und Vater Sikko noch schliefen. Doch damit war es nun vorbei, was die Mutter gar nicht lustig fand.

„Was treibt ihr schon wieder für einen Unfug", rief sie aufgebracht. „Kann man nicht mal morgens etwas Ruhe haben?"

Kilpa kicherte, als ihn auch schon ein Kissen direkt ins Gesicht traf. Das hatte gesessen! Sein Vater verfehlte selten ein Ziel. Die Schlacht ging weiter. Diesmal flogen die Kissen quer durch die Mooskugel, bis Kilpa den Tonkrug traf, der in der Küche auf dem Tisch stand.

„Pass auf!", rief Sikko.

Jola hielt die Luft an.

Nur Pami reagierte, schwang sich vom Bett und startete im Sturzflug Richtung Küche. Ihre Flügel bewegten sich mit erstaunlicher Geschwindigkeit. Sie flog eine Kurve, die es in sich hatte. Kurz bevor der Krug auf dem Boden aufkam, hatte sie ihn erreicht und bekam den Henkel noch zu fassen. Beide landeten sanft und in einem Stück auf dem Grund der Mooskugel. Kilpa klatschte heftig in die Hände unter dem ermahnenden Blick seiner Eltern.

„Glück gehabt!", Jola atmete erleichtert auf und konnte sich ein Lächeln nicht verkneifen.

Pami, die eigentlich Pamela hieß, hatte die Flugschule in vier Jahren mit Bravour durchlaufen und galt jetzt mit ihren 16 Jahren als vollwertiges Mitglied der Moosfliegergemeinschaft. Sie hatte eine schlanke, wendige Gestalt und war noch nicht ganz ausgewachsen. Moosflieger wurden maximal 16 Eichellängen groß. Pami besaß die gleichen leuchtenden blaugrünen Augen wie ihr Bruder und hellbraunes bis goldenes Haar wie alle Moosflieger. Es fiel ihr in leichten Wellen über die Schulter fast bis zur Hüfte und war mit dunkelgrünen Strähnen durchzogen, was ihr bestens zur Tarnung in den Bäumen diente. Ihre zarten Flügel trugen ein braunes Federkleid. Die Kinderfedern leuchteten in warmem Gelb, zwei waren noch übrig. Die vielen bereits ausgefallenen hatte sie fein säuberlich in einem kleinen Weidenkörbchen aufbewahrt, das wohlbehütet neben ihrem Bett stand. Auf so eine Idee wäre Kilpa nie gekommen. So etwas konnte auch nur Mädchen einfallen.

Er hatte die Flugschule erst letztes Jahr im Herbst begonnen und stellte sich nicht halb so geschickt an wie seine Schwester. Dafür kletterte er gerne und war viel im Wald unterwegs. Die Ausflüge gingen auch schon mal etwas weiter weg. Seine Mutter sah das nicht so gerne. Wenn sie gewusst hätte, dass er einmal im streng verbotenen Nebelmoor gewesen war, dann hätte sie ihn gar nicht mehr weggelassen. Kilpa verstand im Nachhinein sogar die Dringlichkeit des Verbotes und das mochte schon was heißen.

Vom Nebelmoor erzählte man sich viele unheimliche Geschichten, dass es Lebewesen aller Art verschlucken würde. Die Stämme der Bäume leuchten in fahlem, trübem Weiß, Espen mit gruselig raschelnden und zitternden Blättern. Diese Bäume wuchsen nur im Moor. Grauer Nebel machte die Wege unsichtbar und ließ die Wanderer auf nimmer Wiedersehen verschwinden.

Kilpa hatte sich nur ein kurzes Stück hineingewagt, doch das hatte gereicht. Das Moor war wirklich gefährlich gewesen, aber auch wunderschön, irgendwie magisch. Dabei hatte er das Gefühl gehabt, dort nicht allein gewesen zu sein. Irgendwer oder irgendwas hatte ihm geholfen wieder herauszufinden. Deshalb zog er es vor über den Vorfall mit niemandem zu reden, außer mit Pami. Sie konnte ein Geheimnis bewahren. Gestern nun während des Segens war ihm ein Licht aufgegangen. Darüber wollte er unbedingt mit Pami sprechen. Doch das hatte Zeit bis nach dem Frühstück.

Jola stieg seufzend aus dem Bett, an Schlaf war ja jetzt ohnehin nicht mehr zu denken. Sie begann ihr langes Haar, das zwischendrin immer wieder weinrot wie die Herbstblätter schimmerte, zu einem Zopf zu flechten. Sikko kletterte schwungvoll an der Strickleiter nach unten. Er war genau die ältere Ausführung seines Sohnes, die gleichen lausbubenhaften Gesichtszüge und die wilden braunen Locken, nur seine Augen waren grün wie die Blätter der Eichen. Die Kinder hatten Jolas Augen.

Sikko warf einen Blick nach draußen und runzelte die Stirn. Auf seine Ohren konnte er sich immer verlassen. Die Geräusche der Natur waren heute irgendwie verändert. Ein beunruhigendes Gefühl kroch in ihm hoch, doch es war nichts zu sehen.

Moosland, die Heimat der Moosflieger, lag auf einer kleinen geschützten und unentdeckten Hochebene. Im Hinterland erstreckte sich eine riesige Grassteppe, die nahtlos in das Gebirge überging, eine trostlose und verlassene Gegend, die nur ab und zu von vorbeiziehenden Tierherden durchstreift wurde. Die einzigen Lebewesen, die zäh genug waren, um dort zu überleben, waren die Wildpferde. Sie ernährten sich vom Weide- und Elefantengras, das an den Ufern der zahllosen kleinen Bäche wuchs. Diese durchzogen die karge Ebene ein kurzes Stück, eh sie unterirdisch weiter flossen. Oben an den steilen Felshängen, an denen das Wasser herabstürzte, hatten sich Berggämsen und Steinböcke angesiedelt.

Die Moosflieger lebten ein Stück weiter unten auf den Bäumen des lichten Hocheichenwaldes. Nicht, dass dieser nur aus Eichen bestand, aber es waren auffällig viele und besonders hohe Exemplare dort zu finden. Sonst gab es noch jede Menge Fichten und Tannen, einige Rotbuchen und Faulbäume. Bei letzterem handelte es sich allerdings eher um einen Strauch, der überall im Überfluss wuchs und deshalb von den Moosfliegern vielseitig verwendet wurde. Beeindruckend waren die riesigen Moosflächen, die sich zwischen den Bäumen erstreckten. Hier tauchten die Bäche aus dem Hinterland wieder auf, teilten sich in zahllose Rinnsale auf und sorgten so für vielfältiges Leben und fruchtbare Ebenen.

In die hohen Eichen bauten die Moosflieger ihre gigantischen Mooskugeln. Als Gerüst dienten die Ruten des Faulbaumes. Frisch geerntet stanken seine Zweige faulig, doch sie waren extrem biegsam und der Geruch verflüchtigte sich schnell. So war es ein Kinderspiel daraus eine Kugel mit etwa neunzig Eichellängen Durchmesser zu formen. Diese wurde dann in der Krone einer Eiche befestigt. Jedes Mitglied der Familie hatte seinen eigenen Bereich, dazu wurden Grasteppiche geflochten, die dann von der Decke der Mooskugel, an Schnüren aus Elefantengras hingen. So schwebten die Zimmer frei im Raum, vollkommen ungeeignet für nicht schwindelfreie Waldbodenbewohner. Die Moosflieger dagegen lebten gerne so, weil sie einigermaßen passable Flieger waren und vor allem gute Kletterer. Die Räume waren deshalb durch Strickleitern miteinander verbunden. Jede Moosfliegerfamilie wohnte in so einer Kugel.

Sikko stand immer noch am Eingang der Mooskugel. Die friedlich wirkende Stille wurde plötzlich durchbrochen, als das Warnsignal des Bergantilopenhorns erklang.

Der Baummarder sah sich angstvoll um und suchte eiligst das Weite.

Sikkos Gehör hatte sich also nicht getäuscht.

Alle Bewohner des Eichenwaldes wussten nun, dass etwas Schreckliches passiert sein musste.

Den Moosfliegern konnte normalerweise so schnell nichts etwas anhaben. Das Moos, das sie überall umgab, beinhaltete einen Stoff, der unsichtbar machte und sie damit vor neugierigen Augen und Feinden schützen konnte. Genauer gesagt war es der weiße Staub der winzig kleinen Blüten, die Ende Mai den ganzen Hocheichenwald verzauberten.

Ein Moosflieger der ersten Generation in der Hochebene des Mooslandes namens Harry hatte das seltsame Phänomen nur durch Zufall entdeckt. Er stand inmitten des Blütenmeeres, als ein plötzlicher Windstoß ihm den Blütenstaub ins Gesicht trieb. Zum Entsetzen der anderen Moosflieger war mit einem Mal sein Kopf verschwunden, was doch sehr merkwürdig aussah. Es dauerte zwei Tage, bis er wieder sichtbar wurde. Die ganze Zeit jammerte und quasselte Harry ununterbrochen vor lauter Verzweiflung und Aufregung. Er zog die unmöglichsten Grimassen und brach sogar ab und zu in Tränen aus. Das war natürlich für keinen zu sehen. Nur seine Stimme war in einem Fort zu hören, was die Situation nur noch bizarrer machte. Zum Glück waren Moosflieger keine religiösen Fanatiker, oder glaubten gar an böse Geister. Sonst hätten sie ihn vielleicht auf der Stelle gelyncht. Hinter das Geheimnis wären sie dann allerdings nie gekommen. Sobald die Neugier über die Angst siegte, begannen sie ihn näher zu untersuchen. Sie tasteten seinen unsichtbaren Kopf ab und da sich alles so anfühlte wie es sein sollte, fingen sie an, abzuwarten. Reihum wurde Harry beobachtet und als er nach zwei Tagen wieder unbeschadet sichtbar wurde, versuchte es ein anderer mit seiner Hand. Das war nun nicht ganz so gruslig, eher praktisch. So glaubte zumindest dieser und versuchte hinter dem Rücken seiner Frau ein Glas des leckeren Beerenkompottes aus dem Vorratsregal zu stibitzen. Dafür fing er sich eine ordentliche Ohrfeige ein, weil sein Kopf und auch der Arm, der zu der Hand gehörte, ja weiterhin sichtbar geblieben waren.

Sie führten noch wochenlang Experimente durch, bis der Blütenstaub verweht war. Selbstverständlich waren die Moosflieger so schlau, einige von den kostbaren Staubkörnchen in Ledersäckchen aufzufangen. Jede Familie durfte eines mit nach Hause nehmen, den Moosstaub aber nur im Notfall benutzen. Wenn aufkam, dass jemand Unfug damit trieb, musste er sein Säckchen beim Moosfliegerrat abgeben und nahm damit in Kauf, dass seine Familie für ein Jahr schutzlos war bis zur nächsten Moosblüte.

Ein weiterer Warnton des Antilopenhornes war zu hören. Das bedeutete, die Gefahr war nicht durch Moosstaub in den Griff zu kriegen. Es gab nur zwei Dinge, die in Frage kamen und das waren die Axt der Moosriesen, wenn sie zum Bäume fällen in den Wald kamen und Feuer. Letzteres kam kurz nach Sonnenaufgang bedrohlich näher. Die Vögel waren verstummt, kaum dass sie ihr erstes Lied angestimmt hatten und dann brachen die Herden durchs Dickicht. Unaufhaltsam nahm die Katastrophe ihren Lauf. Als Sikko erneut nach draußen blickte, tauchten die Flammen am Horizont auf. Mit rasender Geschwindigkeit trieb der Wind sie in ihre Richtung.

„Schnell wir müssen fliehen! Kilpa geh zu deiner Mutter, Pami zu mir." Ruhig, aber sehr bestimmt gab der Vater die Kommandos. Jola packte eilig ein paar Vorräte zusammen und drückte jedem einen Rucksack und zwei kleine Ledersäckchen in die Hand. Und schon kletterte die Familie nach draußen. Pami prüfte die Windrichtung. Sie flog los, Richtung Südosten den Herden hinterher. Der Vater folgte ihr, dann kam Kilpa und zum Schluss Jola.

2.

Aus dem Wind war inzwischen ein richtiger Sturm geworden, was das Fliegen nicht gerade erleichterte. So kämpften sie sich vorwärts in Richtung des großen Waldes, eine gefährliche Gegend jenseits der Grenzen Mooslands. Keiner sprach ein Wort. Der ganzen Familie war klar, dass sie im Begriff waren, ihr Zuhause zu verlieren. Seit Wochen hatte es nicht mehr geregnet und die Augusthitze war nur im Wald erträglich gewesen. Die angrenzende Steppe mit dem Elefantengras war bereits vollkommen ausgedörrt. Das Feuer würde also genug Nahrung finden, um sich gierig durch das Land zu fressen.

„Halt!", die Stimme kam von der hohlen Kiefer, die vor Pami auftauchte. „Ihr fliegt in die falsche Richtung! Meine Oma schickt mich, euch alle zu warnen!"

„Hey Kalei, jetzt ist keine Zeit für deine Märchen, komm mit uns, wir müssen weg vom Feuer." Sikko hatte ihn gleich erkannt. Kalei war der Enkelsohn der alten Nora und die war etwas wunderlich, sah Dinge, die sonst niemand sah. Von den meisten wurde sie nur belächelt. Doch gerade die Älteren verehrten sie, weil sie durch ihre Visionen schon manches Unheil vorhergesagt hatte.

Kalei blieb unerbittlich: „Ihr müsst nach Südwesten, so glaubt mir doch", flehte er. „Ihr sollt zur großen Eiche, nur da seid ihr in Sicherheit, hat meine..."

„Aber der Wind kommt von Norden und treibt das Feuer direkt auf unseren Eichenwald zu. Ich habe das überprüft, bevor wir losgeflogen sind!", fiel Pami ihm ins Wort. „Schau doch, die Tiere, sie fliehen alle nach Osten! Wieso solltest du es besser wissen?"

„Meine Oma hat es gesehen! Der Wind wird sich drehen, der Eichenwald wird verschont bleiben. Der Sturm wird das Feuer zum Heulensee treiben."

„Wann hat sie das gesehen?", fragte Jola.

„Letzte Nacht, sie hatte wieder eine ihrer Visionen. Es war schrecklich, sie hat so geschrien. Heute Morgen ist sie dann gleich auf Lotte los geritten Richtung Berge."

„Richtung Berge, wieso das denn?", fragte Sikko.

„Von dort kommt das Feuer", antwortete Kalei. „Irgendjemand hat es angezündet, um die Wildpferde einzufangen. Doch dann ist wohl alles außer Kontrolle geraten. So hat Oma es gesehen. Sie wollte es noch verhindern, deshalb ist sie ganz früh aufgebrochen. Als das Horn ertönte, wusste ich, dass es schon zu spät gewesen sein musste. Deshalb bin ich gleich los."

„Und sie hat wirklich gesehen, dass der Wind sich dreht und wir nach Westen fliehen sollen?" Jola sah Kalei sehr eindringlich an.

„Ja, doch! Oma hat gesagt, wenn sie es nicht rechtzeitig schafft, soll ich euch alle warnen und unbedingt zur großen Eiche schicken."

„Wir haben keine Zeit mehr", kam die mahnende Stimme von Sikko. „Wir müssen uns jetzt entscheiden!"

„Ich glaube ihm!", sagte Jola. „Ich vertraue den Visionen seiner Oma. Doch wie wird sie sich selbst vor dem Feuer retten können?", wandte sie sich nun an Kalei. „Sie ist schließlich nicht mehr die Jüngste!"

„Aber sie hat doch Lotte", lächelte Kalei, „die ist schnell, wie keine andere!"

„Wer ist Lotte?", fragte Kilpa, der bisher kein Wort herausgebracht hatte, seit sie die Mooskugel verlassen hatten.

„Lotte ist ein Wildpferd und was für eins", meinte Pami. „Da hat Kalei schon recht, wenn es ein Pferd schafft, dann Lotte. Also was nun?" Pami sah fragend in die Runde. „Osten oder Westen?"

Unter dem flehenden Blick von Kalei tönte es einstimmig: „Westen!"

„Das wäre entschieden, nun aber los. Kalei kommst du mit uns?", fragte Sikko.

„Nein ich muss noch Ausschau halten nach den anderen Familien. Ich habe es Oma versprochen!"

„Aber vergiss nicht, dich selbst rechtzeitig in Sicherheit zu bringen!", ermahnte ihn Jola.

„Keine Sorge, ich bin fast so schnell wie Lotte." Kalei grinste unverschämt.

„Angeber!", maulte Pami. Im Stillen wäre es ihr jedoch deutlich lieber gewesen, wenn Kalei sie begleitet hätte. Sie kannte seine draufgängerische Art nur zu gut.

Die Familie brach auf und flog weiter Richtung Westen.

Eng aneinander gedrängt kämpften sie gegen den Sturm, immer weiter, Richtung große Eiche. Diese lag im Zentrum des Hocheichenwaldes und galt als eine Art Heiligtum.

„Bleibt dicht zusammen!", mahnte die Mutter

Doch das sollte nicht lange gut gehen! Ein kräftiger Windstoß erfasste Kilpa und schleuderte ihn gegen einen Baum. Er rutschte den Stamm hinunter und landete genau auf den Hörnern einer Antilope, die gerade in wilder Panik in die Richtung rannte, aus der sie eben gekommen waren.

„Halt dich fest!", schrie Jola. „Wir treffen uns bei der großen Eiche. Vertrau dem Geist der Zeiten, er wird dich..."

Die restlichen Worte der Mutter verhallten im Wind. Und überhaupt war das mit dem Festhalten gar nicht so einfach. Die Antilope war über ihre zusätzliche Last nicht besonders erfreut und versuchte Kilpa abzuschütteln. Es war nur eine Frage der Zeit, bis ihr das gelingen würde.

„Vertrau dem Geist der Zeiten!" Die Stimme seiner Mutter klang in ihm nach. So schnell also brauchte er diesen Segen. Und er wusste doch so gut wie gar nichts über die Dinge, die ihm seine Mutter erklärt hatte. Wenn er doch nur all die Jahre ein kleines bisschen aufmerksamer gewesen wäre. Sie glaubte an diesen Geist, der im Wind und auch im Wasser präsent war.

Man sagt, dass er von der ewigen Quelle, hoch in den Bergen ausgeht. Deren Ursprung hatte jedoch noch nie ein Bewohner Mooslands gesehen. Gut, irgendwo musste das Wasser ja herkommen. Das leuchtete Kilpa ein. Aber, dass es eine Verbindung zwischen ihrer großen Eiche und der ewigen Quelle geben sollte und dass der Geist der Zeiten alles bewegte, das konnte und wollte Kilpa nicht begreifen. Seine Mutter vertraute fest auf die Kraft dieser übernatürlichen Mächte. Sie würden die Moosländer beschützen! Das hatte sie immer wieder betont. Doch wo blieb die Hilfe? Jetzt, da er sie dringend brauchte! All die guten Wünsche und der Segen schienen wie vom Wind weggeblasen.

Die Antilope ging nicht gerade sanft mit ihm um. Er wurde ordentlich durchgeschüttelt. Inzwischen waren sie schon weit abgekommen vom Weg zur großen Eiche. Ehe er sich versah, hatten sie den Hocheichenwald verlassen und waren in die Moosebene hinausgelangt. Kilpa hielt sich tapfer auf dem Rücken des Tieres und sah sich um. Alles war in Bewegung, Hasen, Rehe, große Krähenschwärme und ein Bussard hoch am Himmel.

Der Geruch des Feuers stieg in Kilpas Nase. Er war jetzt irgendwie froh, dass die Antilope so schnell war. Wenn es doch bloß nicht die falsche Richtung gewesen wäre! Hatte Kalei recht, dann ritt er direkt vor dem Feuer her.

Kein Geist! Keine Hilfe! Also musste er sich selbst etwas einfallen lassen. Er benötigte unbedingt einen Vorsprung, um gefahrlos die Route ändern zu können. Vor ihnen tauchten bereits die ersten Bäume des großen Waldes auf und das Gelände begann steil nach unten abzufallen. Schon hatten sie die Grenze von Moosland erreicht. Hier würde er sich gar nicht mehr auskennen. Also musste der Abstand zum Feuer genügen. Der beißende Geruch des Rauches war glücklicherweise etwas schwächer geworden.

Kilpa beschloss sein Reittier freiwillig zu verlassen. Er wollte zurück zur großen Eiche, zurück zu seiner Familie! Vor seinen Augen tauchte eine Fichte mit weit herunterhängenden Ästen auf.

Wenn er den niedrigsten erreichen würde, dann könnte er sich daran festhalten und hochschwingen. Gedacht, getan! Als die Antilope auf den Baum zu trabte, wagte er den Sprung nach oben und bekam einen kräftigen Ast zu fassen. Er spürte einen Ruck und einen reisenden Schmerz in der rechten Schulter.

„Aua, so ein Mist!" schrie Kilpa. „Jetzt ist der dumme Rucksack auch noch weg!"

Etwas hilflos am Ast baumelnd sah er seinem Proviant hinterher, wie dieser am Gehörn der Antilope hängend um die Ecke verschwand. Er bündelte seine ganze Kraft und schwang mit den Beinen hin und her. Auf diese Weise holte er sich den nötigen Schwung. Wenige Sekunden später saß er obenauf und war erst einmal froh, sicheren Halt gefunden zu haben. Zwar konnte ihn das dumme Vieh nun nicht mehr abwerfen, aber vor den Flammen war er noch lange nicht in Sicherheit und der Weg zur Eiche sehr weit.

Zusätzlich tat ihm die Schulter weh. Er tastete sie vorsichtig ab. Es schien noch alles dran zu sein, aber eine nicht unerhebliche Zerrung war es allemal. Das konnte er jetzt gerade gar nicht brauchen. Zum Glück hatte er die beiden Säckchen, die die Mutter verteilt hatte in die Jackentasche und nicht in den Rucksack gesteckt. In einem der Lederbeutel war jener kostbare Moosblütenstaub und im anderen dunkles Strahlenmoos aus dem Eichenwald. Dies wirkte entzündungshemmend und kühlend. Er zog die Jacke aus und legte die feuchte grüne Pflanze auf seine Schulter. Sofort lies der Schmerz nach. Dann zog er die Jacke vorsichtig wieder darüber.

Kilpa sah sich um. Welche Richtung sollte er einschlagen? Das Feuer war tückisch und kam jetzt von zwei Seiten auf ihn zu. Es war schon wieder bedrohlich nähergekommen. Er musste sich schnell entscheiden, also flog er über ein endlos erscheinendes Dickicht und gelangte dabei unbewusst immer tiefer in den großen Wald hinein. So ein Mist, das war genau die Richtung, in die er so ganz und gar nicht wollte.

Vollkommen anders sah hier alles aus. Dicht drängte sich Fichte an Fichte. Sehen konnte Kilpa nur wenig. Er flog so lange, bis er an eine etwas lichtere Stelle kam. Dabei entdeckte er ein paar Kaninchen, die unten vorbeiliefen. „Also dann, zu Fuß weiter! Die Langohren haben bestimmt gute Spürnasen. Sieht aus, als liefen sie Richtung See, da muss ich hinterher, nur raus aus dem großen Wald", dachte Kilpa, dem die fremde Gegend nicht geheuer war. Er landete auf dem weichen Waldboden und rannte so schnell er konnte. Eine Weile hielt er gut Schritt, dann ging ihm langsam die Puste aus. Die Kaninchen entschwanden aus seinem Blickfeld und er war allein.

„Ich schaffe das!", sprach er sich selbst Mut zu und lief weiter.

Die Gegend wurde zunehmend steiler und er musste immer häufiger um ein Dornengestrüpp herumlaufen. Dies kostete ihn wahnsinnig viel Zeit, also flog er lieber wieder.

Das Feuer hatte er jetzt ein gutes Stück hinter sich gelassen und die Richtung zum Wasser stimmte seinem Gefühl nach. Er kletterte wieder auf einen Baum, um sich einen Überblick zu verschaffen. Puh, er hatte es fast geschafft, bald lag der große Wald hinter ihm. Innerhalb Mooslands Grenzen fühlte er sich deutlich sicherer. Vor ihm lag der Heulensee. Er schimmerte zwischen den Bäumen hindurch. Dies war der unterste Teil von Moosland. Der See war vom Hocheichenwald nur über den Grashügeldamm zu erreichen und normalerweise kein geeigneter Aufenthaltsort für ihn. Wasser oder gar Schwimmen war für Moosflieger nichts. Doch heute schien es ihm die einzige Rettung. Also flog er weiter. Schon wurden die Bäume lichter und er konnte die sumpfige Schilfzone mit ihren mächtigen Sandbirken und den erheblich kleineren Trauerbirken erkennen. Sicher würde es gefährlich sein auf diesem Wege weiterzugehen. Auf dem schlüpfrigen Untergrund kam man kaum vorwärts und die hohe Luftfeuchtigkeit erschwerte das Fliegen erheblich. Doch Kilpa war unerlaubterweise schon öfter im Bereich des Uferstreifens gewesen, allerdings bisher nur von der Moosebene aus und noch nie von der Seite des großen Waldes. Er hatte gelernt, sich die Birken, die am Rand der Zone standen, zu Nutze zu machen. Ihre ausladenden Äste waren wunderbar dazu geeignet, sich von Baum zu Baum zu hangeln. Das ging jedoch nur bei den niedrigen Trauerbirken, da die Sandbirken an ihren einjährigen Trieben mit klebrigen Harzdrüsen versehen waren. Daran war er einmal hängen geblieben, als er das erste Mal am Heulensee unterwegs gewesen war. Nur mit Mühe gelang es ihm damals, sich zu befreien. Er hatte daraus gelernt und war inzwischen geübt im Suchen und Finden von geeigneten Bäumen und Ästen.

So landete er sicher auf einem der Grashügel in der Nähe des Ufers.

Die erste Hürde war geschafft. Jetzt musste er nur noch zurück über die Moosebene, dann könnte er fast zeitgleich mit den anderen bei der großen Eiche eintreffen. So dachte er zumindest. Doch er sollte sich geirrt haben.

3.

In der Richtung, in die er wollte, wurde eine riesige Staubwolke sichtbar, oder war das der Rauch? Richtig! Kalei hatte ja gesagt, dass das Feuer direkt zum Heulensee ziehen würde, wie hatte er das nur vergessen können. Gehetzt sah er sich um! Jetzt kam auch noch ein donnerndes Geräusch dazu. Was zum Geier? Und dann sah er sie! Die Herde der Dreihornmufflons! Sie kam über den Grashügeldamm, mitten durch die Moosebene, die einzige Verbindung zwischen Eichenwald und dem See. Demnach waren die Flammen nun schon bis dorthin gelangt. Sein Rückweg war abgeschnitten! Mist!

Wohin sollte er? Ihm blieb keine Zeit zum Nachdenken! Nur weg, egal wohin!

Mit dem spitzen Horn der Mufflons, das mittig zwischen den zwei anderen herausragte, wollte Kilpa auf keinen Fall in Berührung kommen.

Man erzählte sich in den Wäldern von der besonderen Weisheit und der Sanftmut der Tiere in dieser Gegend. Eine Legende besagte, dass einmal eines dieser Mufflons einem Einhorn das Leben rettete. Zum Dank hatte dieses ihm sein Horn geschenkt. Seitdem wächst bei jeder Generation der blitzweiße Spies aus der Stirn.

Die Tiere kamen schnaubend immer näher und von ihrer Sanftmut fehlte jede Spur.

Der Wind heulte und fegte um die Ecken, als ob ihn das nahende Feuer zornig gemacht hätte.

Kilpa versuchte zu starten. Eine besonders starke Böe brachte ihn jedoch komplett aus dem Gleichgewicht. Fast wäre er in die alte Weide geflogen, die ihre Zweige gefährlich ausladend in den Wind hängte. Er zog den Kopf ein und riss den rechten Flügel leicht nach oben. Eiligst landete er dann trudelnd und etwas ungeschickt direkt am Wasser des Heulensees. Er keuchte auf und sah sich unsicher um. Die Herde würde ihn unweigerlich mitreißen! Doch was tut ein Moosflieger, wenn er die Wahl hat zwischen Ertrinken und zertrampelt werden? Moosflieger meiden das Wasser, sie können nämlich nicht schwimmen und wenn ihre Flügel richtig nass werden stürzen sie ab und gehen unter, wie ein Stein.

Er musste sich dennoch jetzt entscheiden!

Mit einem Senkrechtblitzstart, der ihm bestimmt ein dickes Lob bei seinem Fluglehrer Arpox eingebracht hätte, rettete Kilpa sich auf das offene Wasser. Er wusste genau, dass bei diesem Wetter der See nur neue Gefahren für ihn bereithielt. Doch was blieb ihm schon übrig, die Herde trampelte alles in wilder Panik nieder, was in der Fluchtlinie lag. So musste er einfach den riskanten Flug hinüber zur kleinen Felseninsel wagen, die ungefähr 100 Meter vor ihm aus dem See ragte.

Die Wellen des Heulensees peitschten im Wind hin und her. Schwarz und düster kamen sie der Flugbahn des Moosfliegerjungen gefährlich nahe. Kilpa kämpfte trotzdem tapfer weiter. Er wusste genau, würden ihn die Wellen erst einmal erreichen, so wäre er verloren. Sein Volk war stark und so leicht gab ein Moosflieger sich nicht geschlagen. Das hier jedoch ging nun wirklich an die Grenzen seiner Kräfte. Seit heute Morgen war er nur auf der Flucht, stets mit der Angst im Nacken, vom Feuer verschlungen zu werden. Jetzt reichte es ihm! Hinzu kam noch die abrupte Trennung von seiner Familie und das Wissen, nun ganz auf sich selbst gestellt zu sein.

Er konnte und wollte nicht mehr. Einfach aufhören mit den Flügeln zu schlagen und alles wäre vorbei.

Doch dann sah er ihn, den Heulenstein. Düster ragte er aus dem Wasser! Kilpa jedoch kam er wie ein strahlender Stern vor, der ihm die Rettung wies. Der Heulenstein war ein Felsmassiv auf der kleinen Insel in der Mitte des Heulensees. Der Moosflieger biss die Zähne zusammen und kämpfte sich die letzten Meter vorwärts. Ein erneuter Windstoß kam diesmal von unten, schleuderte ihn nach oben und ließ ihn dann einfach fallen. Er verlor jeglichen Halt in der Luft und stürzte in die Tiefe. Ein schwarzer Schlund tat sich unter ihm auf. Na, wenigstens kein Wasser dachte Kilpa noch, dann krachte er gegen harten Stein und blieb benommen liegen.

Vorsichtig bewegte er die Beine, es schien alles in Ordnung zu sein. Sein Schädel tat ihm weh. Bildete sich da etwa eine kleine Beule? Er rieb sich die schmerzende Stelle und lauschte dem wilden Pochen in seiner Brust. Das war knapp gewesen.

Wo war er eigentlich genau gelandet? Die hellbraunen Locken hingen ihm wirr und feucht ins Gesicht und verdeckten den Blick auf seine neue Umgebung. Energisch strich er sich eine besonders widerspenstige Haarsträhne zur Seite und sah sich vorsichtig und etwas ängstlich um.

Er befand sich tatsächlich im Krater des Heulensteins, stellte er erleichtert fest. Der Boden, auf dem er saß, war trocken, die Wände tiefschwarz mit silbernen Fäden durchzogen, die sich ab und zu in einer unübersichtlichen Vertiefung verloren. Kilpa war jedoch ausnahmsweise nicht in Stimmung, in so ein Loch hineinzugreifen. Sonst war nichts Aufregendes zu entdecken. Er atmete tief durch. Seine Anspannung lies langsam nach. Also machte er es sich bequem, soweit das möglich war. Seine Flügel hatten die Anstrengung unbeschadet und weitgehend trocken überstanden.

Die zahllosen Federn schillerten in vielen Grün- und Brauntönen, wie bei allen Moosfliegern. Einige dunkelviolette Kinder-Federn besaß er noch, was mit dreizehn Jahren völlig normal war, sie würden erst im Alter von achtzehn alle ausgefallen sein.

Behutsam legte Kilpa seine Flügel am Rücken an und strich sie mit den Händen glatt. Gute Gefiederpflege war wichtig und konnte ihm unter Umständen das Leben retten, wenn er plötzlich starten musste. Er rieb sich seine von Wasser und Wind geplagten Augen. Sie waren von einem hellen, klaren Blaugrün, als ob sich ein Wasserfall darin spiegelte, so schwärmte zumindest immer seine Mutter. Kilpa quittierte das stets nur mit einem Augenrollen. Mütter können manchmal so was von peinlich sein! Doch was gäbe er jetzt dafür, bei ihr und seiner ganzen Familie sein zu können. Kilpa seufzte und gab sich erst einmal damit zufrieden vor Wasser, Feuer und Dreihornmufflons in Sicherheit zu sein.

Die Beule an seinem Kopf wurde immer größer. Er kramte in seinen Taschen nach dem Strahlenmoos. Das war heute scheinbar sein wichtigster Besitz. Er legte einen Teil auf seine schmerzhafte Schulter und kühlte mit dem Rest die Schwellung am Kopf. So zum Nichtstun verdonnert, döste er ein wenig vor sich hin. Seine Gedanken wanderten.

Der Heulensee und seine Umgebung war kürzlich Thema gewesen in einer Schulstunde. Gut, dass er in Heimatkunde aufmerksam gewesen war, als der Lehrer eine Karte des Sees und seiner Insel mit allen Details gezeigt hatte. Die Mulde an der Spitze des Heulensteins, in der er jetzt saß, war ihm in Erinnerung geblieben, weil die Klasse in der Pause darüber eifrig debattiert hatte. Die unspektakuläre Erklärung des Lehrers, dass sich dort seit Jahrzehnten nur noch das Regenwasser sammeln würde, war der Klasse entschieden zu langweilig gewesen. So gingen die Theorien in alle Richtungen. Ein Vulkan könnte dort im Innern brodeln und demnächst zum Ausbruch kommen und den ganzen Heulensee vernichten, mutmaßten die einen.

„Das ist der Kochtopf der Moosriesen, die kochen in den heißen Quellen ihr Fleisch", witzelte ein anderer. „Vielleicht ist das der Zugang zu einem Schatz", träumten ein paar Abenteurer und man beschloss, auf alle Fälle die Sache einmal näher zu untersuchen. Bis jetzt war aber nie etwas daraus geworden. Sämtliche Moosfliegereltern wären sofort auf die Barrikaden gegangen, hätten sie von den Plänen ihrer Kinder auch nur etwas geahnt. Nun jetzt konnte er ganz genau berichten, wie es hier aussah und bestrafen würde ihn dafür auch niemand. Dass er hier gelandet war, ist ja nun wirklich nicht seine Schuld gewesen. Trotzig schob er das Kinn nach vorne, rappelte sich auf, kletterte nach oben und blickte sehnsuchtsvoll zum sicheren Ufer.

Viel war ja nicht zu erkennen. Der See lag wie so oft in grauem Nebel und verbarg viele Geheimnisse und fremdartige Wesen in sich. In der Schule hatten alle Moosfliegerkinder gelernt, sich deshalb von ihm fernzuhalten. Es gab immer nur Warnungen, aber keine plausiblen Erklärungen. Die Gesteinsschichten und die Ufervegetation, ja die waren wichtig und wurden bis ins Detail besprochen, ebenso Frösche, Lurche und die zahllosen Fischarten. Aber die wirklich interessanten Bewohner des Heulensees blieben unerwähnt. Kilpa war mit solchen Unterrichtsstunden äußerst unzufrieden.

Der Einzige, der einmal Genaueres erzählt hatte, war sein Großvater gewesen. Er hatte ihm von merkwürdigen Wesen, die im See unter Wasser lebten, berichtet. Schillernde Haut in blau und violett hätten sie, Größe und Statur ihre Größe und Struktur waren ähnlich wie die der Moosflieger, nur dass die Flügel als eine Art Schwimmflossen dienten. Kilpa war total aufgeregt und wollte diese Wesen unbedingt kennenlernen. Als sein Großvater dann sogar vorschlug, mit Kilpa zum See zu gehen, war seine Mutter stinksauer gewesen und hatte mit Opa aufgeregt getuschelt. Dieser hatte dann sehr schuldbewusst in den Boden geschaut, mit den Schultern gezuckt und gemeint, dass das früher alles normal gewesen wäre. Mama hatte nur gemeint, Opa würde übertreiben, diese Wesen entsprängen seiner Fantasie und Kilpa möge die Geschichte nicht überbewerten. Einige Tage später hatte ihm der Großvater heimlich ein paar Bilder der Wesen zugesteckt und dazu verschwörerisch gelächelt.

„Du musst ja schließlich wissen, was dich am See erwartet", hatte er gemeint. So gab es vieles in Moosland über das nur hinter vorgehaltener Hand gesprochen wurde. Kilpa konnte diese ganze Geheimniskrämerei überhaupt nicht verstehen. So beschloss er ziemlich oft den Dingen selbst auf den Grund zu gehen, vor allem den unheimlichen Geschichten, die man sich im Hocheichenwald vom See erzählte. Gefahr und Abenteuer zogen ihn magisch an. Schon ein paar Mal war er unerlaubterweise hier gewesen. Etwas wirklich Interessantes oder Gefährliches hatte er bisher nicht zu Gesicht bekommen. Vielleicht könnte das heute ja anders sein.

Kilpa kletterte wieder nach unten und sammelte vorsorglich das Strahlenmoos ein. Wer weiß, wie oft er es heute noch brauchen würde. Die Beule war auf jeden Fall deutlich kleiner geworden.

Er seufzte und sehnte sich zurück nach den fröhlichen und friedvollen Minuten des heutigen Morgens. Kilpas Tag hatte doch so gut begonnen und nun war er im Begriff alles zu verlieren, was ihm lieb und wichtig war. Wie ging es seiner Familie? Welchen Schaden würde das Feuer in Moosland anrichten?

Er liebte seine Heimat über alles, die hohen Gebirgsketten im Hinterland, die endlosen Weideflächen mit dem hohen Elefantengras davor und dann seinen Wald mit den vielen prächtigen Eichen. Welche Teile davon brannten bereits? Was würde nie mehr so wie vorher sein? Hatten sie überhaupt noch ein Zuhause? Er musste einfach dringend zu seiner Familie. Seine Mutter würde sich bestimmt große Sorgen machen und Pami, die rastete komplett aus.

Was war jetzt mit dem Geist der Zeiten? Auf ihn sollte er doch vertrauen. Anstatt Kilpa zu helfen, schien er eher alles noch schwieriger zu machen. Kilpa seufzte.

Wie konnte es sein, dass jemand bei dieser Trockenheit ein Feuer legte. So dumm durfte niemand sein. Oder so gierig? Seine Gedanken rasten wütend und verzweifelt über ihn hinweg. Die Wildpferde waren frei. Sie gehörten niemandem, nur sich selbst. Jetzt fiel es ihm wieder ein. Die alte Nora hatte vor ein paar Jahren ein verlassenes Fohlen am Fuß der Berge entdeckt. Von der Mutter fehlte jede Spur. Das arme, kleine Wesen wäre allein dem sicheren Tod ausgeliefert gewesen. Wildpferde ließen ihren Nachwuchs nie ohne zwingenden Grund im Stich, das wusste Kilpa. Was auch immer geschehen war, meist hatten die grässlichen Moosriesen ihre Finger im Spiel. Und jetzt hatten sie mit diesem Feuer seine Heimat und vor allem seine Familie in Gefahr gebracht. Wie er sie hasste. In Kilpas Kopf purzelten eine Vielzahl an Überlegungen vollkommen durcheinander.

Darüber hätte er fast vergessen, dass er ja immer noch im Loch des Heulensteins steckte. Brandgeruch erreicht seine Nase und zwang ihn erneut, über seine Lage nachzudenken. Er richtete sich auf und schaute vorsichtig von der Spitze des Hügels hinüber zum Ufer. Die Herde war schon um die nächste Biegung und er hörte nur noch das Getrappel in der Ferne. Dieser Staub wollte sich einfach nicht legen und es zog ein beißender Geruch herüber, der Kilpa erst einmal einen gewaltigen Hustenanfall bescherte. Schnell zog er sich zurück in seine schützende Höhle. Mit blankem Entsetzen kam ihm jetzt die Erkenntnis, was er da eigentlich gerade gesehen hatte. Das Feuer! Es war wieder viel näher und hatte die Herde so in Panik versetzt. Erschrocken sah er hinüber zum Ufer. Tatsächlich, hinter den Bäumen leuchteten die Flammen schon hervor und bahnten sich eine Schneise zum Ufer. Wie gut, dass der Wind die grelle Gefahr nahezu am See vorbeitrieb, zum Land der Moosriesen. So konnte sich das Feuer wenigstens nicht weiter im Wald und auf der Moosebene ausbreiten. Kalei hatte also doch recht gehabt, bzw. seine Oma, die alte Nora. Der Wind hatte sich gedreht. Doch momentan war dies leider schlecht für Kilpa. Der Rauch war viel hartnäckiger als die Flammen, legte sich immer tiefer aufs Wasser und trieb direkt zur Insel herüber. Kilpa bekam kaum noch Luft.

Jetzt musste dringend eine Idee her. Der kleine Moosflieger zerbrach sich den Kopf. Wieder hinaus in den Sturm? Um erneut zu fliegen, war die Erholung viel zu kurz gewesen und der Wind tobte unverändert über ihm. Er musste raus hier, und zwar schnell. So sprang er aus dem Loch, ehe der Rauch die Öffnung ganz versperren konnte. Die Luft war unerträglich geworden. Kilpa drohte zu ersticken, auch konnte er die Hand nicht vor Augen sehen. Er geriet ins Rutschen und kullerte heftig hustend den Heulenstein hinunter. Unten angekommen tat ihm zwar jeder einzelne Knochen und vor allem wieder die Schulter weh, aber er konnte besser atmen. Der Qualm schwebte nun über ihm. Kilpa rannte los, weg vom Feuer in Richtung anderes Ufer. Moosflieger sind kleine Leute und da Kilpa noch nicht ganz ausgewachsen war, kam er gut unter der grauen Decke hindurch. Schneller als ihm lieb war, hatte er das andere Ufer erreicht. Jetzt musste schon wieder eine neue Idee her. Doch das Glück war auf seiner Seite.

Er lief direkt auf einen etwas klapprigen Holzsteg zu, an dessen Ende sich ein kleiner Anleger befand. Dort war ein alter Kahn befestigt, mit zwei Rudern im Innern. Gemächlich schaukelte dieser im Wasser hin und her, vollkommen unberührt von der nahenden Katastrophe. Das friedliche Bild täuschte. Langsam, aber unausweichlich senkte sich der graue Dunst zu Kilpa hinunter. Ihm blieb nicht mehr viel Zeit. Das Boot schien fahrtauglich zu sein. Nun, Begeisterung rief dieser Fluchtweg bei dem Jungen nicht gerade hervor. Schon wieder Wasser! Und diesmal nicht darüber hinweg, sondern mitten rein? Heute blieb Kilpa gar nichts erspart! Der einzige Rettungsweg ging ab hier wohl nur noch mitten durch den See.

Er blickte noch einmal zurück und sah, wie sich die Ausläufer des Feuers unaufhaltsam näherten. Seufzend band er die Leine des alten Kahns los und sprang hinein.

4.

Das Boot geriet gefährlich ins Wanken und Kilpa wäre beinahe über Bord gegangen. Im letzten Moment bekam er eine der Querplanken zu fassen. Als er das Gleichgewicht wiedergefunden hatte, sah er sich zitternd um. So nah war er dem Wasser noch nie gewesen, was ihn nicht gerade zuversichtlich stimmte. Der Kahn trieb bereits auf den See hinaus, ehe der Junge auch nur eine Ahnung davon bekam, wie er die Kontrolle über das Boot erlangen könnte. Der Rand war viel zu hoch und die Ruder zu lang. Dieser schwimmende Kasten war ganz klar für größere Lebewesen gemacht, keinesfalls für Moosflieger. Erschwerend kam hinzu, dass er auf dieser Seite des Sees noch nie gewesen war. Das Boot trieb immer weiter hinaus auf das offene Wasser, aber wenigstens weg vom beißenden Geruch des Feuerqualms. Kilpa kletterte auf den Sitz, um endlich etwas sehen zu können, dabei schlotterten ihm gehörig die Knie. Der Kahn wollte einfach nicht stillhalten, was wohl vor allem an den starken Windböen lag, die das Wasser unruhig hin und her trieben. An die vielen Wesen, die dort unten im See lauern könnten, wollte er lieber gar nicht denken.

„Nun reiß dich mal zusammen", dachte er bei sich, „dass bisschen Wasser kann doch einen Moosflieger nicht erschüttern." „Wenn ich nur sehen könnte, wo das andere Ufer ist", murmelte er vor sich hin.

„Ich könnte dir ja den Weg zeigen!", klang eine oberschlaue Stimme aus der Tiefe. Kilpa zuckte zusammen und das Boot begann noch mehr zu schaukeln. Jetzt ging das schon los mit den Wesen.

„Was?", rief er teils zu sich selbst, teils auf die trübe Oberfläche des Sees. „Jetzt höre ich schon Stimmen, ein Wunder wäre das ja nicht in dieser verlassenen und öden Gegend", brummelte er.

„Hey, das ist hier immerhin mein Zuhause, das du da so runtermachst. Aber wenn du meine Hilfe nicht brauchst, dann schwimme ich eben weiter", klang es eindeutig direkt neben dem Boot. Kilpa traute sich nicht über den Rand ins Wasser zu sehen, aus Angst der Kahn könnte doch noch kippen.

„Ein bisschen Hilfe könnte ich schon ganz gut gebrauchen! Wo bist du denn?", rief er verunsichert, aber auch erleichtert, dass er sich die Stimme wohl doch nicht eingebildet hatte. Sie klang eigentlich ganz freundlich und nicht bedrohlich. Könnte sein Großvater mit seinen Geschichten doch recht behalten haben? Würde er jetzt so ein Wasserwesen kennenlernen? Und wenn ja, würde es das Letzte sein, was er jemals sah?

Jäh wurde Kilpa aus seinen Gedanken gerissen, als sich ein Schwall Wasser über seine Beine ergoss.

„Uh!", rief er erschrocken. „Was tust du da?"

„Bist wohl wasserscheu, was?", alberte die Stimme.

„Nein", maulte Kilpa, „ich kann nur nicht schwimmen und wenn meine Flügel nass werden, dann kann ich auch nicht mehr fliegen."

„Was machst du dann auf dem See, wenn du nicht schwimmen kannst. Das ist voll leichtsinnig. Ich klettere ja auch nicht auf einen Baum und stürze mich dann hinunter obwohl ich nicht fliegen kann", tönte es wieder frech aus der Tiefe.

„Haha, du hältst dich wohl für sehr witzig!" Kilpa wurde langsam sauer, zumal er seinen Gesprächspartner immer noch nicht sehen konnte. „Zeig dich doch endlich mal, sonst rede ich kein Wort mehr mit dir!"

Daraufhin ertönte ein blubberndes Geräusch, und das Wasser geriet noch mehr in Bewegung. Kilpa blickte ängstlich um sich. Was hatte er sich bloß dabei gedacht, dieses Wesen auch noch dazu aufzufordern an die Oberfläche zu kommen. Er hielt sich krampfhaft fest, als der Kahn sich plötzlich seitwärts neigte und Wasser einströmte. Dann tat es einen Platsch und das Boot schaukelte kräftig hin und her. Nach einem für Kilpa endlos wirkenden Moment lag es wieder auf dem Wasser, als ob überhaupt nichts gewesen wäre. Der junge Moosflieger hatte währenddessen die Augen fest zugekniffen. Als er sie jetzt wieder öffnete, sah er einen Jungen vor sich ungefähr in seinem Alter, mit jenen schillernden Schuppen, wie er sie auf den Bildern seines Großvaters gesehen hatte. Das Wasserwesen hatte dunkelgrüne bis braune Haare und wie nicht anders zu erwarten ein ziemlich breites und unverschämtes Grinsen im Gesicht. Die Augen leuchteten in einem klaren Eisblau.

„Huhu, bist du jetzt zufrieden? Ich bin ein Moostaucher und heiße Osta und was bist du für ein komischer Vogel?"

Irgendetwas hatte dieser Osta an sich, was Kilpa auf Anhieb gefiel, und so ließ seine innere Anspannung nach und seine Abenteuerlust gewann wieder die Oberhand.

„Mein Name ist Kilpa und ich bin ein Moosflieger!"

„Na da haben wir das Moos doch schon mal gemeinsam!", kicherte Osta. „Wenn du nicht schwimmen kannst, dann bist du wohl auch kein guter Bootsmann, oder?"

„Nein, natürlich nicht", antwortete Kilpa ganz verwundert. „Warum fragst du so komisch?"

„Naja, weil da drüben der Biberdamm dir den Weg versperrt zum anderen Ufer."

„Oh!" Jetzt hatte Kilpa es auch gesehen. Sein Boot fuhr direkt auf einen riesigen Haufen aus Ästen, Schlamm und Schilfgras zu, der ziemlich plötzlich aus dem Dunst aufgetaucht war.

„Du solltest nicht so nah dahin steuern! Der Biber wird ziemlich schnell sauer, vor allem wenn er sich bedroht fühlt. Und das wird er sicher, weil du im Boot des Alten sitzt!", flüsterte Osta.

„Im Boot des Alten?", flüsterte Kilpa zurück.

„Ein alter Fischer, der aus dem großen Wald kommt, um hier zu angeln. Ich sage dir, das ist ein ekelhafter Kerl, immer schlecht gelaunt und ziemlich groß. Er hat mit seinem Boot den Bau schon mal gerammt. Der Biber hat drei Tage gebraucht, bis alles wieder repariert war. Als der Fischer beim nächsten Mal dem Damm gefährlich nah kam, hat der Biber so lange am Boot geschaukelt, bis es gekippt ist und der Fischer ins Wasser fiel. Zum Glück war seine Tochter dabei, die hat ihn wieder ins Boot gezogen, der Alte kann nämlich auch nicht schwimmen", erzählte Osta weiter im Flüsterton.

„Oh!", hauchte Kilpa schon wieder. Er fühlte die Panik in sich hochsteigen. Er konnte sich genau vorstellen, was es bedeutete, ins Wasser zu fallen, wenn man nicht schwimmen konnte.

„Mehr als ein Oh fällt dir wohl nicht ein?", fragte Osta spitz.

„Du quatscht ja eh die ganze Zeit, was soll ich da auch noch reden!", maulte Kilpa ihn an, um seine Verlegenheit zu überspielen.

Dann sprach er weiter: „Ich habe keine Ahnung, wie ich dieses Boot steuern soll, die Ruder sind viel zu groß." Das Chaos des ganzen Tages brach auf einmal über Kilpa zusammen und verhinderte jeglichen vernünftigen Gedanken.

„Alles kein Problem, Mann, mit dem besten Schwimmer des ganzen Heulensees an Bord", stolz schlug sich Osta an die Brust und stand dazu auch noch auf, wodurch das Boot wieder gewaltig zu schaukeln begann.

Kilpa hielt sich krampfhaft fest und maulte:

„Wir brauchen gar keinen Biber, um ins Wasser zu fallen, das kriegst du auch ganz allein hin, du Meisterschwimmer. Ich glaube, du bist nur ein Meisterangeber! Während du blödes Zeug redest, stoßen wir schon fast an diesem ganzen Äste Wirrwarr an. Tu doch endlich was!!!"

Die letzten Worte hatte Kilpa schon fast geschrien, aber dadurch konnte er wieder klar denken. Er nahm das Ruder, suchte sich einen großen Ast und stieß das Boot wieder schwungvoll weg vom Zuhause des Bibers. Dann hörte er einen gewaltigen Platsch.

Angstvoll sah er sich um. Würde der schlechtgelaunte Baumeister jetzt irgendwo aus den Tiefen des Sees auftauchen? Da bemerkte er, dass Osta fehlte. Kilpa konnte sich ein schadenfrohes

Grinsen nicht verkneifen. Der beste Schwimmer des Heulensees musste wohl bei dem Stoß über Bord gegangen sein.

„Osta? Wo bist du?" Er sprach vorsichtshalber im Flüsterton.

Osta tauchte aus den Fluten des Sees auf, spuckte Kilpa eine Fontäne aus Wasser mitten ins Gesicht und setzte dazu schon wieder sein unverschämtes Grinsen auf.

„Das war ein Spaß!", gackerte er.

„Igitt!", rief Kilpa empört, aber er kicherte in sich hinein, unendlich froh, dass Osta nicht sauer war.

Der Moostaucherjunge zog den Kahn um den Biber Bau herum und brachte ihn ein Stück außer Hörweite, dann kletterte er wieder ins Boot.

„Wahrscheinlich ist der alte Griesgram-Biber nicht zuhause gewesen, sonst wäre er längst rausgekommen, bei dem Krach, den du veranstaltet hast", meinte Osta keck.

„Wer hat hier Krach gemacht? Du oder ich?", erwiderte Kilpa vorwurfsvoll.

„Schon gut", lenkte Osta ein. „Erklär mir lieber, was du eigentlich auf unserem See machst."

Kilpa begann zu erzählen, von seinem Zuhause, von dem Feuer und seiner Flucht seit heute Morgen.

Osta bekam während Kilpas Bericht immer größere Augen und hörte gespannt zu. Als Kilpa das Ausmaß des Feuers schilderte nickte er wissend.

„Ja, ich habe es gerochen und die Flammen in der Ferne gesehen", sagte Osta traurig. „Die ganzen Wasservögel sind Richtung Pelikanmeer geflogen, deshalb ist es heute auch so still hier. Alle haben sich in Sicherheit gebracht und das sollten wir jetzt auch besser tun. Ich denke zwar nicht, dass uns der Brand hier noch erreichen kann, jedoch sollten wir uns in Sicherheit bringen eh die alte Riesenmoorechse auf Beutezug geht. Der Schatten stand vorhin schon im Nordosten. Es wird bald dunkel. Dann ist es hier richtig gefährlich für einen Fremden wie dich."

„Lass uns lieber von hier verschwinden. Je eher ich vom Wasser wegkomme, desto besser. Zeigst du mir den Weg zum anderen Ufer? Wilde Biber und Riesenmoorechsen, das hört sich gar nicht gut an."

„Mach ich doch!", sagte Osta großspurig. „Dort drüben am Nordufer liegt mein Zuhause." Er deutete in den Nebel. Kilpa konnte nichts entdecken.

„Wir wohnen mindestens so schick, wie ihr", schwärmte Osta, dem die Beschreibung von Kilpas Mooskugel besonders gut gefallen hatte. Er könnte sich natürlich nie vorstellen so zu leben, aber ansehen wollte er sich das Teil nur allzu gerne einmal.

„Mein Zuhause liegt unter genauso einem Steg, wie den, an dem das Boot angebunden war. Diesen kann man aber nicht mehr benutzen. Er ist morsch und voller Löcher. Wir haben ihn mit Moos bewachsen lassen. Inzwischen ist alles voller Schilf und die Vögel brüten dort. Das ist eine prima Tarnung, weil da drunter niemand unseren Bau vermutet."

„Du wohnst also unter Wasser?", fragte Kilpa ganz erstaunt. „Da kriegst du doch keine Luft!"

„Doch, natürlich, das ist kein Problem", erklärte Osta geduldig. „Die Zimmer liegen halb unter und halb über Wasser und wir haben kleine Belüftungsrohre nach oben. Ich atme so wie du, nur effektiver. Notfalls kann ich eine halbe bis eine ganze Stunde unter Wasser bleiben."

„Ist ja toll!" Kilpa war begeistert. „Und an Land?"

„Naja, das ist schon schwierig, vor allem wenn die Sonne scheint. Unsere Haut beginnt zu reißen, wenn sie austrocknet!", meinte Osta etwas zaghaft.

„Au weh! Das hört sich ja jetzt voll eklig an! Kommt das häufig vor?" Kilpa war entsetzt.

„Nein, natürlich nicht! Glaubst du vielleicht, wir sind dämlich?", brauste Osta auf. „Wir passen schon auf uns auf und entfernen uns nie sehr weit vom Wasser. Wenn das doch mal nötig sein sollte, dann nehmen wir uns halt eine Ladung mit."

„Aha", knurrte Kilpa, „deshalb habe ich jetzt nasse Füße, weil du so viel Wasser mit ins Boot gebracht hast. Mir ist kalt! Und ich möchte jetzt wirklich ans Ufer!" Zuerst hatte Kilpa fasziniert den Erklärungen des Moostauchers gelauscht. Mittelweile jedoch war ihm hundeelend und er wollte nur noch weg vom Wasser.

„Ich zieh dich an Land. Rudern kannst du mit diesen Dingern sowieso nicht." Osta deutete auf die überdimensional großen Ruder.

„Danke! Das wäre toll von dir!", sagte Kilpa versöhnlich.

„Aber das Boot muss ich dem Alten wieder zurückbringen.", überlegte Osta.

„Ach je! Der muss ja dann noch auf dem Heulenstein sein und das bei diesem Rauch!", erschrak Kilpa.

„Nein, bestimmt nicht! Er braucht den Kahn nicht um nachhause zu kommen. Im Osten gibt es einen langen Steg, der führt vom großen Wald über den Heulensee direkt zum Heulenstein."

„Ach so, na dann!" Kilpa war erleichtert. „Wenn der Alte so ekelhaft ist, wieso bringst du ihm dann sein Boot zurück?", fragte er jetzt ganz erstaunt.

„Wenn es nur um ihn ginge, dann würde ich den Kahn glatt versenken. Das hätte er verdient. Doch seine Tochter ist nett, sie heißt Kara und singt, dass man gar nicht aufhören kann zuzuhören. Außerdem hat sie Oskar gerettet."

„Oskar?", unterbrach Kilpa Ostas Schwärmerei.

„Ja, Oskar ist ein kleiner Kammmolch. Von seiner Sorte gibt es nicht viele. Er hat einfach nicht aufgepasst und sich in der Uferzone in der Angelschnur verheddert. Für den Alten wäre er ein prima Ausstellungsstück gewesen, mit dem er im Dorf hätte angeben können. Doch seiner Tochter tat Oskar leid. Sie hat ihn vom Haken gemacht, als ihr Vater kurz weggesehen hat. Da war was los! Das Gebrüll des Ekels war über den ganzen See zu hören, aber

Oskar war gerettet. Alle im See haben sich gefreut. Wenn das Boot jetzt weg ist, kriegt sie garantiert den Anschiss, weil sie es angeblich nicht gescheit festgemacht hat und das will ich nicht. Der Alte schlägt sie bloß wieder. Er ist ein Großmoosler, die sind so. Nur sie ist anders." Osta geriet wieder ins Schwärmen und verdrehte dabei die Augen sehnsuchtsvoll nach oben.

Kilpa verkniff sich eine Bemerkung und fragte stattdessen: „Was ist ein Grossmoosler?

„Ach so nennen wir die riesigen Kerle, die sich hier herumtreiben, sie kommen meist, um Fische zu angeln. Sie sind fast vier Karpfenlängen groß. Sonst sehen sie aus wie du, nur ohne Flügel. Der Fischer wird wohl ziemlich sauer sein, weil jetzt Wasser im Boot ist. Geschieht ihm recht." Osta redete sich regelrecht in Rage.

„Neulich war er allein unterwegs ohne Kara. Stell dir vor, da hat sich meine Schwester Lina mit ihren Haaren in seinem schrecklich spitzen Angelhaken verheddert. Mein Vater hat sie gerade noch rechtzeitig schreien gehört, bevor das Monster sie hochziehen konnte. Leider mussten ihre langen Haare dran glauben. Mein Vater hat sein großes Messer genommen und sie einfach abgeschnitten. Da hat Lina fast noch mehr geschrien, doch man kann nie wissen, was sonst mit ihr passiert wäre."

„Da hat sie nochmal Glück gehabt, deine Schwester. Jetzt weiß ich auch, wen du meinst", erklärte Kilpa, der Mühe hatte bei Ostas Redeschwall auch einmal zu Wort zu kommen. „Bei uns heißen sie Moosriesen, 50 Eichellängen groß. Sie kommen zu uns in den Wald und fällen die Bäume, auf denen wir leben."

„Moosriesen oder Großmoosler, ist ja egal", meinte Osta keck. „Jedenfalls sind es ekelhafte und rücksichtslose Kerle, da sind wir uns wohl einig."

Ehe Kilpa noch einmal erwähnen konnte, dass ihm inzwischen entsetzlich kalt war, sprang Osta ins Wasser. Ruckzuck setzte das Boot sich in Bewegung. Kilpa, der auf den plötzlichen Start nicht gefasst war, verlor das Gleichgewicht und purzelte nach hinten.

„Jetzt ist mein Po auch noch nass!", maulte er, doch Osta konnte ihn nicht hören.

Nach einer Weile fing ihm die schnelle Fahrt an Spaß zu machen. Neugierig sah er über den Rand des Kahns. Schilfgras und Seerosenblätter rasten an ihm vorbei und er konnte Ostas faszinierende Schwimmbewegungen sehen. Seine Flossen tauchten fast elegant ins Wasser und schoben die Wellen nach hinten. Zusätzlich setzte er seine Füße ein, die sich auf und ab bewegten und gelegentlich den Kurs korrigierten. Das sah schon irgendwie gut aus. Kilpa war beeindruckt.

Jetzt kam das fremde Ufer in Sicht.

Einige Bäume standen dicht am Wasser und die langen überhängenden Äste spiegelten sich darin. Es waren die gleichen zierlichen Trauerbirken, die er schon vom anderen Ufer her kannte, nur dass ihr Bestand hier direkt bis zum See ging. In Kilpas Blickfeld geriet ein moosbewachsener Steg. Das musste der sein, von dem ihm Osta erzählt hatte. Dort wohnte also sein neuer Freund. Für einen Moosflieger kein sonderlich verlockender Ort, doch Kilpa würde sich hüten, dergleichen gegenüber Osta zu erwähnen.

Der Kahn verlor an Fahrt und kam sanft an einem kleinen Kiesstrand zum Stehen ein Stück entfernt vom Steg. Kilpa sprang an Land, froh wieder festen Boden unter den Füßen zu haben.

„Das war spitze, wie du schwimmen kannst", Kilpa konnte sich das Lob nicht verkneifen. Osta hatte es sich auch verdient, ohne ihn würde er wohl noch immer hilflos im Heulensee treiben.

„War doch kein Problem für mich!", lachte Osta.

„Trotzdem danke, du hast mich gerettet!", sagte Kilpa.

„Habe ich gern gemacht! Bin gleich wieder da!", rief Osta etwas verlegen. Schnell schnappte er sich den Kahn und war schon wieder im Wasser.

„Pass bloß auf, der Qualm hat sich drüben schon weit ausgebreitet, ich bin da gerade noch weggekommen!", ermahnte ihn Kilpa.

„Mach dir keine Sorgen! Wenn ich keine Luft mehr bekomme über Wasser, dann tauche ich halt." Osta winkte und schwamm los.

5.

Jola schrie und flog ihrem Sohn hinterher, doch gegen die Schnelligkeit einer Antilope hatte sie keine Chance. Der Geist der Eiche würde Kilpa schützen, darauf musste sie fest vertrauen. Man erzählte sich, dass von dem riesigen Wurzelsystem des großen Baumes eine geheimnisvolle Kraft ausging.

Auf diese Macht setzte Jola nun ihre ganze Hoffnung, als sie völlig entkräftet ihren Flug abbrach.

„Bitte Geist, bring mir meinen Sohn zurück!", flehte sie.

Sikko war sofort zur Stelle und fing Jolas ruppige Landung mit seinen kräftigen Armen ab. Von Kilpa sah man nichts mehr. Die Antilope war weiter Richtung Süd-Osten geflüchtet. Sie hatte ja keine Ahnung von den Visionen der alten Nora und vertraute somit auf ihren Instinkt.

„Sie ist über die Moosebene und dann den Abhang hinunter in den großen Wald.", erklärte Jola mit letzter Kraft.

Sikko hielt seine Frau, die inzwischen in heftiges Schluchzen verfallen war, ganz fest umschlungen. So spürte sie seinen unruhigen Herzschlag. Das erinnerte sie daran, dass auch er litt, doch sie wollte jetzt nicht stark sein. Jola verfiel in ein leises Wimmern. Sikko nahm ihr Gesicht zwischen seine kräftigen und rauen Hände und sah sie eindringlich und voller Trauer an.

„Ich weiß, wie du dich fühlst. Mir geht es nicht anders, aber hier sitzen zu bleiben, das hilft Kilpa nicht! Du hast dein Möglichstes getan. Die Antilope einzuholen war unmöglich! Dank deiner schnellen Reaktion wissen wir nun wenigstens die Richtung. Das hilft uns bei der Suche. Steh jetzt bitte auf, wir müssen weiter zur großen Eiche. Denk an Pami!"

Jola nickte schwach, aber sie stand auf, breitete ihre Flügel aus und flog hinter Sikko her, zurück zu der Stelle, wo sie getrennt wurden.

Pami lehnte am knorrigen Stamm eines ziemlich krumm gewachsenen Baumes und blickte ihnen wütend entgegen. Die Tränen liefen ihr über das Gesicht.

„Ihr habt ihn verloren, stimmt's?", schluchzte sie. „Warum hast du mich nicht fliegen lassen, ich hätte ihn erreicht!" Vorwurfsvoll sah sie ihren Vater an.

„Es genügt doch schon, dass Kilpa weg ist, ich konnte dich nicht auch noch in Gefahr bringen! Bei der Geschwindigkeit dieses kräftigen Tieres hättest auch du keine Chance gehabt, das weißt du!", entgegnete ihr Vater in einem sanften, aber sehr bestimmten Ton. Er hatte Pami zurückgehalten, als sie Kilpa hinterher wollte und sie angewiesen bei der dicken Buche zu warten.

„Ich bin froh, dass wenigstens dir nichts passiert ist." Die Mutter strich ihrer Tochter über den Kopf, doch diese war viel zu wütend, um sich beruhigen zu lassen.

„Komm jetzt, zur Eiche ist es noch ein ganzes Stück, wir müssen uns beeilen!" Sikko zog seine Tochter zu sich her und schob sie wieder Richtung Westen. „Flieg!", sagte er mit gepresster Stimme.

Nur sehr widerstrebend flog Pami los. Beklemmendes Schweigen umschloss die Familie. Es war nicht in Worte zu fassen, was sie alle fühlten - ohne Kilpa an ihrer Seite in eine ungewisse Zukunft.

Immer mehr Moosflieger gesellten sich zu ihnen. Zur Eiche war es nicht mehr weit. Kalei leistete gute Arbeit als Wegweiser und die Leute vertrauten merkwürdigerweise den Visionen der alten Nora. Es schien fast, als ob der Geist der Zeiten seine Finger im Spiel hätte und Kalei die richtigen Worte in den Mund legte.

Fluglehrer Arpox tauchte neben Sikko auf.

„So ein Teufelskerl unser Kalei! Er hält immer noch die Stellung. Die Visionen seiner Großmutter retten uns allen das Leben. Der Wind hat sich gedreht, das Feuer zieht Richtung großer Wald weiter. Die Flammen sind fast unmittelbar an Kalei vorbeigezogen!"

Arpox hatte voller Begeisterung gesprochen, als er plötzlich stockte und sich suchend umsah.

„Wo habt ihr denn Kilpa gelassen? Ist er weiter vorne?"

Sikko antwortete gepresst.

„Wir haben ihn verloren!"

„Wie?" Arpox begriff gar nicht, was Sikko ihm da gerade eben mitgeteilt hatte. Seine Schüler waren ihm alle sehr ans Herz gewachsen.

„Eine Antilope, sie hat ihn mitgerissen! Sie muss aus der Steppe der Hochebene gekommen sein. Wir konnten sie nicht einholen." Jolas Stimme zitterte und ihr liefen die Tränen über die Wange.

„Wenigstens Pami sollte in Sicherheit sein und sie wäre ohne uns nie zur Eiche geflogen.", erklärte Sikko.

Pami rümpfte die Nase und blickte trotzig auf die Erde.

„Ich hätte ihn retten können! Aber ich durfte ja nicht!", maulte sie leise vor sich hin.

„Wir hoffen, dass er über die Moosebene einen Weg hierher findet." Sikko tat so, als hätte er Pami nicht gehört.

„Kilpa ist ein findiges Kerlchen, er weiß sich zu helfen. Er wird auf sich aufpassen!", sagte Arpox mit Zuversicht in der Stimme.

Der Fluglehrer wollte die Familie nicht noch weiter beunruhigen und so verschwieg er, dass die ganze Moosebene bereits in Flammen stand.

Schweigend flogen sie weiter. Vor ihnen tauchte die mächtige Baumkrone der Eiche auf. Das ausladende Astwerk war bestimmt so breit wie 40 ausgewachsene Moosflieger. Es war umgeben von einer Fülle an Blättern der unterschiedlichsten Grün- und Gelbtöne, die bereits den nahenden Herbst kündeten. Ein Anblick, der die Moosflieger immer wieder in ehrfurchtvolles Staunen versetzte. Am beeindruckendsten war jedoch das weitverzweigte Wurzelwerk des Baumes, das sich überall im Moosland ausgebreitet hatte und vermutlich sogar darüber hinaus, so genau wusste das keiner, nicht einmal Wastabu, der Naturkundelehrer. Geheimnisvolle unterirdische Wasserläufe speisten jede Wurzel auch bei Trockenheit. Die Quelle des verzweigten Bachwerkes entsprang weit oben in den Bergen. Nur die alte Nora kannte den ungefähren Ursprungsort aus einer ihrer Visionen. Sie war aber selbst auch noch nie dort

gewesen. Tatsache war, dass diese Quelle ganz Moosland am Leben erhielt, und ihr sichtbares Zeichen war die mächtige Eiche. Also der ideale Treffpunkt.

Die meisten Bewohner des Hocheichenwaldes hatten bereits Zuflucht im Schatten der Zweige gefunden. Kilpas Familie ließ sich auf einer nach oben gekrümmter Wurzel in der Nähe des kräftigen Stammes nieder.

Pami war in Gedanken versunken. Sie suchte nach einem Ausweg, um Kilpa zu finden. Sie fuhr erst hoch, als sie Kaleis Stimme vernahm. Er war jetzt zu den anderen gestoßen. Auch er machte sich Sorgen, weil seine Großmutter noch nicht da war. Er ging auf Pami zu und setzte sich neben sie.

„Ich habe schon gehört, was passiert ist. Ich weiß, dass du ihn suchen willst, aber das ist im Moment unmöglich. Das Feuer hat sich überall ausgebreitet und wo es bereits erloschen ist, versperrt dir der Rauch noch für viele Stunden den Durchflug. Bis dahin ist es längst dunkel. Es macht also heute keinen Sinn mehr, loszufliegen. Du würdest Kilpa damit nicht helfen, sondern nur dich selbst in Gefahr bringen."

Pami lächelte zu ersten Mal seit dem schrecklichen Ereignis. Wie gut Kalei doch verstand, was in ihrem Kopf vorging. Das hatte er schon immer getan, manchmal besser als sie selbst. Als Kinder waren sie oft gemeinsam unterwegs gewesen und einen besseren Freund hatte sie nie gehabt. Leider wagte sie es inzwischen nicht mehr solche Gedanken laut auszusprechen.

Kalei sah sie mit seinen leuchtenden grünen Augen sorgenvoll an. Er konnte Kilpa gut leiden. Er war für ihn wie ein kleiner Bruder und es tat ihm im Herzen weh Pami so leiden zu sehen. Er liebte alles an ihr, ihre Freude am Fliegen, ihre Liebe zu allen Geschöpfen, aber auch ihre Sturheit und ihr Durchsetzungsvermögen. Früher hatten sie sich gegenseitig geholfen in kleinen und großen Dingen, doch jetzt wirkte sie manchmal so fremd, als ob sie niemanden bräuchte, am wenigsten ihn. Und er würde ihr doch so gerne zur Seite stehen, sie jetzt einfach in den Arm nehmen, doch er traute sich nicht, hatte Angst zurückgewiesen zu werden.

Pami spürte immer noch Kaleis intensiven Blick auf sich. Sie rückte ein Stück ab und durchbrach die Nähe. Ihre Gedanken gehörten jetzt nur ihrem kleinen Bruder. Die Verbote der Eltern nach Kilpa zu suchen, hätten Pami auf Dauer nicht abhalten können. In einem unbeobachteten Augenblick wäre sie aufgebrochen. Aber sie wusste, dass Kalei vollkommen recht hatte.

„Sie werden morgen einen Suchtrupp losschicken. Ich werde mitfliegen. So eine gute Fliegerin wie dich könnten wir bestimmt gebrauchen, falls deine Eltern einverstanden sind", sprach Kalei sachlich weiter.

„Papa," rief Pami. „Ich muss da unbedingt mit, hier sitzen und warten, das halte ich einfach nicht aus." Sikko nickte. Er wusste ganz genau, dass er keine Chance hätte seine Tochter zurückzuhalten.

„Ich werde auch mitfliegen. Arpox übernimmt die Führung. Er kennt sich bestens aus, auch weit über die Grenzen von Moosland hinaus."

„Na, das wäre dann geklärt." seufzte Jola. „Und ich warte hier im Lager, falls Kilpa es bis hierherschaffen sollte. Doch jetzt geh ich mich erst mal umsehen, vielleicht kann ich hier irgendwo helfen. Es gibt wohl ein paar Verletzte." Sie sprang auf und war eilig in der Menge verschwunden.

„Ich werde mich den Suchtrupps anschließen, die die Leute im Eichenwald einsammeln, vielleicht finde ich eine Spur von Oma.", sagte Kalei. Pami nickte. Es würde alles gut werden beruhigte sie sich selbst. Sie hielt viel von Arpox, ihrem Fluglehrer. Er war mit ihrer Tante zur Schule gegangen und schon immer ein Freund der Familie gewesen. Seit fünf Jahren arbeitete er in der Schule und Pami konnte sich keinen besseren für diesen Job vorstellen. Schon als Schüler hatte Arpox seinen alten Lehrer unterstützt, dieser konnte nicht mehr richtig fliegen und gab nur noch theoretischen Unterricht. Arpox durfte dann die Flugtechniken in der Praxis vorführen. Bereits in einem Alter von 25 Jahren übernahm er dann die gesamte Flugschule unter stürmischer Begeisterung der gesamten Schülerschaft. Für einen Moosflieger ist das Beherrschen seiner Flügel äußerst wichtig und das konnte Arpox den Teenagern zeigen, wie kein anderer vor ihm. Schnell erwarb er sich auch das Wohlwollen der ängstlichen Eltern, weil er seinen Schülern alles über die Gefahren und Tücken des Fliegens beibrachte. Leider hatte sich Arpox in den letzten Jahren privat etwas rargemacht. An schulfreien Tagen war er oft für lange Zeit verschwunden und keiner wusste, wo er sich herumtrieb.

„Er sucht bestimmt die entfernten Gegenden nach Gefahren ab, um dann unsere Kinder noch besser unterrichten zu können!", dachten einige eifrige Eltern. Doch kam er stets mit einem merkwürdigen Glanz in den Augen zurück und erzählte nie von irgendwelchen Erlebnissen. Ab und an brachte er ein erlegtes Kaninchen mit und meinte, er wäre auf der Jagd gewesen. Da niemand den Leiter der Flugschule verärgern wollte, wagte keiner mehr, allzu intime Fragen zu stellen.

Pami fuhr aus ihren Gedanken auf und rannte ihrer Mutter hinterher. Zum ersten Mal seit ihrer Ankunft nahm sie ihre Umgebung wahr.

Der Platz um die Eiche glich einem riesigen Lazarett. Einige Moosflieger waren schon versorgt. Andere liefen ziellos umher und suchten Familienmitglieder und wieder andere warteten geduldig auf Hilfe. Jola entdeckte einen Mann, der eilig umherging und dabei seinen rechten Arm hielt. Die gewaltige Blutspur, die er hinter sich herzog, bemerkte er gar nicht. Er rief immer wieder einen Namen, den Jola nicht verstand. Rasch holte sie den Mann ein und bekam ihn am rechten Handgelenk zu fassen. Der Mann blieb sofort mit schmerzverzerrtem Gesicht stehen und sah Jola vorwurfsvoll an.

„Was willst du?"

„Das muss verbunden werden, du hast sehr viel Blut verloren", antwortete Jola.

„Ich muss meinen Sohn finden, das hat Zeit bis nachher.", entgegnete der Mann barsch.

„Du wirst nicht mehr lange bei Bewusstsein bleiben, wenn du mich die Blutung nicht stoppen lässt. Ich beeile mich und dann suchen wir zusammen. Ich bin übrigens Jola."

Nur sehr ungern gab der Mann nach und setzte sich auf einen Stein. Jola war sehr geschickt. Sie nahm ein paar Scharfgabenblätter, faltete sie in der Mitte zusammen und legte sie auf die blutende Stelle, dann wickelte sie stabiles Schilfgras mehrmals um den Arm und machte einen Knoten. Zum Schluss reichte sie dem Mann noch eine Tasse Heilkräutertee.

„Trink das!", befiel sie ihm. Der Mann nahm den Becher und trank, er wagte gar nicht erst aufzubegehren unter Jolas strengem Blick.

„Mein Name ist Andreas. Danke für deine Hilfe, auch wenn der Tee scheußlich schmeckt."

„Ja, aber er hilft!", lächelte Jola.

„Nicht gegen alles!", die Stimme von Andreas hörte sich jetzt sehr zittrig an.

„Meine Frau, sie ist..." Er konnte nicht weitersprechen. Jola setzte sich neben ihn und legte ihm die Hand auf die Schulter.

Andreas fuhr fort. „Wir wurden vom Feuer überrascht, es ging alles so schnell. Ein großer brennender Ast hat sie im Flug am Kopf getroffen, sie ist gefallen und dann kam die Herde.... Sie war sofort tot." Er schluchzte. „Tobias, mein Sohn er hat alles mit angesehen und ist weggelaufen, ich konnte ihn nirgendwo mehr finden. Ich hatte so gehofft, dass vielleicht hier im Lager.... Ich habe doch schon sie verloren, nicht auch noch ihn!"

„Trink aus!", sagte Jola. „Wir suchen nochmal gemeinsam. Da drüben sehe ich meine Tochter, sie wird uns bestimmt helfen. Pami! Hier bin ich!" Sie winkte Pami zu, die sich schon suchend umgeschaut hatte.

All das Elend hier! Pami war wie gelähmt, so viele Verletzte, so viele Umherirrende. Erleichtert entdeckte sie ihre Mutter in der Menge und lief zu ihr.

„Mama, da bist du ja."

„Komm mit", sagte Jola. „Wir müssen einen Jungen namens Tobias finden, vermutlich haben ihn die Suchtrupps dort hinten zur Höhle gebracht."

Die Moosflieger hatten schon viele Katastrophen hinter sich und daher Routine bei der anschließenden Hilfsaktion. Es gab so eine Art Apotheke in einem Hohlraum nahe dem Eichenstamm. Dort lagerten die Moosflieger Faulbaumruten, große Blätter, Heilkräuter, verschiedene Arten von Moos und vor allem das kostbare Eichenrindenmehl, das mit Wasser versetzt auch noch bei Schwerstkranken wahre Wunder vollbrachte. Die Verletzten wurden also immer in die Nähe der Apotheke gebracht und die Vermissten brachte man zum Höhleneingang.

„Oder hast du da schon nachgesehen, Andreas?", fragte Jola.

„Nein, ich habe nur bei den Verletzten geschaut, wie dumm von mir!" Er lief los. „Tobias, Tobias, wo bist du?"

Es saßen viele Kinder vor der Höhle, auch ein paar ältere Leute und eine junge verwirrt wirkende Frau waren darunter, aber kein Tobias. Andreas sank in sich zusammen.

„Es sind noch einige Suchtrupps unterwegs hat der Rat vorhin verkündet. Das Feuer hat viele Familien auseinandergerissen und einige sind noch da draußen und finden den Weg nicht. Auch mein Bruder wurde von uns getrennt, aber er ist auf der anderen Seite des Feuers und hat sich hoffentlich in Sicherheit gebracht. Nach ihm können wir erst morgen suchen, weil der Rauch zu dicht ist", erzählte Pami in ihrer Hilflosigkeit.

„Schaut, da kommen wieder welche!" Jola war froh über die Ablenkung. Sie versuchte im Moment nicht über Kilpa nachzudenken. Das hätte sie wahnsinnig gemacht vor Angst. So ging sie den Neuankömmlingen entgegen. Es war der Suchtrupp dem Kalei sich angeschlossen hatte.

„Hallo Jola, kannst du dich bitte um diese zwei Kinder kümmern, wir haben sie ein Stück den Hügel hinunter am Bach gefunden. Ich glaube, sie sind unverletzt, aber vielleicht haben sie Hunger", sagte Kalei.

Jola nickte und nahm die beiden Kinder an der Hand. Kalei ging zu Pami und zog sie ein Stück zur Seite, dann sagte er leise: „Die Kleine hat gerade ihre Eltern verloren, da war nichts mehr zu machen. Sie ist ziemlich durch den Wind. Der Junge sagt, dass seine Mutter tot sei, und er suche nach seinem Vater."

„Ich glaube den Vater haben wir gefunden", sagte Pami.

Und da war Andreas auch schon aufgesprungen und hatte seinen Sohn in die Arme geschlossen.

Kalei lächelte. „Das Mädchen heißt Tatjana. Ich muss nochmal los, meine Oma hat noch niemand gesehen."

„Sie kommt bestimmt durch!", rief Pami ihm nach, ehe er hinter ein paar Mooshügeln verschwunden war.

„Ich bin so froh, dass dir nichts passiert ist, ich hatte solche Angst um dich." Andreas strich seinem Sohn sanft über den Kopf. Tobias hatte sich sogleich von Jola losgerissen, als er seinen Vater entdeckt hatte.

Tatjana stand etwas abseits, neben Jola, die Hände und Schultern hingen nach unten und sie starrte ins Leere mit Tränen in den Augen.

Pami kniete sich vor sie hin und strich ihr eine Locke aus dem Gesicht.

„Du bist Tatjana, stimmt's? Mein Name ist Pami. Willst du mit uns kommen, wir gehen was zu essen suchen."

„Ich möchte bei Tobias bleiben!", sagte Tatjana sehr bestimmt.

„Geht das?" Jola sah Andreas fragend an.

„Aber natürlich geht das!", sagte Andreas.

„Dann kommt doch alle mit, dort vorne gibt es Brot", erklärte Pami.

Tobias nahm Tatjana an der Hand und folgte Jola. Pami erklärte inzwischen Andreas, was passiert war.

Andreas meinte: „Sie kann ruhig bei uns bleiben. Tobias benimmt sich wie ein großer Bruder, das tut beiden gut. Ich denke, sie trösten sich gegenseitig."

Einige Moosflieger hatten ein Feuer angezündet und darüber Brot geröstet. Es duftete herrlich. Das Brot bestand aus Eichelmehl. Um das Mehl zu gewinnen, musste man erst die Gerbsäure mit heißem Wasser aus den Eicheln herausfiltern, damit sie genießbar wurden. Im Anschluss trocknete man die Eicheln und verarbeitete sie zu feinem Mehl. Einiges von dem Mehl lagerte in Säcken in einer Höhle nahe der alten Eiche für Notzeiten.

Die fleißigen Bäcker hatten den Brotteig noch zusätzlich mit wohlschmeckenden Kräutern angereichert, damit es besonders gut duftete. Andreas ließ sich mit den Kindern am Feuer nieder. Pami und Jola holten sich je ein kleines Stück Brot und machten sich dann wieder auf den Weg zum Lazarett. Immer mehr Verletzte hatten die Suchtrupps eingesammelt. Einen Mann brachten sie auf einer Trage aus Faulbaumruten, die die Suchtrupps in aller Eile gebaut hatten. An seinem Bein klaffte eine tiefe Verletzung, und er wollte einfach nicht liegen bleiben. Die Männer des Trupps luden ihn ab und hasteten wieder los. Jola begann sogleich die Wunde zu säubern und das Bein zu schienen.

„Meine Frau, meine Frau!", wisperte er und verlor das Bewusstsein.

„Pami!", sagte Jola.

„Ja, Mama?"

„Mir kommt da so ein Verdacht. Erinnerst du dich an die junge Frau bei der Höhle, die etwas durcheinander gewirkt hat? Ich glaube, ich habe sie schon einmal bei ihm gesehen."

„Ich geh sie holen, dann wissen wir Bescheid", antwortete Pami.

„Und wenn sie wirklich seine Frau ist, dann wird er froh sein, wenn sie bei ihm ist, wenn er wieder aufwacht."

Pami lief gleich los und kam nach kurzer Zeit mit der Frau zurück.

„Rudolf, ich bin so froh, dass ich dich wieder hab", schluchzte die Frau. „Oh, dein Bein. Ist es schlimm?", fragte sie an Jola gewandt.

„Die Wunde hat sich ziemlich entzündet und er verliert immer wieder das Bewusstsein. Wenn er wach ist, ruft er ständig nach einer Carina, bist du das?", fragte Jola.

„Ja! Ach, mein Schatz, wie kann ich dir nur helfen, ich dachte schon, ich hätte dich für immer verloren." Carina kniete neben ihrem Mann und strich ihm fürsorglich über die Stirn.

„Bleib bei ihm und halte seine Hand, es wird ihn beruhigen, wenn er aufwacht", befahl ihr Jola. „Er ist noch nicht über den Berg, er hat Fieber. Ich gehe Eichenrindensud besorgen! Kräuter allein können hier nichts ausrichten. Wir brauchen was Stärkeres." Jola machte sich auf den Weg. Das kostbare Mittel gab nur der Leiter des Lazarettes heraus.

Carina wirkte jetzt viel klarer als vorhin bei der Höhle. Sie sprach beruhigend auf ihren Mann ein und das half ihm. Jola kam mit der kostbaren Flüssigkeit zurück und zeigte Carina, wie man die Umschläge macht und wann sie sie erneuern musste.

Dicht daneben saß eine alte Frau und wiegte ihren Mann hin und her. Sie summte leise eine Melodie. Eine Helferin kam mit zwei Männern.

Sie strich der Frau über den Arm und sagte sanft: „Er atmet nicht mehr, der Rauch, es war zu viel für ihn. Sie müssen ihn jetzt wegbringen." Sie deutete auf ihre beiden Begleiter, dann entfernte sie sich eilig.

Etwas abseits vom Lager befand sich eine bizarre Felsenanordnung, durch die das Wasser rann. Dort hatten die Moosflieger begonnen, die Toten aufzubahren und das waren jetzt schon einige.

Die Frau begriff nicht und wollte ihren Mann nicht loslassen. „Das kann nicht sein, warum hat er mich denn nicht mitgenommen? Wir waren doch immer zusammen, unser ganzes Leben lang."

„Komm!" Pami hatte die Szene beobachtet und war zu der Frau getreten. „Lass die Männer ihre Arbeit machen, du kannst mitgehen, ich helfe dir."

Zögernd begann die Frau loszulassen und der Trauerzug setzte sich in Bewegung.

Auf dem Platz der Toten herrschte Friede, nur ab und zu war ein leises Schluchzen zu hören. Der Lärm und die Unruhe des Lagers drangen nicht bis zu diesem Ort vor, und doch wirkte die Atmosphäre nicht hoffnungslos. Die Hinterbliebenen trösteten sich gegenseitig. Für einen Moosflieger gab es keinen besseren Platz zum Sterben als in den Armen eines Liebsten und in unmittelbarer Nähe der großen Eiche. Bei ihr fand das Leben sein Ziel, seinen Sinn.

Als Pami wenig später ins Lager zurückkehrte, kam ihr alles doppelt laut und unruhig vor. Viele Moosflieger eilten aufgeregt in eine Richtung. Pami konnte nicht erkennen, was da vor sich ging und so lief sie hinterher.

Aufgeregte Stimme waren zu hören. „Ist das Lotte?"

„Ja!"

„Welche Lotte?"

„Na, Noras Lotte!"

„Und Nora, ist sie ok?"

„Kannst du was sehen?" Alle redeten wild durcheinander.

„Lasst mich mal durch!" Cäsario, der oberste Rat drängte sich durch die Menge.

Etwas unwillig rückten alle zur Seite. Jetzt konnte Pami endlich etwas erkennen.

Die alte Nora saß auf ihrem Pferd, obwohl sitzen schon zu viel gesagt gewesen wäre. Ihr Kopf war ganz in der Mähne von Lotte verschwunden und sie rührte sich nicht.

„Kommt und helft mir, wir müssen sie da runterholen", rief Cäsario. Ein paar kräftige Männer waren sofort zur Stelle. Als sie Nora packten, war ein lautes Stöhnen zu hören.

„Passt doch auf, ihr Trottel, sie ist ja schließlich kein Sack Mehl! Beeilt euch Leute, holt eine Decke und bringt etwas Tee. Steht nicht alle so dumm herum, los bewegt euch." Cäsario konnte schon etwas grob werden, wenn er unter Stress stand. Aber seine Worte taten Wirkung.

Es kam Bewegung in die Moosflieger, die vorher nur alle wie gebannt auf Lotte und Nora gestarrt hatten. Die alte Nora saß inzwischen auf einer Wurzel in die Decke gehüllt und schlürfte genüsslich ihren Tee.

„Keine Sorge, es geht mir gut, ich war nur etwas erschöpft und habe ein Nickerchen gemacht. Ich weiß ja, dass die Gute den Weg allein ohnehin besser findet." Damit sah sie lächelnd zu Lotte hinüber. „Nur mein Kreuz macht nicht mehr so mit im Galopp. Habt ihr meinen Enkelsohn gesehen, geht es ihm gut?" Nora sah sich jetzt suchend und mit sorgenvollem Blick um.

„Mit ihm ist alles in Ordnung!", sagte Pami, die sich inzwischen den Weg nach vorne gebahnt hatte. „Er ist mit den Suchtrupps unterwegs. Ich habe ihn vorhin noch gesehen, es geht ihm gut. Er hat uns alle gewarnt, wie du es ihm aufgetragen hattest."

„Ja, auf meinen Kalei ist halt Verlass!" Stolz schwang in Noras Stimme. „Aber ich wünschte, ich hätte das Feuer noch verhindern könne. Doch ich bin zu spät gekommen. Wenn das Elefantengras erst einmal brennt, dann ist nichts mehr zu machen. Nur ein paar Augenblicke früher..."

„Du hast dein Möglichstes getan, wir sind dir alle unendlich dankbar", unterbrach sie Cäsario. „Du hast durch deinen mutigen Einsatz viele von uns gerettet."

Allgemein zustimmendes Gemurmel war zu hören.

„Oma, Oma!" Kalei kam freudestrahlend angerannt und fiel seiner Oma um den Hals.

„Nicht so stürmisch, du setzt mir ja mehr zu als das Feuer. Ich bin nun mal nicht mehr die Jüngste", lachte Nora. Kalei wurde etwas sanfter, aber er ließ seine Oma nicht los.

„Ich bin so froh, dass ich dich wieder hab", jubelte er.

Die Sonne verschwand langsam hinter den hohen Bäumen. Alle Suchtrupps waren ins Lager zurückgekehrt. Die Moosflieger saßen um ein großes, wärmendes Feuer, aßen Brot und tranken Tee. Den Verletzten wurde etwas gebracht.

Als alle satt waren, zog man mit Fackeln hinüber zur Totenstätte hinter den Felsen und hielt eine Trauerfeier ab. Die Toten waren aufgebahrt auf Holzstößen, die nun entzündet wurden. Sie lagen friedlich nebeneinander, um sich gemeinsam auf die große Reise zur ewigen Quelle zu machen. Als die Feuer erloschen, trieb der Wind ihre Asche hinauf in die Berge.

Jede Familie zog sich danach still zurück an ihren Schlafplatz, die einen noch komplett, die anderen in Trauer um ihre Angehörigen. Manche hatten sich aus der Not heraus neu zusammengewürfelt, wie Andreas. Er lag in der Mitte von Tatjana und Tobias, die sich beide eng an ihn kuschelten. Und wenn man genau hinsah, dann bemerkte man daneben die alte Frau und konnte die kleine Mädchenhand erkennen, die warm die faltige Hand der Greisin umschloss.

Pami lag noch wach und dachte an Kilpa. Sie fing einen Blick ihres Vaters auf, der Jola im Arm hielt.

„Es geht ihm gut", flüsterte er ihr zu. Pami nickte und schlief erschöpft ein.

6.

Kilpa sah Osta nach, bis er hinter der Biberburg verschwunden war. Dann ließ er sich kraftlos in den Kies fallen und lehnte sich an einen der größeren Ufersteine. Er legte den Kopf zurück und starrte nachdenklich in den Himmel.

Moostaucher, es gab sie also tatsächlich und er hatte jetzt einen von ihnen zum Freund. Einfach großartig! Wäre nur dieses Feuer nicht gewesen! Doch andererseits hatte der Brand erst dafür gesorgt, dass es ihn hierher verschlagen hatte. Er war vorerst in Sicherheit vor den Flammen und das Gleiche galt hoffentlich für seine Familie. Wenn der Geist der Zeiten seine Finger im Spiel gehabt hatte, dann hatte er seine Sache gut gemacht. Kilpa blickte schläfrig den vorbeiziehenden Wolken hinterher. Eine sah aus wie sein Großvater. Kilpa lächelte traurig. Wie gerne hätte er ihm alles erzählt, vor allem die Sache mit den Moostauchern. Doch leider war sein Opa im letzten Winter gestorben und Kilpa vermisste ihn mehr denn je. Keiner hatte seine Abenteuerlust so sehr verstanden, wie er. Die Wolke verfing sich in einer etwas entfernt stehenden riesigen Fichte. „Merkwürdig!", dachte Kilpa. „Alle anderen Wolken ziehen weiter, nur diese eine bewegte sich nicht mehr. Was konnte das nun schon wieder bedeuten?"

Ein lautes, bedrohliches Gurgeln, vom Wasser her, kommend lenkte Kilpa ab. Der Junge sprang auf und stolperte rückwärts, kam aber nicht weit, da hinter ihm die Wurzel einer Birke in den Kies ragte und ihn zu Boden riss. Die Wellen, die der See an der Stelle schlug, drifteten auseinander. Kilpa hatte Sand in die Augen bekommen und konnte nur noch verschwommen sehen. Er stützte sich hilflos auf seine Hände und versuchte rückwärtszurobben. War das die Moorechse, von der Osta erzählt hatte? Die Sonne stand schon ziemlich tief. Sollte er etwa dem Feuer entkommen sein, um nun von so einem entsetzlichen Tier gefressen zu werden? Kilpa konnte nicht mehr klar denken. Er war starr vor Schreck.

„Oh! Das tut mir leid!", dröhnte eine tiefe Stimme. „Ich wollte dich nicht erschrecken!"

Kilpa rieb sich den Sand aus den Augen und hielt Ausschau nach dem Eigentümer der Stimme. Der Kopf eines Wesens war aus den Fluten aufgetaucht. Nein, ein Monsterreptil konnte das nicht sein. Das Gesicht wirkte extrem freundlich und das Grinsen kam ihm auch irgendwie bekannt vor. Die fremde Gestalt stieg vollends aus dem Wasser. Vor Kilpa stand nun ein Mann mit breiten Schultern und einem wilden, grünen Bart, der ihm fast bis zum Bauch hing. Er war ein wenig größer als ein ausgewachsener Moosflieger.

„Keine Angst, Junge! Ich tue dir nichts!", klang es recht freundlich. „Ein Moosflieger! Schau mal einer an! Ein wahrlich seltener Anblick!" Der Bärtige kratzte sich nachdenklich am Kopf.

Kilpa richtete sich auf. „Wer oder was bist du denn?", stotterte er.

„Ich bin ein Moostaucher und heiße Zacharias. Ich bin hier der Verantwortliche am Heulensee. Deshalb wollte ich mal nach dem Rechten sehen."

Im Hintergrund tauchte Osta auf. Kilpa war unendlich froh ihn zu sehen und beruhigte sich etwas. Jetzt erkannte er auch die Ähnlichkeit zwischen den beiden, die schillernde Schuppenhaut, die grünen wirren Haare, in denen ein paar Algen hingen und die kleine Flosse auf dem Rücken, wobei sie bei dem Mann etwas größer ausfiel.

„Hallo Papa, darf ich dir meinen neuen Freund vorstellen? Das ist Kilpa, ein Moosflieger", erklärte Osta stolz.

„Prima!", Zacharias lächelte seinen Sohn zufrieden an.

„Was für eine Sensation! Das du ausgerechnet die Bekanntschaft mit einem Moosflieger machst, kann ich jetzt noch kaum glauben. Junge, Junge!"

Zacharias gab Kilpa seine große und kräftige Hand und zog ihn hoch.

„Na, komm her! Sei herzlich willkommen bei uns. Es ist schön, mal wieder einen von euch Moosfliegern zu sehen."

„Du kennst uns?", fragte Kilpa ganz erstaunt.

„Nun, das ist schon etwas her, dass sich jemand von eurer Sippe bis hierhin verirrt hat. Das Wasser meidet ihr ja und die Sumpfzone und das Nebelmoor trennen unsere Gebiete. Doch wissen alle Wasserwesen hier, dass die Wurzeln eurer großen Eiche bis zum Ufer des Heulensees reichen und dass ihre Kraft uns vereint. Ihr Geist ist in allen Bewohner des Mooslandes gegenwärtig."

„Oh weh, auch so ein Geist-Fan, wie meine Mutter!", dachte Kilpa. Doch Zacharias sprach schon weiter.

„Hat dich etwa das Feuer hergetrieben? Was ist da bloß los bei euch da oben im Wald? Bist du ganz allein unterwegs?"

Kilpa seufzte und begann seine Geschichte noch einmal zu erzählen. Als er geendet hatte, zog Ostas Vater ihn fürhrsorglich zu sich heran und klopfte ihm mutmachend und anerkennend auf die Schultern. Etwas atemlos von der wuchtigen Umarmung sprach Kilpa weiter.

„Meine Familie ist jetzt bei der großen Eiche, das hoffe ich wenigstens! Ich muss zu ihnen! Sie warten auf mich. Inzwischen habe ich allerdings keine Ahnung mehr, wie ich da hinkommen soll. Die Moosebene brennt und hier liegt die Sumpfzone dazwischen!"

„Nun zurück über den See kannst du tatsächlich nicht", überlegte Zacharias. „Da ist immer noch alles voller Rauch und es wird Tage dauern, bis sich der verzieht. Außerdem wäre das zu gefährlich, weil das Feuer immer wieder aufflammen könnte."

„Gibt es denn gar keinen Weg durch das Nebelmoor?" Kilpa blickte sehnsuchtsvoll in die Richtung. Der Weg wäre ganz kurz und er käme direkt unterhalb der großen Eiche raus.

„Oh, das kannst du vergessen", meldete sich nun Osta zu Wort. „Da ist kilometerlang nur Sumpf kein fester Boden und auch kein normales Wasser, total unheimlich. Zu allem Übel steigen dort auch noch giftige Dämpfe auf. Wenn du nicht im Moor versinken würdest, so müsstest du ersticken."

„Ja, ja, weiß ich doch, du redest wie meine Eltern!" Kilpa rollte mit den Augen. Aber irgendwie hatte mit dem Nebelmoor ja alles angefangen. Dort hatte er seine erste Begegnung mit dem Geist, soviel war ihm heute klar.

„Du hast ja recht, aber ich finde das Moor faszinierend, die weißen Stämme, dicht an dicht, die aufsteigenden Nebel dazwischen und der Gesang der Espenblätter!" Kilpa war ins Schwärmen geraten und hatte dabei vergessen, dass Osta und Zacharias ihm zuhörten. Sonst hätte er die singenden Blätter leichter unerwähnt gelassen. Aber es war schon zu spät.

„Was für ein Gesang?", fragte Osta natürlich prompt und auch Zacharias spitzte mit einem Mal ziemlich interessiert die Ohren.

„Nicht so wichtig, es war wohl der Wind!", wiegelte Kilpa ab.

„Ich finde das Moor nur gruselig und unheimlich. Gut, dass ich da nicht rein muss!", rief Osta.

„Ich war schon mal drin!", platzte es aus Kilpa heraus.

„Das ist unmöglich!", protestierte Osta.

„Denkst du ich lüge?", giftete Kilpa zurück.

„Nein natürlich nicht, aber…"

„Nun lass ihn doch mal erzählen!" Zacharias hatte seinen Sohn die Hand auf die Schulter gelegt und betrachtete Kilpa gespannt.

„Normalerweise weht im Moor kein Lüftchen und die Espen schweigen seit jenem verhängnisvollen Tag." Zacharias Stimme klang mit einem Male sehr tief und geheimnisvoll.

„Seit jenem Tag?" Kilpa lief es eiskalt den Rücken hinunter. „Wieso ist das Moor so gefährlich und wo kommen die giftigen Dämpfe eigentlich her?", fragte er weiter.

„Früher haben die Großmoosler oder Moosriesen, wie ihr sie nennt, befestigte Wege gebaut und sind auf diese Weise Stück für Stück in die Sümpfe vorgedrungen. Sie waren hinter dem wertvollen Holz der Sumpfzypresse her. Dann haben sie die Moor-Erde abgetragen und in die Ebene gebracht, als Brennstoff. Doch sie haben zu tief gegraben und eine Quelle mit giftigen Gasen freigelegt. Seitdem kann sich dort niemand mehr aufhalten", erklärte Zacharias.

„Doch nun spann uns nicht so auf die Folter! Wie hast du es geschafft heil aus dem Moor herauszukommen und warum bist du überhaupt hinein gegangen?"

Kilpa begann zu erzählen, froh die Geschichte einmal loszuwerden, die zuhause geheim bleiben musste.

„Bei meinen Streifzügen durch den Wald hatte ich seit ein paar Tagen eine Kaninchenfamilie beobachtet. Die Jungen waren so nett, wie sie herumtollten. Als ich an jenem Tag wieder in der Nähe des Baues war, hörte ich nur ängstliches Fiepsen. Die Jungen waren allein, von der Mutter keine Spur. Also begann ich nach ihr zu suchen. An der Grenze zum Nebelmoor hörte ich ihre Schreie. Sie hatte Todesangst und ohne sie wären ja auch die Jungen verloren. Also habe ich mich ein Stück hineingewagt, in das Moor."

„Das war aber sehr heldenhaft von dir!", bewunderte ihn Osta, der gespannt zugehört hatte.

„Ich habe sie nicht gleich gefunden", fuhr Kilpa fort. „Und so bin ich weitergelaufen, ihrem Rufen hinterher. Sie steckte in einem Schlammloch und drohte zu versinken. Wahrscheinlich ist sie auf der Suche nach Futter vom Weg abgekommen. Ich zog sie raus und natürlich ist sie sofort weggelaufen, zurück zu ihren Jungen.

Ich stand da und konnte den Weg nicht mehr nach draußen finden. Es fing schon an zu dämmern, der Nebel stieg hoch und die Luft wurde irgendwie dünner. Ich musste husten und mein Kopf war wie betäubt."

„Die Dämpfe des Nebelmoors taten ihre Wirkung!", sagte Zacharias.

„Ja, das wurde mir klar, aber ich sah den Rückweg nicht mehr. Und dann passierte es! Ein Wind zog plötzlich auf. Die Espenblätter bewegten sich. Ja, auch wenn ihr mich für verrückt haltet, es klang, als ob sie sangen. Ein Windstoß trieb Richtung Boden, drückte den Nebel auseinander und ich konnte den Weg zurück in den Eichenwald sehen. Kaum war ich draußen war alles wieder wie vorher, der Nebel dicht und Totenstille. Keine Herde Dreihornmufflons hätte mich da wieder hineingebracht!", schloss Kilpa.

„Das war knapp!", sagte Osta. „Da hast du nochmal großes Glück gehabt!"

„Das war nicht bloß Glück!", überlegte Zacharias. „Wen das Moor in seinen Fängen hat den lässt es nicht mehr los. Doch du hast aus Liebe gehandelt, deshalb kam dir der Geist der Zeiten zu Hilfe. Ihm gehorcht der Wind."

„Singt der Wind auch manchmal?", fragte Kilpa ehrfurchtsvoll. Zacharias lächelte. „Ja, davon habe ich schon gehört."

Ostas Vater wollte das Thema wohl nicht weiter vertiefen, denn er ging Richtung Wasser und machte seine Beine und Arme nass. Osta tat es ihm nach. Kilpa beschloss also nicht näher zu fragen. Er war sich ja eh nie so ganz sicher, ob er sich die Töne nicht nur einbildete. Doch warum hatte er sie dann beim Segen an der Eiche erneut gehört? Egal, er hatte jetzt andere Sorgen.

„Aber es muss doch einen Weg geben, zurück nach Hause!" hakte Kilpa nach.

„Klar gibt es den", tönte Osta klug daher. „Du musst außen herum am Fluss entlang. Ich werde dich begleiten, ich kenne den Weg. Wir haben in der Schule eine Karte gesehen, sozusagen von oben, der Fluss ist lang und teilweise ziemlich breit und..."

„Na, da habe ich wohl auch noch ein Wörtchen mitzureden, junger Mann", sagte Zacharias streng.

„Aber, du kannst ihn doch nicht alleine gehen lassen!", argumentierte Osta.

„Und du bist dann eine kompetente Begleitung, nur weil du einmal eine Karte gesehen hast, und dazu noch von oben?", maulte sein Vater zurück.

„Von oben! Das wäre eine Möglichkeit!", überlegte Kilpa laut und blickte zu der hohen Fichte, in der seltsamerweise immer noch die Wolke seines Großvaters hing. Er wunderte sich heute über gar nichts mehr. Osta und sein Vater debattierten eifrig weiter. In solche Familienangelegenheiten wollte Kilpa sich nicht einmischen. Das kannte er nur zu gut von zuhause. So lief er los und erreichte schnell die untersten Zweige des Baumes.

„Hej! Wo willst du denn hin?" Osta brüllte ihm hinterher und auch sein Vater war irritiert.

Doch Kilpa hatte schon den untersten Teil des Stammes erklommen und hangelte sich Ast für Ast immer ein Stück weiter.

Osta und Zacharias kamen eilig näher und blickten fasziniert nach oben. Moostaucher können nicht klettern. Alles Hohe macht ihnen eher Angst.

„Was machst du denn da?" Osta blickte unsicher nach oben.

„Ich will mir nur einen Überblick verschaffen!", rief Kilpa zurück.

„Keine schlechte Idee!", meint Zacharias anerkennend.

Der Moosfliegerjunge suchte sich Meter für Meter seinen Weg. Mit einem Male spürte er eine Kraft, wie eine übermächtige Energie in sich, die er so noch nie gefühlt hatte. Irgendetwas trieb ihn immer weiter und es war nicht allein die Suche nach dem Heimweg, da war noch etwas anderes.

Kilpa war inzwischen so weit nach oben geklettert, dass er über den Heulenstein sehen konnte, hinüber zu der ihm vertrauten Seite des Sees. Gebannt starrte er den Rauchschwaden hinterher. Sie zogen gemächlich Richtung großer Wald. Die Sicht auf den Eichenwald blieb ihm dadurch verwehrt. Auf diesem Weg würde er also tatsächlich nicht nach Hause kommen. Sein Blick fing die nähere Umgebung des Baumes ein. Ein Stück weiter Richtung Norden begann bereits das Nebelmoor. Düster, grau und undurchdringlich reihte sich Baum an Baum, Strauch an Strauch. Die Vegetation hatte nichts gemein mit den prächtigen grünen Eichen, die er gewohnt war. Hier war alles kahl, dünn und zerbrechlich. Der Untergrund, in dem die Sumpfgewächse standen, war feucht und trüb ohne befestigte Wege. Ein Gefühl von bewundernswerter Schönheit wollte in Kilpa diesmal nicht hochkommen. Er sah ein, dass es Wahnsinn wäre sich hier durchzuwagen.

Osta blickte immer noch nach oben und wurde langsam ungeduldig. „Was siehst du?", fragte er. Doch es kam keine Antwort.

„Hej, bist du taub?", Osta wurde energischer, „nun sag doch was!"

„Lass mich, ich muss nachdenken!", rief Kilpa genervt zurück.

„Ja, dann meldest du dich eben, wenn du fertig bist!" Osta zuckte mit den Schultern und hatte wohl schon den ein oder anderen Satz auf den Lippen, als er den strengen Blick seines Vaters auffing. Also setzte er sich auf einen umgestürzten Baum und wartete.

Kilpa kletterte inzwischen noch etwas höher. Wo er hinblickte, sah er nur Nebelmoor. Er hatte es sich nie so groß vorgestellt. Es schien ja gar kein Ende zu nehmen.

Er stieg weiter nach oben. Richtung Westen zeigte sich jetzt ein anderes Bild. In der Ferne war ein Fluss zu erkennen. Der sumpfige Untergrund ging langsam in grüne Moosflächen über und der Wald sah ähnlich aus wie sein Hocheichenwald.

Auf einmal huschte etwas Braunes hinter ihm vorbei. Erschrocken sah er sich um, konnte aber nichts entdecken. So stieg er ein kleines Stück höher. Plötzlich raschelte es über ihm. Er sah für einen Augenblick etwas an sich vorbeifliegen, aber keinen Vogel, sondern ein Wesen mit Fell.

„Was in der Welt sollte denn das nur wieder sein?", fragte sich Kilpa und verharrte mucksmäuschenstill. Er wagte kaum zu atmen. Obwohl sich nichts mehr rührte, spürte er deutlich, dass er nicht allein in diesem Baum war. Er stellte die Federn und blieb in Alarmbereitschaft. Mit leichten Kopfbewegungen suchte er seine Umgebung nach etwas Ungewöhnlichem ab, doch es rührte sich nichts mehr. Kilpa zuckte mit den Schultern, es half ja nichts, er konnte schließlich nicht für ewig in diesem Baum sitzen bleiben. Er bog die Zweige der Fichte auseinander und hangelte sich weiter nach außen. Von hier aus hatte er einen ganz guten Überblick. Er sah einen Weg, der sich Richtung Fluss schlängelte, aber so recht weiter half ihm das auch nicht.

Wieder lag diese merkwürdige Spannung in der Luft, die er schon zu Beginn seines Aufstiegs gespürt hatte und er fühlte sich beobachtet.

„Pass bloß auf, dass du nicht herunterfällst!", Ostas Vater hatte Kilpas Kletterpartie mit sorgenvollem Blick beobachtet.

Kilpa zuckte zusammen, wollte jedoch nicht ängstlich oder unhöflich wirken, also antwortete er gelassen: „Keine Sorge, habe ich schon öfter gemacht! Ich komme gleich wieder ..." Weiter kam er jedoch nicht.

Aufgeregte Tierlaute drangen an sein Ohr. Der Verursacher musste sich dicht an ihn herangeschlichen haben, ohne dass Kilpa es bemerkt hatte. Ärgerlich! So ein Leichtsinn blieb meist nicht ungestraft. Er hatte nicht auf seinen Instinkt gehört. Wumm! Wie zur Bestätigung traf Kilpa ein Ast auf den Hinterkopf, sodass er fast das Gleichgewicht verloren hätte. Er sah erstaunt nach oben und entdeckte ein pelziges braunes Wesen, ungefähr halb so groß wie er. Es saß auf dem Ast über ihm, schrie aufgeregt und blickte grimmig auf ihn herab. In der rechten Pfote hielt es einen Fichtenzapfen. Es hatte spitze Ohren mit büschelartigem Fell darin, große braune Knopfaugen und einen wunderschönen buschigen Schwanz, der stolz nach oben zeigte. Das Tier holte aus, warf den Zapfen und traf Kilpa genau an der Stirn.

„Au, hey! Was ist das denn nun wieder!" Kilpa rieb sich die schmerzende Stelle. Das merkwürdige Wesen griff nach weiteren Zapfen, keckerte schrill, holte aus und warf erneut. Diesmal wich der Moosflieger geschickt aus.

Aber von unten tönte ein empörtes „Au!"

Kilpa grinste. Osta hatte wohl weniger Glück gehabt. Es blieb ihm keine Zeit zur Schadenfreude, der Braune holte schon wieder aus. Er musste dringend etwas unternehmen. Also griff der Moosfliegerjunge blitzschnell nach dem Ast, auf dem der Braune saß und zog fest und ruckartig daran. Das Tier verlor das Gleichgewicht und rollte an ihm vorbei mit rudernden Armen. Kilpa erschrak und griff geistesgegenwärtig nach der linken Pfote des Wesens. Doch nun überschlugen sich die Ereignisse erst recht. Die Pfote schien mit einem Mal in seiner Hand zu glühen, sein ganzer Arm leuchtet in rotem Licht und die Welt um die beiden herum stand still.

„Lass los!", schrie das Wesen und Kilpa tat wie ihm geheißen. Schwupp war der Braune weg. Nur der Wind säuselte leise über ihm, oder sang er? Kilpa wollte nicht darüber nachdenken. Das hier war einfach zu viel.

Das Tier tauchte schon wieder über ihm auf und warf erneut mit Zapfen. Es starrte ihn wütend und angstvoll an.

„Hast du da vorhin was gesagt?", fragte Kilpa, dem mit einem Mal klar wurde, dass die Worte „Lass los!" keine Tierlaute gewesen waren. Der flinke Kletterer wich zurück und ließ den Zapfen fallen.

„Au, jetzt reichts mir aber!" Osta sprang auf und blickte wütend nach oben. „Kannst du vielleicht damit aufhören, mich ständig zu bewerfen?"

„Das war ich nicht!", gab Kilpa zurück.

„Sehr witzig, weil ja da oben so viele im Baum sitzen!", maulte Osta und rieb sich den Kopf.

„Erklär ich dir später!" Kilpa und der Braune starrten sich weiterhin an.

„Wer bist du?", fragte er und rechnete nicht wirklich mit einer Antwort, mal abgesehen von dem wüsten Kreischen.

„Philine!", hauchte das Wesen und fixierte seinerseits Kilpa mit fragendem Blick.

Das klang so gar nicht mehr nach Tierlauten, vermutlich war dieser Tag wohl doch zu viel gewesen und Kilpa fing an zu fantasieren.

„Kilpa, ich bin Kilpa!" Mehr fiel ihm nicht ein.

Über ihnen kreischte ein Adler und sein Schatten fiel bedrohlich auf die Fichte. Kilpa blickte nach oben, er war jetzt vorsichtig geworden. So große Raubvögel konnten ihm und auch dem Wesen gefährlich werden.

„Wir müssen näher an den Stamm!", sagte er. „Dort sind wir sicher!" Doch er sagte den Satz ins Leere, denn diese Philine war weg.

7.

Kilpa zweifelte endgültig an seinem Verstand und sah sich um. Der Adler war längst weitergeflogen und er war allein. Nur der Wind blies und trieb die Wolke seines Großvaters gemächlich weiter nach Westen Richtung Fluss. Kilpa starrte ihr sehnsuchtsvoll hinterher. Er hatte die Schnauze gründlich voll. Dies musste alles ein schrecklicher Albtraum sein, aus dem er schleunigst aufwachen wollte. Doch nichts passierte. Kein Rascheln, kein Laut war zu hören und das braune Wesen blieb verschwunden.

Nachdenklich und langsam machte sich Kilpa an den Abstieg. Er hatte genug gesehen, obwohl ihm der Ausblick in keiner Weise weitergeholfen hatte. Er wollte einerseits nur noch weg von diesem Baum, anderseits hoffte er das Tier nochmal zu sehen, schon damit er nicht endgültig an seinem Verstand zweifeln musste.

„Hey, Kilpa, bist du in Schwierigkeiten? Was war das für ein Krach?", drang Zacharias Stimme durch seine Gedanken.

„Alles in Ordnung!", rief Kilpa zurück.

„Dann ist ja gut! Komm runter, ich habe da eine Idee, die dich weiterbringt."

Also kletterte Kilpa jetzt etwas zügiger nach unten, dabei sah er sich immer wieder verstohlen um. Hatte er im Augenwinkel nicht etwas braunes an sich vorbeihuschen sehen? Kilpa schüttelte den Kopf und seufzte. Er löste sich vom Stamm der Fichte und flog das letzte Stück nach unten. Zacharias und Osta waren schon wieder in eine Vater-Sohn Debatte vertieft, so dass sie Kilpa erst bemerkten, als er zwischen ihnen landete. Erschrocken fuhren sie auseinander.

„So, da bin ich wieder!", sagte Kilpa. „Was ist das nun für eine Idee?"

„Du gehst zu Alfred, dem Flusswächter. Keiner kennt sich in dieser Gegend so gut aus, wie er!", erklärte Zacharias.

„Komisch, den Namen habe ich noch nie gehört!", wunderte sich Kilpa.

„Das ist ein Wald Zwerg!", sagte Osta. „Und er ist schon sehr alt. Das sind Zwerge meistens. Sie brauchen etwas länger in ihrer Entwicklung."

„Na, das lass mal bloß nicht Alfred hören!", lachte Zacharias. „Aber es stimmt schon, sie gelten mit 100 Jahren noch als jugendlich."

Kilpa kicherte verstohlen.

„Lass dir von Alfred den Weg erklären, er kann dir alles genau beschreiben, er ist sehr klug. Du musst dich beeilen, die Sonne steht schon ziemlich tief!", drängte Zacharias.

Kilpa nickte und sah sich verstohlen um. Gab es dieses Wesen im Baum wirklich? Und wenn ja, wo war es bloß?

„Ich werde dich begleiten, obwohl mir ja eigentlich der Schädel brummt!" Osta rieb sich leidend den Kopf und blickte Kilpa vorwurfsvoll an. Kilpa überlegte kurz, ob er von seiner merkwürdigen Begegnung mit dieser Philine erzählen sollte, entschied sich aber dann dagegen. Es wäre doch äußerst peinlich, wenn das Erlebte nur in seiner Fantasie stattgefunden hätte.

„Tut mir leid, ich habe die Zapfen wohl aus Versehen losgetreten", sagte er versöhnlich.

Osta würde ihn begleiten, das war die beste Nachricht des Tages. Er war richtig erleichtert nicht mehr allein unterwegs sein zu müssen.

„Wunderbar, dass du mitkommst! Hast du deinen Vater überzeugt?" Vorsichtig blickte Kilpa zu Zacharias, doch der schien nichts dagegen zu haben.

„Ich kann euch leider nicht begleiten", bedauerte Zacharias. „Die alte Moorechse treibt gerade jede Nacht ihr Unwesen und die Bewohner des Heulensees sind in Gefahr."

„Das ist auch der Grund, warum ich mitdarf!", quatschte Osta dazwischen.

Sein Vater sah ihn mahnend an. „Ich werde einen Trupp anführen und hoffe, dass wir sie besiegen können oder wenigstens vertreiben. Osta pass gut auf dich auf, du weißt, dass deine...“

„Ich weiß, dass meine Haut nicht austrocknen darf, aber wir gehen doch immer am Fluss entlang. Keine Sorge Paps!“, fiel ihm Osta ungeduldig ins Wort.

„Ihr nehmt meine Spezialsalbe und ein paar Energiealgen mit und seid ja vorsichtig“, sagte Zacharias voller Sorge.

„Wir passen gut auf“, sagte Kilpa. „Und danke, dass du Osta mit mir gehen lässt.“

„Schon gut! Zu zweit seid ihr einfach besser dran!“

„Na hoffentlich kommt ihr gegen diese Echse auch ohne mich klar!“, rief Osta.

Zacharias lachte und klopfte seinem Sohn auf die Schulter. „Keine Sorge! Das wird schon! Aber jetzt müsst ihr gehen, ehe es ganz dunkel ist. Dort vorne ist ein kleiner Trampelpfad.“ Zacharias deutete Richtung Westen. „Dem folgt ihr, er bringt euch direkt zum Fluss. Dort meldet ihr euch beim Flusswächter Alfred. Er wird euch für die Nacht unterbringen und euch den Weg zeigen. Ihr müsst weiter flussabwärts und wenn der Sumpf aufhört, Richtung Norden.“ Zacharias drückte Kilpa die Hand. „Komm gut nachhause und besuche uns mal wieder am Heulensee. Ich würde mich sehr freuen!“ Dann nahm er seinen Sohn fest in die Arme. „Sei deinem neuen Freund ein hilfreicher Begleiter und treffe keine unbedachten Entscheidungen!“

„Geht klar Paps! Mach ich doch immer!“, entgegnete Osta mit einem frechen Zwinkern.

„Genau das meine ich ja!“, kommentierte Zacharias lachend.

„Ich werde euch auch vermissen.“ Osta schluckte das mulmige Gefühl hinunter, das ihm in der Kehle hochstieg. Zacharias nickte.

„Du bist schon wieder ganz trocken, die Luft ist heute besonders aufgeheizt, durch die Sonne und das Feuer. Nimm noch einmal ein Bad im Heulensee, dann schaffst du es leicht bis zum Fluss. Ich hole inzwischen die Sachen, die ihr braucht."

Als Osta wieder aus dem Wasser kam, drückte ihm sein Vater eine Tasche aus Algen in die Hand, dann marschierten Kilpa und er los.

Sie bogen nach links ab und bahnten sich einen Weg durchs Dickicht, bis sie auf den kleinen Pfad gelangten, den Kilpa oben vom Baum aus gesehen hatte.

Dieser schlängelte sich direkt hinunter zum Fluss. Schon nach kurzer Zeit konnte man das Rauschen des Wassers hören. Osta ging als erster, dann kam Kilpa, der sich immer wieder verstohlen umsah. Er hatte einfach das Gefühl verfolgt zu werden und dieses Gefühl täuschte ihn selten. Kilpa rieb sich die Schulter, die erneut schmerzte. Das Strahlenmoos war längst aufgebraucht.

„Was ist das für eine Spezialsalbe, die dir dein Vater mitgegeben hat?", wandte er sich deshalb an Osta.

„Die hilft gegen alles!", sagte Osta großspurig, wie Kilpa es nun schon gewohnt war.

„Dann gib doch mal her, ich habe mir heute Morgen die Schulter verzerrt und es tut immer noch weh."

Osta kramte in seiner Tasche und holte einen Schlauch hervor, der mit einer grünen Paste gefüllt war. Eine kleine Menge davon strich er auf Kilpas Schulter.

„Das müsste genügen!", sagte er. „Was guckst du eigentlich ständig zurück? Hast du was verloren oder Angst vor wilden Tieren? Die kommen erst heraus, wenn es richtig dunkel ist. Bis dahin sind wir hoffentlich längst bei Alfred, wenn du nicht weiterhin so trödelst!"

„Ich trödle nicht und ich habe keine Angst!", rief Kilpa empört. „Danke für die Salbe!" Entschlossen stand er auf und ging weiter. Hinter einem Felsen am Wegesrand lugte kurz ein buschiger, brauner Schwanz hervor und war in der nächsten Sekunde verschwunden. Gleich darauf bewegte sich oben in einer Fichte ein Ast, dann in der nächsten und übernächsten. Kilpa bemühte sich nicht hinzusehen. Es gab sie also wirklich, diese Philine und sie folgte ihm! In Kilpa kroch ein triumphierendes und aufgeregtes Gefühl hoch. Es roch nach Abenteuer! Er hatte bloß noch keine Ahnung, wie er die Sache Osta erklären sollte. Doch langsam wurde ihm klar, dass ihm das wohl nicht erspart bleiben würde.

„Es könnte sein, dass uns jemand folgt, aber ich bin mir nicht sicher. Deswegen schau ich mich ständig um. Hast du nicht das Gefühl, dass da jemand ist?"

„Nein, eigentlich nicht!" Osta starrte ihn erstaunt an. „Wie kommst du denn drauf?" Sie waren inzwischen auf einer Anhöhe angekommen. Nun vielleicht war der Zeitpunkt für Erklärungen ja auch gerade ungünstig.

„Schau mal, da unten geht es nicht weiter!", rief Kilpa, froh über die geglückte Ablenkung. Osta ging sofort darauf ein.

„Das sieht nur so aus! Hinter dem Felsen oder auch darunter liegt Alfreds Höhle!" Osta schaute in den Himmel. „Komm! Wir müssen uns beeilen, die Sonne ist schon ganz rot, sie wird bald untergehen. Dann ist Schluss mit lustig, wenn wir nicht mehr die Hand vor den Augen sehen. Hier wird es ziemlich schnell und extrem dunkel. Ich erlebe das jeden Abend. Also leg mal einen Zahn zu, ausruhen können wir die ganze Nacht. Vielleicht lässt sich auch derjenige abschütteln, von dem du glaubst, dass er uns verfolgt!", setzte er fast ein wenig spöttisch hinzu.

Kilpa ging nicht weiter darauf ein, er würde das Thema lieber auf morgen verschieben. Er lief schneller, wohlwissend, dass sich Philine sicher nicht abschütteln ließ, und das wollte er ja auch gar nicht.

Im Dauerlauf stolperten die beiden Jungen den Weg hinunter. Eine Rechtskurve, eine Linkskurve und noch ein Stück geradeaus, dann war es geschafft. Sie standen vor dem Felsen, völlig außer Atem. Der Fluss vor ihnen war nun deutlich zu hören. Osta bog die Zweige der Sträucher neben dem Felsen etwas auseinander und stand direkt vor dem Haus des Flusswächters, das sich im Aussehen eigentlich nicht viel von dem Felsen daneben unterschied und deshalb nicht weiter auffiel.

„Alfred? Ich bin es, Osta", rief er etwas unsicher. „Manchmal ist er ziemlich schlecht gelaunt", sagte er leise zu Kilpa. „Ich hoffe, wir haben Glück und es ist nur seine Frau Waldtraud da." Doch da tauchte schon ein graubärtiges Gesicht mit lichtem Haarschopf in der Tür auf.

„Was wollt ihr denn noch so spät? Wer seid ihr überhaupt? In eurem Alter solltet ihr schon längst zuhause sein." Dann erkannte der mürrische Alfred das Gesicht von Osta.

„Dich kenne ich doch, du bist der Sohn vom Zacharias. Was machst du denn jetzt noch hier draußen und was hast du da für eine merkwürdige Begleitung?" Dabei sah er Kilpa scharf an.

Philine hatte sich ganz in der Nähe versteckt. Bei Alfreds Anblick rutschte ihr ein schrilles Keckern heraus, und sie floh auf den nächsten Baum. Alfred und Osta sahen sich erschrocken um.

„Was war das denn?", fragte Osta. Doch Kilpa zuckte nur mit den Schultern. Auch Alfred schien das Interesse verloren zu haben und sah die beiden Jungen mit durchdringendem Blick an. Nachdem Kilpa hartnäckig schwieg, fuhr Osta notgedrungen fort.

„Das ist Kilpa, wir müssen zum Hocheichenwald, seine Familie suchen, sie sind Moosflieger, das sind..."

„Ich weiß schon, was Moosflieger sind.", unterbrach ihn Alfred mit ungeduldigem Ton.

„Ich kann mich noch genau an euren Umzug vor 200 Jahren in den Hocheichenwald erinnern."

„Und du bist da dabei gewesen?" Kilpa war ganz aufgeregt. „Das wusste ich nicht!"

„Nun kein Wunder, wie alt magst du wohl sein?", brummelte Alfred mehr zu sich selbst.

„Ich bin schon 13 Jahre alt", gab Kilpa stolz von sich. Alfred lachte und sah dabei schon etwas freundlicher aus.

„Dann leg noch mal 300 Jahre drauf, dann hast du mein Alter. Aber jetzt kommt erst mal rein, es ist schon dunkel und mir tun die Füße weh, schließlich bin ich ja nicht mehr der Jüngste. Außerdem ist das Essen fertig und wenn das kalt wird, versteht Waldtraud keinen Spaß." Er grinste und verschwand in der Steinhöhle. Osta folgte ihm.

Kilpa blieb unschlüssig stehen. Ein Stück über sich nahm er eine Bewegung wahr. Es war ihm gar nicht wohl Philine allein draußen zurückzulassen, obwohl sie das ja eigentlich gewohnt sein müsste. Da zupfte etwas an Kilpa' Arm.

„Da bist du ja endlich!", sagte Kilpa. „Ich bin übrigens ein Moosflieger! Und was bist du?"

„Ich bin ein Waldmurmeltier", antwortete Philine leise.

„Was? Die sehen aber ganz anders aus!" Kilpa war nun doch etwas erstaunt.

„Das weiß ich selbst!" Das braune Wesen klang jetzt ziemlich eingeschnappt und ungeduldig.

„Sie haben mich in der Nähe des Flusses gefunden. Ich bin bei ihnen aufgewachsen und jetzt suche ich meine richtige Familie. Gefunden habe ich aber nur dich!"

„Aha!" Kilpa ärgerte sich über ihre spitze Bemerkung. Da ihm nichts Passendes einfiel, fragte er weiter.

„Und warum versteckst du dich ständig?"

„Das war gerade ein Wald Zwerg!", flüsterte Philine jetzt ziemlich verängstigt.

„Ja stimmt!", antwortete Kilpa, dem gerade wieder bewusst-wurde, dass er die ganze Zeit mit einem Tier sprach, als ob es das

Normalste der Welt wäre. „Aber woher weißt du das? Er ist, glaube ich, der Einzige hier, das hat zumindest mal meine Großmutter erzählt, gesehen habe ich noch nie einen, nur auf Bildern in meinen Schulbüchern!" Er sprach mit normal lauter Stimme, so dass Philine zusammenzuckte.

„Pst!", sagte sie. „Die spießen so kleine Tiere wie mich auf und rösten sie über dem Feuer, das haben mir die Murmeltiere beigebracht. Ich soll mich von ihnen fernhalten."

„Ok, dann bleib hier draußen in den Bäumen!", sagte Kilpa.

„Und du?", fragte Philine.

„Ich gehe da jetzt rein!"

„Dann muss ich mit! Wir gehören jetzt zusammen!", zischte Philine aufgeregt.

„Ja, ich weiß!", sagte Kilpa und das fühlte sich richtig an, auch wenn er es sich nicht erklären konnte. „Dann nehme ich dich jetzt mit hinein. Hier sieht nichts gefährlich aus."

Philine schüttelte panisch den Kopf.

„Geh nie in die Höhle eines Feindes!", sagte sie bestimmt.

In diesem Moment trat Alfreds Frau vor die Tür. Das Wort Feind schien auf sie so gar nicht zutreffen zu wollen. Sie war ein kleines bisschen größer als Kilpa, was aber auch an der aufgetürmten Frisur liegen konnte, mit der sie ihre Haarpracht zu bändigen suchte. Sie trug Kleidung aus feingewebtem Seegras mit wärmenden Tierhaaren verknüpft, ähnlich wie die Kleidung der Moosflieger, nur war alles knallbunt eingefärbt, das Oberteil in orange und der Rock in dunklem violett, darüber hatte sie eine blaue Schürze gebunden. Nicht zu übersehen, war ihr überaus strahlendes Lächeln, das ihr ganzes Gesicht zum Leuchten brachte.

„Hallo Moosfliegerjunge! Ich bin Waldtraud. Willst du denn gar nicht hereinkommen, drinnen ist es doch viel gemütlicher." Ihre Stimme war hell und voller Begeisterung, als sie weitersprach. „Ich habe gerade frische Pfannkuchen mit Preiselbeeren gemacht."

„Also keine Waldmurmeltiere auf dem Speiseplan!", dachte Kilpa amüsiert.

„Du solltest dich lieber beeilen, eh Alfred sie alle allein verputzt!", fuhr die Zwergen-Frau fort. „Außerdem hat dein Freund nach dir gefragt." Sie sah sich suchend um. „Komisch, ich dachte ich hätte dich mit jemandem sprechen gehört!"

„Och, da musst du dich getäuscht haben!" Kilpa war ziemlich verlegen. Und von Philine war natürlich nichts mehr zu sehen.

„Ich heiße Kilpa!", stellte er sich höflich vor.

„Na, komm!" Waltraud winkte ihn gutmütig ins Haus.

Kilpa trottete folgsam hinterher. Es roch herrlich nach frisch Gebackenem und süßen Früchten, dazu hing ein Hauch von fein geräucherten Kräutern in der Luft. Kilpa blieb andächtig schnuppernd in der Küchentüre stehen.

„Vom Geruch wird man nicht satt. Nun setz dich doch endlich!", polterte Alfred.

Kilpa nahm eilig Platz. Von Philine war immer noch nichts zu sehen. Hatte sie doch beschlossen draußen zu bleiben? Kilpa hatte da so seine Zweifel.

Osta saß auf einer Bank umringt von sieben Zwergenkindern in allen Größen, soweit das bei Zwergen eben möglich ist. Sie futterten gierig vor sich hin, tuschelten und blickten immer wieder verstohlen und neugierig zu Osta und Kilpa.

„Und ihr freche Bande zeigt einmal, dass ich euch Manieren beigebracht habe und begrüßt unsere Gäste", wandte sich Alfred nun an seine Kinder mit forschem Ton.

„Mpf, mpf du hast doch gesagt, mit vollem Mund spricht man nicht!", meldete sich ein kleiner Junge mit grüner Latzhose und roter Mütze auf dem Kopf zu Wort. „Ich bin Polkis! Schön, dass wir mal Besuch haben.", sprach er weiter, aber natürlich erst, als er heruntergekaut hatte.

„Polkis, nimm die Mütze ab beim Essen!", mahnte Alfred. Der Zwergen-Junge gehorchte. Dann sprachen die anderen Kinder alle durcheinander, so dass man keinen Ton mehr verstand.

„Ruhe!" Mama Zwerg brauchte nur dieses eine Wort zu sagen und schon herrschte Stille in der Höhle.

„Unsere Kinder wollen euch alle herzlich willkommen heißen und es stimmt wirklich, wir hatten schon sehr lange keinen Besuch mehr. Es ist schön, dass ihr da seid. Kali und Tina, rutscht mal etwas zusammen, damit Kilpa auch noch Platz hat."

Kali war ein Junge mit unendlich vielen Sommersprossen und Tina hatte kurze braune Haare.

Kilpa bemerkte erst jetzt, was für schrecklichen Hunger er eigentlich hatte, und begann sogleich zu essen.

Eine ganze Weile war nichts mehr zu hören, außer dem leisen Klirren der Becher, in denen sich köstlicher Holundersaft befand und ein paar schmatzender Geräusche. Bei Letzteren machte sich jedoch keiner die Mühe, den unmanierlichen Verursacher herauszufinden, nicht einmal Waldtraud.

Kilpa nahm einen großen Schluck von dem leckeren Saft und verschluckte sich heftig. Sein Blick war auf ein Regal, voll beladen mit Geschirr, gefallen, das sich genau gegenüber dem Tisch befand. Philine saß grotesk zwischen ein paar Tellern und rührte sich nicht. Die Augen weit und angstvoll aufgerissen, sah sie Kilpa fast flehentlich an. Der Moosfliegerjunge starrte wie gebannt zurück.

„Was ist denn los? Trink nicht so gierig!" Das Zwergen-Kind namens Polkis schlug ihm schwungvoll auf den Rücken, obwohl er schon gar nicht mehr hustete. Erst jetzt merkte Kilpa, dass ihn bereits alle fragend anstarrten.

„Du siehst aus, als ob du ein Gespenst gesehen hättest!", versuchte Osta ihm beizustehen. Er ahnte nicht wie nah er mit seiner Bemerkung an der Wirklichkeit war.

„War wohl bloß eine Maus!", antwortete Kilpa möglichst gelassen. Doch das war die denkbar schlechteste Antwort gewesen.

Tina rettete sich sofort schreiend auf die Sitzbank und auch Waltraud war eilig aufgesprungen und sah sich suchend um.

„Wo ist sie hin?" Die Zwergen-Mama sah Kilpa fragend an.

„Die geht mir an meine Vorräte und bringt dann auch noch ihre ganze Familie mit!" Sie lief genau in die Richtung, in der sich das Möbelstück mit Philine befand.

„Ich kann mich auch getäuscht haben!", versuchte Kilpa das Schlimmste zu verhindern. Doch es war schon zu spät. Philine geriet in Panik, sprang aus dem Regal und riss einen Holzteller mit sich, der krachend zu Boden fiel. In ihrer Not lief sie direkt zu Kilpa. Dazu rannte sie quer über den Tisch und stürzte sich in seine Arme. Dieses Ereignis war nun wirklich keinem im Raum verborgen geblieben. Alle starrten schon wieder Kilpa an. Dem war ganz heiß geworden, was wohl nicht nur an dem roten Licht lag, in das er und Philine getaucht waren, kaum, dass sie ihn berührt hatte.

Schützend hielt Kilpa die zitternde Philine fest. Verstecken konnte er sie ja jetzt ohnehin nicht mehr. Beide spürten ganz deutlich, dass sie zusammengehörten und einer auf den anderen aufpassen musste.

„Sieh an, ein Eichhörnchen!", rief Alfred begeistert in die Runde und durchbrach damit die Starre der anderen.

„So, so, das bist du also! Von so einem Tier habe ich noch nie gehört", flüsterte Kilpa. Philine zuckte nur hilflos mit den Schultern. Sie war komplett überfordert mit der ganzen Situation.

„Aber warum um Himmels Willen glüht ihr beide so?", fuhr Alfred fort.

Waltraud versuchte die Situation ihrerseits zu entspannen und gebot Tina sich wieder zu setzten. Auch sie quetschte sich neben ihren Kindern auf die Bank.

„Dieses rote Leuchten wird wohl erst aufhören, wenn ihr euch loslasst", meinte sie zu Kilpa.

Kilpa versuchte sich zu befreien, doch das Eichhörnchen klammerte sich nur noch fester an ihn. Osta blickte irritiert zu den beiden.

„War es das da, das uns gefolgt ist?" Er deutete auf Philine.

„Das da ist, wie du gehört hast, ein Eichhörnchen und sie heißt Philine", erklärte Kilpa mit brüchiger Stimme. „Und ja, sie ist es, die uns die ganze Zeit gefolgt ist. Das Ganze ist für mich selbst auch noch so unglaublich, dass ich nicht gewusst habe, wie ich es dir sagen soll."

„Naja, mit diesem Auftritt ist dir das ja bestens geglückt. Und ich dachte wir sind Freunde und du vertraust mir!" Osta verschränkte die Arme und starrte beleidigt vor sich hin.

Die Stimmung im Raum war bedrückend und ratlos, außerdem gab es ja da noch das Problem mit dem Glühen.

„Keine Angst, wir tun dir nichts!" Alfred versuchte das zitternde Eichhörnchen zu beruhigen, doch er erreichte damit nur das Gegenteil.

„Hilf mir!", hauchte Philine zu Kilpa hin.

„Die tun dir nichts!", flüsterte Kilpa zurück.

„Doch, sieh dort in der Ecke. Ich habe dir doch gesagt, sie haben uns auf ihrem Speiseplan!" Sie deutet auf eine Figur in einer Nische am Ofen.

„Wie? Das kann ich mir nicht vorstellen! Sicher, das ist ein Murmeltier, aber kein echtes, glaube ich!" Kilpa versuchte das Eichhörnchen vergeblich zu beruhigen. Ihm wurde immer heißer und heißer, doch sie rückte keinen Millimeter von ihm ab.

„Was will es denn mit unserer Waldmurmeltierfigur?", fragte Polkis, der die Bewegung des Tieres bemerkt hatte.

„Ich weiß nicht genau. Sie macht ihr Angst. Sie denkt ihr esst Tiere wie sie", erklärte Kilpa den Zwergen. „Sie hat bei Murmeltieren gelebt und die haben ihr das wohl so beigebracht."

„Ich glaube, das kann ich erklären!", meldete sich Alfred zu Wort. „Da bin ich schuld! Die Murmeltiere sind regelmäßig an unsere Vorräte gegangen. Das hat mich so geärgert, dass ich eines dieser Tiere aus Lehm geformt habe, auf einen Stock gespießt und über das Feuer gehalten habe. Währenddessen lagen die frechen kleinen Kerle in den Büschen auf der Lauer. Als die Viecher dann kreischend das Weite gesuchten, haben wir die Figur angemalt und auf den Kamin gestellt, natürlich ohne den Spieß. Deshalb ist sie wohl so erschrocken. Keine Angst meine Kleine, dir wird gewiss nichts passieren."

„Hast du gehört?", wandte sich Kilpa an Philine.

„Ich verstehe jedes Wort seit ich dich berühre. Das ist so unheimlich!", flüsterte Philine zurück.

„Prima, dann weißt du ja jetzt, dass sie dir nichts tun!", wisperte Kilpa, der sich über gar nichts mehr wunderte.

„Bist du sicher?"

„Ganz sicher! Lass mich bitte endlich los, ich verglühe sonst noch. Ist dir denn gar nicht heiß?"

Philine nickte nur und begann langsam ihren Griff um Kilpa zu lockern. Dann ließ sie sich von Kilpa auf die Bank neben ihm setzen. Sofort erlosch das rote Glühen. Kilpa atmete erleichtert auf. Keiner am Tisch wagte zu fragen, was da gerade passiert war. Die Mahlzeit verlief ohne weitere Zwischenfälle. Nur Osta starrte etwas finster vor sich hin und vermied den Blick zu Kilpa und Philine.

8.

Als alle zufrieden und satt waren, räumte die Zwergenfrau mit Hilfe der Kinder den Tisch ab, dabei flüsterte sie einem Mädchen etwas zu. Tina rannte hinaus und kam wenig später freudestrahlend mit einer Kastanie in der Hand zurück, die sie Philine reichte. Die stieß ein zartes Muck, Muck aus und nahm behutsam die Frucht. Langsam verlor sie ihre Angst, wenn sie auch gelegentlich vorsichtig um sich blickte.

Osta rutschte unruhig auf seiner Bank hin und her. „Gibt es hier einen See in der Nähe?", fragte er zaghaft. „Meine Haut zwischen den Schuppen trocknet aus und mir wird schwindlig."

„Ach je!", Waldtraud war ganz erschrocken. „Dass ich nicht früher daran gedacht habe. Hinter dem Haus ist ein kleiner Teich, mit Wasser aus dem Heulensee, er ist zwar ein bisschen trübe, aber bei weitem nicht so gefährlich, wie der Fluss mit seinen unberechenbaren Strömungen."

Osta eilte zur Hintertüre hinaus und kam nach wenigen Minuten freudestrahlend und erleichtert zurück.

„Du hast da was!" Kilpa deutete auf Ostas wild durcheinandergeratene Haarsträhnen und grinste. Sein Freund griff sich in die Mähne und zog eine schleimig grüne Liane heraus, dann biss er genussvoll hinein.

„Mm, schmeckt gut!", feixte er. „Aber natürlich kein Vergleich zu Waldtrauds köstlichen Pfannkuchen." Kilpa schüttelte sich angeekelt, sagte jedoch lieber nichts mehr, er war ja heilfroh, dass Osta noch mit ihm sprach. Der Moostaucher schien sich etwas beruhigt zu haben.

Alfred machte Feuer im Kamin. Der Ofen stand in einer Nische und war wunderschön mit farbigen Kacheln und Ornamenten aus hellem Ton verziert. Als die Flammen warm leuchteten und gemütlich vor sich hin knisterten, zündete sich Alfred eine Pfeife an. Als nächstes setzte er sich in einen großen hölzernen Ohrensessel, der überhaupt nicht unbequem aussah, da er ziemlich dick mit Moos gepolstert war. Kilpa entdeckte kunstvolle Schnitzereien an der Lehne und die Armstützen waren im Außenbereich mit Eichenrinden verkleidet. Vor dem Kamin lagen Felle und ein paar flauschige Kissen. Doch Kilpa suchte erst einmal die Nähe von Osta. Schließlich wollte er ja seinem neuen Freund noch einiges erklären. Der Moostaucher machte es sich lieber etwas abseits vom Kamin bequem.

Waldtraud hatte ihm eine kleine Wasserschüssel gebracht, in der er genüsslich mit den Fingern planschte. Kilpa ließ sich neben ihm nieder.

„Es tut mir leid, ich wollte dir ja alles gleich erzählen, aber es gab nie den richtigen Zeitpunkt."

„Na, dann kannst du das ja jetzt nachholen!" Osta sah Kilpa abwartend an. So ermutigt begann Kilpa zu erzählen. Er schilderte die Ereignisse auf dem Baum detailgetreu. Osta rieb sich mal wieder den Kopf, als er zu der Stelle mit den Tannenzapfen kam.

„Du warst das also!", wandte er sich an Philine, die sich sicherheitshalber neben Kilpa einen Platz gesucht hatte. Auf die Bemerkung von Osta zeigte sie jedoch keine Reaktion.

Als Kilpa dann von der Berührung und der Sprachverbindung redete, horchte Alfred auf.

„Na sowas! Ich habe mich vorhin schon gewundert. Du hast ja die ganze Zeit mit ihr gesprochen und sie hat auch verstanden, was wir gesprochen haben. Doch das scheint jetzt nicht mehr so zu sein!"

„Das ist nur möglich während der Berührung! Nur ich kann immer mit ihr reden", erklärte Kilpa. „Wenn ich das doch alles begreifen könnte!"

„An irgendetwas erinnert mich deine Geschichte. Mal sehen, vielleicht fällt es mir noch ein", sagte Alfred und versank in Schweigen.

Das leise Knacken des Feuerholzes war zu hören und jeder hing einen Moment seinen Gedanken nach, bis mit lautem Getrappel und Getratsche sieben Zwergen-Kinder hereinstürmten.

„Langsam, langsam!", brummelte Alfred. Er wirkte jetzt jedoch viel entspannter als vor dem Essen. „Ida, solltet ihr euch nicht fürs Bett fertigmachen?"

„Öhm, schon!", meldete sich ein Zwergen-Mädchen mit langen braunen Zöpfen zu Wort. „Aber, wenn doch Besuch da ist, dürfen wir dann nicht etwas länger aufbleiben?"

„Na, da will ich mal nicht so sein, aber erst Schlafhemd anziehen und Zähne putzen, nicht dass ihr mir hernach hier alle einschlaft", meinte Alfred und stopfte lächelnd seine Pfeife. Waldtraud stand in der Türe und schob die Bande energisch eine kleine Holztreppe hoch.

„Wir sind gleich wieder da!", rief Polkis und hüpfte nach oben.

„Siebenlinge!", stöhnte Alfred. „Und das in meinem Alter, aber sie bringen Leben in die Bude. Wir Waldzwerge, müsst ihr wissen, bekommen nur so alle siebzig Jahre Kinder und dann immer sieben auf einmal, so ist das halt."

Osta blickte Alfred mit großen, neugierigen Augen an. „Und wo sind eure anderen Kinder? Gibt es noch mehr Zwerge hier in der Gegend?"

„Nein, unsere ersten Kinder sind im Tal geblieben und von dort aus tiefer in den Wald gezogen, als der große Krieg kam. Vor 70 Jahren waren die Umstände unpassend, deshalb liegen bis zu dieser Zwergen Bande 140 Jahre dazwischen."

„Der große Krieg?", Kilpas Stimme klang belegt. „Das ist furchtbar traurig! Wir haben in der Schule darüber gesprochen, aber der Lehrer wusste nicht viel aus dieser schrecklichen Vergangenheit. Erzählst du uns davon?"

„Na, das kann ja eine lange Nacht werden!", brummte Alfred. Doch es war ihm anzusehen, dass er gerne von vergangenen Zeiten erzählte und richtig froh war, endlich mal wieder dankbare Zuhörer vor sich zu haben. Seine Kinder fanden die alten Geschichten schon längst langweilig, außer es bestand die Aussicht, eine kleine Weile länger aufbleiben zu dürfen.

„Nun denn, nehmt euch noch ein Glas Holundersaft vom Tisch mit und ein paar Nüsse und dann macht es euch bequem." Alfred deutete auf eine große Holzschale, die am Boden neben seinem Stuhl stand. Das mürrische Zucken um Alfreds Mundwinkel war verschwunden und seine Augen leuchteten voller Begeisterung. Da ließ auch Philines Nervosität etwas nach und sie räkelte sich auf einem der Felle und versuchte nicht einzuschlafen.

„Vor ungefähr 250 Jahren, als ich noch ein junger Kerl war," begann Alfred, wobei er seine Stimme feierlich anhob, „fing der große Krieg der Menschenvölker an.

„Menschenvölker?", fragte Kilpa. „Was sind das für Wesen?"

„Ach so, ja!", entgegnete Alfred. „Ihr nennt sie ja jetzt anders, ihr bezeichnet sie als Großmoosler oder Moosriesen. Als der Krieg damals nichts mehr übrigließ, haben unsere Vorfahren beschlossen auch den Namen jener zerstörerischen Rasse aus ihrem Wortschatz zu streichen. Man glaubte zu dieser Zeit, sie hätten sich endgültig selbst ausgerottet."

„Aber sie sind noch da und eine ständige Bedrohung für uns!", warf Osta dazwischen.

„Ja, sie sind wiederaufgetaucht, vor ungefähr 50 Jahren. Sie entdeckten den großen Wald und begannen Siedlungen zu bauen. Wenigstens haben bisher nur wenige dieses Hochplateau entdeckt. Doch lasst mich von vorne erzählen. Früher lebten die Moosflieger, Moostaucher und auch wir Zwerge gemeinsam in der Ebene des Pelikanmeeres, dort unten wo der Fluss endet. Alles war mit Wäldern bedeckt und es gab genug Lebensraum für alle. Bäume für euch," dabei sah er Kilpa an, „und Flüsse und Seen für dein Volk Osta und ein herrliches Labyrinth aus Höhlen für uns Zwerge. Doch die Menschen breiteten sich immer mehr aus, brauchten das Holz für ihre Schiffe und die Industrie. Sie bauten riesige Städte, gruben nach Öl und anderen Bodenschätzen. Es kümmerte sie nicht, dass dabei unsere Lebensgrundlage und die der Tierwelt für immer zerstört wurde. Und als sie dann auch noch anfingen sich gegenseitig zu bekämpfen, da war es genug. Ihr musstet fliehen mit Hilfe der Pelikane."

„Die Pelikane, es gab sie also tatsächlich? Deshalb der Name des Sees!", bemerkte Osta ganz erstaunt.

„Nun damals schon, sie lebten mit euch Moostauchern gemeinsam auf dem Pelikanmeer. Da ihr ja nicht fliegen konntet, wie die Moosflieger, halfen sie euch manchmal aus, wenn ihr zu einem anderen Gewässer unterwegs wart und der Weg durch trockenes Gelände ging. Es war auch ein Pelikan, der den Heulensee bei einem Erkundungsflug entdeckte und damit den Eichenwald.

Die Menschen hatten die Gegend schon lange verlassen, nachdem sie das Nebelmoor zu dem gemacht hatten, was es heute ist.

Binnen einer Nacht wurden eure beiden Völker umgesiedelt. Den Tauchern und auch den kleinen Kindern der Flieger halfen die mächtigen Vögel. Wer sich noch nicht festhalten konnte, wurde im Schnabel transportiert. Am nächsten Tag brachen die Pelikane Richtung Süden auf und sind seither nicht zurückgekehrt."

„Und ihr Zwerge, warum seid ihr nicht mit uns geflohen?", wollte Kilpa wissen.

„Das wäre wohl besser gewesen", seufzte Alfred, „aber wir fühlten uns sicher dort in den Höhlen unter der Erde. Doch dann kam der Krieg immer näher, Menschenvolk gegen Menschenvolk. Einige Zeit lang blieben wir unbehelligt, bis sie unsere Höhlen entdeckten. Sie ahnten nicht, dass wir dort lebten und so zogen wir uns immer tiefer in das Labyrinth zurück. Das sollte nicht lange gutgehen. Sie lagerten Waffen und Fässer mit schwarzem Pulver in den vorderen Höhlen. Während eines scheußlichen Sturms, bei dem die Blitze nur so zuckten, entstand ein Feuer, eigentlich nur harmlos klein, aber es genügte, um alles in die Luft zu jagen. Der ganze vordere Teil des Labyrinthes wurde verschüttet und es gab kein Entkommen für uns. Allzu viele Vorräte hatten wir auch nicht angelegt und so war Eile geboten. Wir mussten schleunigst einen anderen Ausgang finden. Und da kommt deine kleine Freundin ins Spiel." Alfred warf ihr einen liebevollen, wenn auch traurigen Blick zu. Philine sah ihn erschrocken an und rückte ängstlich etwas näher an Kilpa heran.

„Du brauchst keine Angst zu haben, wir Zwerge waren euch Eichhörnchen stets wohlgesonnen."

Kilpa riss erstaunt die Augen auf. „Du kennst noch mehr Tiere, wie Philine? Dass ist ja toll, weißt du wo ihre Familie ist? Können alle Eichhörnchen sprechen?"

Alfred schüttelte den Kopf. „So viele Fragen, die ich dir alle nicht beantworten kann. Es würde mich freuen, wenn von den Tieren genug überlebt hätten, um den Bestand zu sichern. Meines Wissens sind sie fast alle gestorben. Und so ein sprechendes Eichhörnchen wie deines, habe ich nun wirklich noch nie getroffen." Alfred seufzte. „Wenn wir uns damals mit den Tieren hätten verständigen können, wäre es vielleicht anders gekommen", fuhr er traurig fort.

Ehe Kilpa nachfragen konnte stürmten Alfreds sieben Kinder ins Zimmer und schlitterten auf Knien Richtung Feuer.

„Da sind wir wieder!", rief Tina freudig. „Wer kann mit Tieren sprechen?"

„Und aus ist es mit der Ruhe!", stöhnte Alfred. „Und Ohren haben sie wie Luchse, vor allem wenn das Gesagte gar nicht für sie bestimmt war. Nun, das dürfte euch sicher brennend interessieren!", wandte er sich an seine Kinder. „Kilpa kann mit Tieren sprechen."

Sogleich redeten wieder alle sieben kleinen Zwerge durcheinander und jeder wollte etwas Anderes wissen.

„Halt, halt!", rief Kilpa. „So ist das nicht!" Um sich Gehör zu verschaffen, musste er jedoch aufstehen. „Ich kann nur mit Philine sprechen, und sie mit mir, und warum das so ist, das können wir uns alle beide nicht erklären."

Wieder erklang das aufgeregte Getuschel der Kinder.

„So, Ruhe jetzt, sonst geht ihr alle ins Bett", drohte Alfred. Sofort war es still.

„Nun stellt sich mir nur noch die Frage, wie es sein kann, dass ein Eichhörnchen hier bei uns lebt?" überlegte Alfred.

„Nun darüber haben wir noch nicht so genau gesprochen", erwiderte Kilpa. „Ich wusste ja bis vorhin noch nicht einmal, dass es sowas wie Eichhörnchen überhaupt gibt."

„Na dann frag sie doch ganz einfach!", warf Osta ungeduldig dazwischen. „Sie wird doch wohl wissen, wie sie auf diesen Baum gekommen ist!"

Kilpa leitete die Frage an Philine weiter.

„Auf diesem Baum lebe ich jetzt schon ein paar Wochen", erzählte Philine. Wo ich eigentlich genau herkomme, weiß ich leider selbst nicht." Philine bekam ganz glasige Augen und sprach nur stockend weiter. „Die Waldmurmeltiere haben mich eines Tages unten am Fluss gefunden und bei sich aufgenommen. Da war ich noch klein und kann mich nicht daran erinnern, aber ich wäre wohl ohne sie gestorben. Sie haben sich um mich gekümmert und mir alles beigebracht, was ich zum Überleben brauchte. Als ihresgleichen haben sie mich jedoch nie akzeptiert. Und so schien es mir jetzt an der Zeit meine richtige Familie zu suchen. Leider habe ich überhaupt keine Ahnung, wo ich damit anfangen soll. Dann kam ich zu diesem Baum, in dem du mich gefunden hast. Irgendwie war mir klar, dass ich dort auf irgendetwas warten soll, so merkwürdig das auch klingen mag."

Kilpa schilderte kurz, was Philine ihm erzählt hatte.

„Das dauert alles zu lange!", brummelte Alfred ungeduldig.

„Mal sehen!", überlegte er. „Mattes, hol' mir die alte Geschichtenfibel dort hinten aus dem Regal, aber sei vorsichtig, sie ist schwer." Alfred wandte sich an einen Jungen mit dunklen, wilden Locken.

„Also wie Siebenlinge sehen die kleinen Zwerge wahrlich nicht aus", wandte Osta sich flüsternd an Kilpa.

Der Moosfliegerjunge grinste und freute sich über die wiedergewonnene Vertrautheit.

„Vielleicht ist das bei Zwergen so, alle total verschieden! So kann man sie wenigstens auseinanderhalten", entgegnete Kilpa in wisperndem Ton.

Mattes kam mit dem Buch zurück und reichte es stolz seinem Vater.

„Hm!", machte dieser und fing an zu blättern. Die Spannung im Raum stieg.

Philine schnappte sich noch eine Nuss und gesellte sich zwischen Osta und Kilpa. Osta betrachtete sie fasziniert.

Alfred war immer noch vertieft in sein Buch. Nach einer Weile sah er auf und man hatte das Gefühl, er genoss die vielen gespannten Blicke und offenen Ohren, die auf ihn gerichtet waren.

„Wusste ich es doch!", rief er. „Nimm mal dein Eichhörnchen vorsichtig an der Pfote, dann ist die Wirkung nicht so stark wie bei eurer Umarmung vorhin!" Er starrte in das Buch. Kilpa tat wie ihm geheißen, wenn es ihm auch nicht geheuer war. Sofort spürte er wieder ein Knistern in der Hand und auch Philine zuckte zusammen.

„Ihr beiden habt eine ganz besondere Sprachverbindung, die durch gegenseitiges Berühren auch für andere wirksam wird!", begann Alfred zu erklären.

„Das ist so gruselig, wenn ich verstehe, was er sagt!" Obwohl Philine nur zu Kilpa hin gewispert hatte, war ihre zarte Stimme doch für alle im Raum hörbar gewesen.

„Oh?" Alfred hätte das Buch um ein Haar fallen lassen und auch seine Kinder waren mucksmäuschenstill.

„Jetzt können wir, glaube ich, alle verstehen, was sie sagt. Das ist unglaublich!"

Osta blickte Philine fassungslos an.

„Was für eine schöne Stimme!", dachte er verstohlen. „Gar nicht wie bei einem Tier."

Waldtraud war aufmerksam geworden, weil ihre Kinder so ungewöhnlich still waren und betrat den Raum.

„Die alte Fibel des Königs, ich dachte vorhin schon daran. Du hast dich an die Überlieferungen über den Bund von Mensch und Tier erinnert."

„Ja!", sprach ihr Ehemann weiter. „Und ich denke, dass so ein Bund zwischen euch bestehen könnte!", dabei sah er Kilpa und Philine an.

„Aber ich bin doch gar kein Mensch!", warf Kilpa ein.

„Das ist so nicht ganz richtig", erklärte nun Waldtraud. „Wir sind gewissermaßen alle, menschliche Wesen, wir Zwerge, ihr Moosflieger und auch die Moostaucher."

„Was?", Osta klang sehr zornig. „Mit diesen Monstern auf unserem See will ich nicht verwandt sein!"

„Nun beruhige dich." Waldtraud strich Osta sanft über den Oberarm und fuhr fort. „Vor Urzeiten gab es nur Menschen, Tiere und Pflanzen und alle verstanden einander. Die Menschen sollten die Klügsten sein."

„Mpf!", machte Philine. „War ja klar!"

Tina kicherte, verstummte aber sofort unter dem mahnenden Blick ihres Vaters.

„Ich sagte sollten!", fuhr Waldtraud fort. „Jedenfalls wäre es ihre Aufgabe gewesen die anderen Lebewesen zu beschützen und für ein natürliches Gleichgewicht zu sorgen. Doch sie erhoben sich stolz, waren nur auf das eigene Wohl bedacht und beuteten Tier- und Pflanzenwelt aus. Damit war es dann noch nicht genug, sie gingen auch gegeneinander vor, weil jeder der Größte und der Mächtigste sein wollte. Und so kam es, dass sich kleinere und größere Arten von menschlichen Wesen entwickelten. Die kleineren Wesen, so wie wir lebten im Verborgenen und wurden im Laufe von Generationen von den Großen vergessen. Doch egal, ob groß oder klein, die menschliche Art blieb streitsüchtig und gierig und machte sich überall breit, auch im Lebensraum der Tiere."

„Und was hat das jetzt alles mit diesem Bund zu tun?", wollte Kilpa voller Ungeduld wissen.

„Wenn ich endlich mal ausreden könnte, dann würden wir hier weiterkommen", brummte Alfred.

Inzwischen war die Spannung im Raum ohnehin so hoch, dass man eine Feder hätte fallen hören, weshalb auch niemand mehr wagte, dazwischen zu reden.

„*Der Bund der Auserwählten!*", begann Alfred zu lesen: „*Der Herr der ewigen Quelle sandte den Geist der Zeiten und der Winde, um zwei besondere Wesen aus Tier und Menschenwelt zu finden. Begleitet von der Melodie des Verstehens sollten Ohren und Mund der beiden eins werden. Denn wer einander besser versteht, kann auch die Welt besser verstehen und wer versteht, kann helfen.*"

„Das ist ja echt verrückt! Genauso wie bei mir und Philine!", rief Kilpa

„Dann war es der Geist der Zeiten, der mich auf den Baum gelockt hat, in Gestalt meines Großvaters!", dachte Kilpa für sich.

„Deshalb sind wir uns also begegnet!", fuhr er laut fort, an Philine gewandt.

„Das klingt schon sehr abenteuerlich. Warum solltet gerade ihr damit gemeint sein?" Osta klang ein klein wenig eifersüchtig. „Das ist schon ein großes Ding, für einen kleinen Flieger wie dich!"

„Nun, weil alle Zeichen dafürsprechen. Wie erklärst du dir sonst den Wind, die Melodie und schließlich unsere sprachliche Verbindung?" Kilpa wollte seinen Freund auf jeden Fall überzeugen. „Und dann noch mein Geburtstagssegen an der Eiche, da war auch diese Melodie. Entweder ich spinne, oder das passiert hier gerade alles wirklich! Der ganze lange Weg, den ich heute zurückgelegt habe, macht so Stück für Stück Sinn. Und du bist auch ein Teil davon, ohne deine Hilfe wäre ich nie ans andere Ufer gekommen, hätte den Baum mit Philine nicht gefunden und wäre jetzt nicht hier."

Osta zuckte mit den Schultern. Das klang alles so verrückt. Aber Kilpas letzter Satz hatte ihn wieder versöhnt und auch ein wenig stolz gemacht.

„Ja, schon gut!", winkte er verlegen ab. „Vielleicht ist ja doch was dran. Das klingt eben sehr fantasievoll! Aber nun lass Alfred doch mal weiterlesen."

„Was steht denn da noch in dem Buch?", fragte er.

„Leider nicht mehr allzu viel!", entgegnete Alfred. „*Sind die zwei erst einmal berührt, sind sie einander und ihrer Art verpflichtet. Jeder Bund ist auf eine besondere Weise einzigartig und stets wächst das Gras der Zeit darüber.*"

Mehr steht hier nicht!"

„Sehr seltsam!", meinte Kilpa. „Soll das heißen, dass der letzte Bund so lange her ist, das sich keiner mehr daran erinnern kann?"

„Scheint so!", sagte Alfred. „Ich kann mich nur noch an eine alte Geschichte erinnern, aber keiner weiß, ob sie wirklich passierte, oder eben nur eine Geschichte ist." Alfred blätterte etwas im Buch herum. „Im Moment finde ich sie nicht. Lasst mich morgen in Ruhe nachsehen."

„Och schade!", sagte Kilpa. „Dann erzähl doch weiter, wo du vorhin aufgehört hast, als das Feuer ausbrach."

„Ja!", das wollte nun auch Osta wissen. „wie ging die Geschichte in der Höhle nun eigentlich weiter? Wie seid ihr da rausgekommen?"

„Und was haben die Eichhörnchen damit zu tun?", Kilpa war richtig neugierig geworden.

„Vielleicht leben ja doch noch welche und ich bin nicht die Letzte!" Philine war voller Hoffnung.

Alfred seufzte. „So viele Fragen! Die Kinder müssen ins Bett."
Er fing sich ein paar wütende Blicke seines Nachwuchses ein.
„Nur noch ein bisschen!", bettelte Polkis.

„Dann beeil dich mal mit dem Erzählen, Alfred", mahnte Waldtraud. „Unseren Gästen fallen auch schon fast die Augen zu." Und damit hatte sie recht, wenn man in die Runde sah, konnte man fast bei jedem ein verstohlenes Gähnen entdecken. Im Moment jedoch siegte die Neugier und so setzte Alfred seine Erzählung fort.

„Nach der Explosion liefen wir tiefer in die Höhle hinein. Wir waren bestimmt um die 50 Zwerge, Frauen, Männer und Kinder. Unsere Vorräte nahmen wir mit. Die Luft wurde immer stickiger und wir hatten keine Ahnung, wie und ob wir einen Ausgang finden würden. Nach einigen Tagen landeten wir in einer großen Höhle, von der aus es nicht mehr weiterging. Das Wasser war fast aufgebraucht, die Vorräte gingen zur Neige und was am schlimmsten war, die Luft wurde knapp. Wir sahen unserem Ende entgegen, als plötzlich ganz hinten ein kleiner Stein ins Rollen kam. Kurz darauf erklang ein aufgeregtes „Tjuck, tjuck", dann war der Kopf eines Eichhörnchens zu sehen. Sie lebten damals sehr zahlreich unten im Wald und wir waren sozusagen Nachbarn. Wir mochten diese Tiere schon immer gern und hatten sie öfter mit Eicheln versorgt, aber ich habe mich noch nie so gefreut, eines zu sehen, wie in diesem Augenblick. Ich glaube, den anderen erging es ebenso. Sofort war ein erlösender Luftzug zu spüren und es kam Licht herein. Am hinteren Ende der Höhle entstand eine handgroße Öffnung, dann fielen weitere Steine ins Höhleninnere. Wir Zwerge fingen an von unserer Seite aus zu graben. Gemeinsam konnten wir es schaffen, im Nu war das Loch groß genug und wir waren draußen, in Sicherheit, gerettet in letzter Minute! Das hatten wir nur den Eichhörnchen zu verdanken. Ihr wart so kluge Tiere", er sah Philine mit glasigen Augen an.

„Sag nicht waren?" Philine starrte ihn trotzig an. „Woher willst du wissen, dass es niemanden mehr von meiner Art gibt?"

„Als wir raus waren aus dem Labyrinth", fuhr Alfred fort. „da war sofort klar, dass ihr auch unsere Hilfe benötigt und zwar dringend. Wir durften keine Zeit verlieren. Fast alle Eichhörnchen waren krank. Eine merkwürdige Seuche hatte euch befallen. Wir Zwerge sind normalerweise gut in Heilkunde und das wusstet ihr, deshalb seid ihr zu uns gekommen, habt uns gerettet, aber wir konnten nichts für euch tun." Alfreds Stimme wurde ganz brüchig, es fiel ihm schwer, weiterzusprechen. „Wir haben alle möglichen Kräuter und Säfte ausprobiert, nichts hat geholfen. Einer nach dem anderen ist gestorben. Wir konnten sie nur noch anständig beerdigen und um sie trauern."

„Nein!", schrie Philine gequält auf. „Das darf nicht wahr sein!"

„Tut mir leid, meine kleine Freundin. Ich hätte dir gerne etwas Anderes erzählt. Zwei von euch überlebten damals und haben die Gegend verlassen. Waldtraud und ich sind dann nach Moosland gezogen, die anderen Zwerge und auch meine Familie sind Richtung Süden geflohen."

„Warum seid ihr nicht mit den anderen nach Süden gegangen?", wollte Kilpa wissen. Alfred starrte in eine Ecke des Zimmers, als ob dort im Dunkeln die Antwort liegen würde, dann antwortete er nach einigem Zögern.

„Nun wegen dem Fluss. Er muss gestaut werden, sonst läuft der Heulensee aus. Ein paar Moostaucher kamen eines Tages und baten uns um Hilfe. Als der Heulensee zum ersten Mal fast leer war, geriet das Leben hier oben erneut in Gefahr."

„Ach deswegen nennt man dich Flusswächter!", fiel Kilpa jetzt ein.

„Ohne Alfred hätten die Bewohner des Heulensees keine Lebensgrundlage. Du bist unser Held seit damals und mindestens Stoff für eine Schulstunde, wenn nicht zwei", schmeichelte Osta ihm.

„Ja, ja, schon gut, ich lebe hier nicht schlecht. Es ist friedlich und Nahrung gibt's im Überfluss. Von den Moostauchern hätte diese Aufgabe keiner übernehmen können, weil die Strömung für euch hier oben viel zu gefährlich ist. Ein Haus im Wasser zu bauen wäre ganz unmöglich gewesen. Also muss jemand aufpassen, der an Land leben kann. Diese Lösung war für alle das Beste." Der letzte Satz von Alfred klang irgendwie traurig, ja fast schuldbewusst, so dass Kilpa aufhorchte. Doch ehe er nachhaken konnte, wurde er abgelenkt. Sein Arm war inzwischen ziemlich heiß geworden, er fühlte sich schwach und in seinem Kopf drehte sich alles. Philine schien es ähnlich zu ergehen, sie war mit einem Male ziemlich ruhig geworden.

Waldtraud blickte die beiden erschrocken an.

„Lasst euch bitte sofort los!", befahl sie mit besorgter Miene.

Die beiden gehorchten. Das Glühen verblasste und die Wärme lies nach. Kilpa fühlte sich schlapp.

„Euer Bund ist noch neu und ich glaube noch nicht abgeschlossen. Ihr dürft eure Kräfte nicht überstrapazieren.", erklärte Waldtraud. „Außerdem würde ich sagen, war dieser Tag ohnehin lang genug!"

Wie zur Bestätigung erklang irgendwo im Raum ein verstohlenes Gähnen. Tinas Kopf landete auf Polkis Schulter. Doch da dieser auch nicht mehr ganz wach war, kippte er etwas unsanft gegen den Stuhl seines Vaters, wobei die Schale mit den Nüssen umfiel. Die anderen Zwergen-Kinder, lachten schadenfroh und Philine schnappte sich in dem ganzen Durcheinander schnell noch ein paar Nusskerne. Waldtraud erhob sich und klatschte in die Hände.

„Schluss für heute! Genug erzählt, ab ins Bett mit euch!"

Alle sieben trappelten ohne Widerspruch die kleine Holztreppe hoch und murmelten ein leises „Gute Nacht!"

„Und ihr drei", wandte sie sich an ihre Gäste. „kommt mit mir." Philine kletterte rasch auf Waldtrauds Schulter. Sie hatte sich erstaunlich schnell erholt. Die andern zwei folgten der Zwergenfrau notgedrungen zu Fuß und landeten todmüde in einer Kammer, gleich neben dem Hauptraum. Die war vollkommen mit Moos ausgekleidet und mit einem kleinen Fenster versehen. Ein Blick nach draußen ließ den kleinen Teich erkennen, in dem Osta sein Bad genommen hatte. Decken und Kissen waren auch schon hergerichtet.

In einer Ecke stand ein großer Waschzuber, in dem sich ebenfalls Moos befand und er war fast bis zum Rand mit Wasser gefüllt. Osta ließ sich sofort hinein plumpsen, tauchte unter und rührte sich nicht mehr, nur die Nasenspitze schaute noch heraus. Kilpa starrte entsetzt und fassungslos in den Zuber.

„Keine Sorge, das ist normal!", beruhigte ihn Waldtraud. „An diesen Anblick muss man sich erst gewöhnen. Sie sind eben etwas anders diese Schwimmer im Gegensatz zu uns Landwesen."

„Ja, da hast du wohl recht! Gute Nacht und vielen Dank!", sagte Kilpa und ließ sich auf eine Decke fallen. Er sah noch, wie Philine sich eine Kuhle aus dem Kissen neben ihm baute, dann war auch er sofort eingeschlafen.

Dem Eichhörnchen-Mädchen erging es nicht anders.

Waldtraud schlich sich aus dem Zimmer und traf draußen vor der Höhle auf ihren Mann.

„Was für ein aufregender Abend!", sagte sie.

„Alles ist im Fluss, vieles verändert sich und manches wiederholt sich", sinnierte Alfred.

„Du und deine tiefgründigen Weisheiten!", lachte die Zwergenfrau. „Lass uns doch lieber praktisch denken und überlegen, wie wir den dreien helfen können."

„Kommt darauf an, ob du den Weg nachhause meinst oder die Sache mit dem Bund," erwiderte Alfred. „Der Weg zur Eiche ist schnell erklärt und leicht zu finden. Doch ist es tatsächlich der Weg, der ihnen bestimmt ist?"

„Alfred, mit solchen Sätzen verwirrst du die Kinder nur. Eine normale Wegbeschreibung tut es. Der Bund ist nicht deine Sache. Was der Geist der Zeiten beginnt, das führt er auch zu einem guten

Ende, wie damals bei Aila und Aron. Du kennst die alte Geschichte und du weißt genau wo sie steht. Du hast sie vorhin absichtlich nicht gefunden!" Der letzte Satz von Waldtraud klang schon ein klein wenig vorwurfsvoll.

„Du durchschaust mich eben immer", seufzte Alfred. „Diese Geschichte bringt Kilpa und Philine nicht weiter, weil noch nie ein Bund dem anderen geglichen hat. Alles passiert immer wieder und doch zum ersten Mal."

„Auch wenn jeder Bund einzigartig ist, so gibt es Parallelen und Hinweise, die für die beiden unter Umständen überlebenswichtig sein könnten", widersprach Waldtraud.

„Also gut!", gab Alfred nach. „Es genügt, wenn sie morgen mehr erfahren! Ein Eichhörnchen, hier in dieser Gegend! Wer hätte das gedacht! Die Welt und ihre Geschichte sind manchmal so wundersam."

„Und wir sind ein Teil davon Alfred! Doch nun lass uns ins Bett gehen. Ich habe das Gefühl, uns stehen aufregende Zeiten bevor!"

9.

Pami erwachte beim ersten Morgengrauen durch den schrillen Ruf des Habichts, der durch das Lager klang. Die Sonne kämpfte noch mit den letzten Nebelschwaden, die sich während der Nacht über den Waldboden gelegt hatten. Bald würde es Herbst werden im Hocheichenwald, die ersten gelben Blätter waren schon an den Bäumen zu sehen und eh man sich versah,  stand der Winter vor der Tür. Pami fröstelte, auf ihrer Feder-Haut glänzten feine Tautropfen, die in der Sonne in den Farben des Regenbogens schillerten. Das Mädchen strich sie ungeduldig weg. Ihr fielen die schrecklichen Ereignisse des Vortages wieder ein und sogleich verlor der Morgen seinen Zauber. Pamela sah sich um, es herrschte bereits reges Treiben. Im Lazarett gab es viel zu tun! Ihre Mutter war längst wieder zu den Verletzten gegangen, um deren Verbände zu erneuern.

Hinter der alten Eiche hatte Cäsario einen kleinen Mooshügel erklommen und gab Anweisungen an seine Räte. Pami konnte nicht verstehen, was er sagte, aber sie begriff, dass es um die Sichtung der Schäden ging, die das Feuer angerichtet hatte. Die Räte schwärmten aus, suchten sich ein paar Leute und marschierten los. Bis zu den Herbststürmen musste alles repariert sein.

„Wie es wohl um unsere Mooskugel steht?", dachte Pami. Sie zuckte zusammen, als sich eine Hand auf ihre Schulter legte. Erschrocken fuhr sie herum. Kalei hatte sich grinsend hinter ihr aufgebaut. Sein dunkler Haarschopf stand widerspenstig in alle Richtungen. Anscheinend war er auch erst gerade aufgestanden. Doch er wirkte deutlich wacher als Pami, worüber sie sich natürlich ärgerte.

„Na, so schwache Nerven heute Morgen? Keine Angst es ist nur dein Reisebegleiter", spöttelte er.

Das war dann doch zu viel für Pami und ihr platzte wie so oft der Kragen.

„Was fällt dir ein, dich so von hinten an mich heranzuschleichen!", Pami stemmte wütend die Hände in die Hüfte.

„Wenn ihr nur streitet, kann ich euch bei der Suche nach Kilpa nicht gebrauchen!", polterte Sikko. Er trug drei Brote und ein Säckchen, in dem sich vermutlich Moosblütenstaub befand.

„Redet kein nutzloses Zeug, packt lieber eure Sachen. Wir brauchen noch Wasser und Moos, falls sich jemand verletzt. Dabei dachte er wohl an Kilpa, wollte es aber nicht aussprechen. Pami schluckte verlegen ihre Wut hinunter. Kalei spurtete sofort los.

Pami machte sich auf die Suche nach ihrem Fluglehrer Arpox. Doch sie brauchte nicht weit zu gehen, sie traf ihn hinter den Hügeln bei der Höhle. Er ließ sich eine kleine Menge des kostbaren Eichenrindenmehls in ein Säckchen abfüllen. In Pami kroch ein beklemmendes Gefühl hoch. Anscheinend rechneten hier alle, was Kilpa betraf mit dem Schlimmsten. Da würden Kaleis Unverschämtheiten wenigstens für Ablenkung sorgen. Arpox entdeckte Pami und winkte sie zu sich.

„Guten Morgen, Pamela", sagte er.

„Guten Morgen, Arpox!", erwiderte Pami.

„Geh doch schnell rüber zum Lazarett und lass dir ein paar von den Faulbaumruten geben, falls wir eine Trage bauen müssen. Dann kannst du dich auch gleich von deiner Mutter verabschieden. Wir treffen uns beim großen Westfelsen. Auf dem Weg dorthin kommst du an der Küche vorbei und kannst noch zwei Brote mitnehmen. Also bis gleich."

Arpox redete nie lange um den heißen Brei herum. Kurz und klar gab er seine Anweisungen und erwartete die prompte Erfüllung der Aufträge. Pami erledigte voller Eifer, was Arpox ihr aufgetragen hatte und stand eine viertel Stunde später erwartungsvoll beim Felsen. Jola hatte ihre Tochter umarmt und ihr einen Kuss auf die Stirn gedrückt. Pami wusste, dass ihre Mutter sie nicht gerne ziehen ließ.

„Sei auf der Hut vor den Moosriesen und hör auf Arpox und deinen Vater", hatte Jola sie ermahnt und von Pami dafür ein Stirnrunzeln geerntet. Doch dann hatte die Mutter weitergesprochen: „Der Geist der Zeiten wird euch begleiten und euch zur Seite stehen." Während sie das sagte, hatte Jola die Hand auf den Kopf ihrer Tochter gelegt und zum Schluss mit dem Daumen ein Dreieck auf deren Stirn angedeutet. Das stand für die ewige Quelle, die Eiche und deren schützenden Geist. Pami fühlte sich noch immer zutiefst berührt, als sie beim Felsen ankam. Ihr Vater und Arpox waren schon da und zeichneten gerade eine Karte vom Großen Wald in die Erde. Dann kam Kalei keuchend um die Ecke und schleppte vier Rucksäcke.

„Tut mir leid, wenn es etwas länger gedauert hat, aber ich wollte mich noch von Oma verabschieden. Sie war hinten auf dem Platz der Toten und hat zu den Hinterbliebenen gesprochen."

„Wenn jemand die richtigen Worte findet, dann deine Oma.", meinte Arpox. „Nun bist du ja da. Du bist ohnehin nicht der letzte, wir warten noch auf jemanden."

Das klang doch recht geheimnisvoll, Pamela sah ihren Fluglehrer fragend an. Doch der reagierte überhaupt nicht, sondern sprach ungerührt weiter. „Also nehmt euer Gepäck, ich glaube wir haben alles. Pamela, du kannst die Ruten bei mir hinten am Rucksack befestigen."

92

Pami tat wie ihr geheißen, dann schnappte sie sich ihren Rucksack und packte Brot, Wasser und Moos ein. Sie würde schon noch früh genug erfahren, wer sich da zu ihnen gesellen sollte. Sie verschnürte alles und warf den Rucksack über die Schultern, ihre Flügel holte sie vorsichtig unter den Riemen hervor. Die anderen taten es ihr nach.

„Kalei!", rief Sikko. Er stand mit Arpox schon wieder bei der Skizze, die die beiden vorhin im Kies entworfen hatten. „Komm mal her und sieh dir die Zeichnung an. Vielleicht kannst du uns sagen, wohin sich das Feuer ausgebreitet hat." Kalei schlenderte rüber zu den beiden und nun starrten sie zu dritt auf den Boden. Pamela setzte sich auf einen Stein und kam sich ziemlich überflüssig vor. Sie war noch nie tiefer im großen Wald gewesen und konnte somit auch nichts zur Marschrichtung beitragen.

„Als ich gestern von meinem Wachposten aus, die Leute zur alten Eiche geschickt habe", fing Kalei nun an zu erklären, „da habe ich das Feuer unterhalb vorbeiziehen sehen, über die Moosebene kam es, trieb dann Richtung Heulensee und zog in den großen Wald."

„Kilpa wurde hier von der Antilope mitgerissen." Sikko deutet auf eine bestimmte Stelle auf dem Boden. „Sie ist dann tiefer in den großen Wald hineingesprungen, Richtung Südosten."

„Dann sollten wir dort, wo es passiert ist, mit der Suche anfangen", meinte Pami, die sich nun doch zu den anderen gesellt hatte.

„Richtig!", antwortete Arpox. „Und dann weiter nach Süden, bis wir auf die ersten Spuren des Feuers stoßen. Zum Glück hat es oben nur einen schmalen Streifen erwischt, weil der Wind so stark war, und die Funken zügig weiter geblasen hat. Ich weiß eine Abkürzung, genauer gesagt einen tiefen Graben, der müsste weitgehend unbeschadet sein. Es ist ein geheimer Durchgang! Wir dürfen keine sichtbaren Spuren für die Moosriesen hinterlassen, wenn wir uns in ihr Gebiet begeben."

„Wir müssen aufpassen! Auch wenn es nicht so aussieht, könnten dort verborgene Glutnester liegen, die bei Wind auflodern. Weiter oben flammen die alten Brandherde immer wieder auf und der Rauch hängt noch ziemlich intensiv in der Luft. Wir sollten also Abstand halten." Diese Worte kamen von einer weiblichen ziemlich selbstsicher klingenden Stimme hinter ihnen. Pamela fuhr erschrocken herum.

„Damit wäre das Team komplett!", erklärte Arpox lächelnd. „Darf ich vorstellen, unsere Feuerexpertin Ruth-Anne." Vor ihnen stand eine athletisch gebaute Moosfliegerin mit langen dunkelblonden Haaren, die sie etwas unordentlich mit einem Fichtenzweig zusammengebunden hatte. Am auffälligsten waren jedoch ihre hervorstechenden grünen Augen, mit denen sie eigentlich nur Arpox anblickte.

„Ruth-Anne?", fragte Pami und blickte die Neue kritisch an.

Diese gab Pami freundlich die Hand und erklärte. „Ja, ich weiß, so ein Doppelname ist äußerst ungewöhnlich, aber meine Eltern konnten sich bei meiner Geburt einfach nicht einigen. Schuld sind eigentlich meine Großmütter."

„Ah, ich kann es mir denken", warf Pami ein. „Eine heißt Ruth und die andere Anne."

„Da hast du ja noch richtig Glück gehabt!", mischte sich jetzt Kalei ein. Alle blickten ihn fragend an. „Na, wenn nun eine Großmutter Mechthild und die andere Kreszentia geheißen hätte, dann..." Der Rest ging im allgemeinen Gelächter unter. „Ich bin übrigens Kalei, der mit dem Draht zur Zukunft, zumindest über meine Oma."

„Angeber!", dachte Pami, doch er sprach schon weiter.

„Und das ist Pami oder Pamela, wenn du auf längere Namen stehst, sie ist unser Fluggenie, gleich nach Arpox. Aber den scheinst du ja schon zu kennen."

Sikko trat aus dem Hintergrund hervor, um Kaleis Redeschwall zu unterbrechen. Der junge Moosflieger sprach immer so viel, wenn er nervös war und redete sich dabei gerne um Kopf und Kragen.

„Mein Name ist Sikko.", fiel er ihm ins Wort. „Wir sind uns schon ein paar Mal begegnet, du hast die Schule zusammen mit Jana, meiner kleinen Schwester besucht."

„Ja, ich erinnere mich an dich, du hast sie immer abgeholt, was ihr gar nicht recht war, weil hinter dem Schulplatz ihr Freund gewartet hat", Ruth-Anne schüttelte Pamis Vater lächelnd die Hand.

„Schön, dass du uns hilfst!", sagte Sikko dankbar.

„Können wir dann mal los?", Arpox wartete ungeduldig einige Meter entfernt auf dem Weg, der zum großen Wald führte.

Der Pfad, den sie einschlugen, wurde immer schmäler und verlief steil nach unten. Rechts und links bauten sich Dornenwände auf. Unendlich viele Himbeersträucher ragten immer weiter in den Weg hinein, bis er schließlich ganz zuzuwachsen schien.

„Au!", schrie Pami. Sie hatte sich an einem Himbeerstachel gerissen. Das Blut lief ihr den Arm hinunter.

„Nimm eines der Blätter, zerreib es etwas mit den Fingern und gib das dann auf die Wunde." Ruth-Anne deutete auf den Himbeerstrauch. Pami gehorchte verwundert. Die Blutung hörte auf und auch der Schmerz lies etwas nach. Sie wollte sich gerade bedanken, da sprach Ruth-Anne schon weiter. „Werfe das Blatt möglichst weit nach hinten ins Gebüsch und sieh zu, dass du keine Spuren hinterlässt, wir sind dicht am Übergang zum großen Wald." Ihre Worte klangen ziemlich belehrend und auch ein wenig vorwurfsvoll. Um ihre Verletzung schien sich hier niemand zu scheren.

„Das wird ja ein urgemütlicher Ausflug!", dachte Pami erbost. Sie konnte diese Ruth-Anne nicht leiden. Missmutig trottete Pamela hinter den anderen her. Sie versuchte sich jetzt jedoch möglichst klein zu machen um nicht wieder an den rauen Zweigen hängen zu bleiben.

Die Gruppe ging schweigend weiter, bis Arpox, der immer noch als erster ging, plötzlich stehen blieb. Kalei, der nur auf das Gestrüpp geachtet hatte, bemerkte dies zu spät und prallte in Arpox Flügel. Dieser drehte sich mit genervtem Blick um. Den kannte Pamela gut aus der Flugschule, wenn die Mädchen vor lauter Geplapper in die falsche Richtung flogen und dann viel zu spät zum Ausgangspunkt kamen. Auch Kalei schien den Blick zu kennen, denn er senkte den Kopf. Er wollte gerade eine Entschuldigung murmeln, als Arpox ihm mit der Hand den Mund zuhielt und energisch den Kopf schüttelte, um allen klarzumachen, dass sie sich absolut ruhig verhalten sollten. Sikko machte ein Zeichen in Arpox Richtung, das Pami nicht verstand. Sie verharrten eine Weile so, Pamela wagte kaum zu atmen. Nach einer gefühlten Ewigkeit nickte Sikko Arpox zu. Dieser gebot der ganzen Gruppe in die Hocke zu gehen.

„Wir müssen unter dem Himbeergebüsch hindurchkriechen. Versucht dabei keine Zweige abzubrechen. Dies ist ein geheimer Zugang zum großen Wald und das sollte er auch bleiben", flüsterte Arpox mit eindringlichem Ton.

Sikko ließ Ruth-Anne vorbei und gesellte sich zu seiner Tochter. „Halte dich einfach dicht hinter mir."

„Was habt ihr da gerade eben gehört?", wollte Pami wissen.

„Eine Gruppe Moosriesen ist unterwegs im großen Wald, sie könnten zurückkommen und uns entdecken", sagte Sikko.

„Aber...?", setzte Pami an, doch ihr Vater schüttelte den Kopf.

Ein Stück weiter vorne ließ Kalei den Kavalier heraushängen, das heißt, er versuchte es zumindest, indem er Ruth-Anne seine Hilfe anbot. Doch diese kroch wortlos an ihm vorbei.

Kalei blickte ihr bewundernd hinterher, die Geschmeidigkeit ihrer Bewegungen faszinierte ihn. Dabei fiel ihm auf, dass sie eine Jacke trug, die ihre Flügel verdeckte. Er wunderte sich. Für Moosflieger war das äußerst leichtsinnig, wenn sie plötzlich losfliegen mussten. Für diesbezügliche Unterhaltungen war das Gelände jedoch entschieden zu unwegsam und außerdem, so hatte selbst Kalei mittlerweile erkannt, schien die junge Dame nicht an einem Gespräch interessiert.

Arpox bog die stachligen Äste vorsichtig auseinander und bewegte sich in der Hocke mühsam vorwärts. Ruth-Anne folgte ihm dicht, so dass die Zweige gleich auf der Seite blieben, Kalei tat es ihr nach. Sikko schob Pami sanft nach vorne, damit sie sich direkt hinter Kalei eingliedern konnte, zum Schluss ging er selbst. Schweigend krochen sie durch das Dickicht, das kein Ende zu nehmen schien. Eine Spinne huschte zwischen Pamis Füssen hindurch und brachte sich eilig in Sicherheit. Das Mädchen unterdrückte tapfer ein hysterisches Quicken, um ja nicht als empfindlicher Teenager unangenehm aufzufallen. Bestimmt wurde dieser Weg nicht allzu häufig benutzt und Pami war richtig froh, dass sie nicht als erste ging. Wer weiß, was noch so alles durchs Gestrüpp kroch und wie viele Netze der fleißigen Webertiere dort vorne wohl Arpox Weg kreuzen würden. In Gedanken versunken kroch Pamela weiter, als Kalei plötzlich anhielt.

„Ups!", flüsterte sie und sah ihn fragend an, doch er zuckte nur mit den Schultern. So verharrten sie eine Weile, bis es weiterging. Langsam setzte sich der Trupp wieder in Bewegung, jedoch nur für wenige Schritte. Pami konnte nichts erkennen. Schon wieder Pause, dann noch ein paar Schritte. Was war da vorne bloß los? Jetzt konnte sie an Kalei vorbeischauen. Er stand unmittelbar an einem Abgrund und hielt ein Seil in der Hand, an dem Ruth-Anne baumelte.

„Wir müssen da runter, und dass möglichst unauffällig und leise", wisperte Kalei. Pamela nickte. Dann war Kalei an der Reihe und gab ihr das Seil. Dieses war an einer dicken Himbeerstaude befestigt, so brauchte sie es nur ruhig zu halten, was kein Problem war. Sikko war dicht hinter sie getreten und flüsterte ihr ins Ohr:

„Da geht es circa eine halbe Eichenlänge runter, meinst du, dass du das im Sturzflug hinkriegst? Du musst dicht am Hang fliegen, damit dich niemand sieht. Du bist kleiner und dünner als ich."

Pami lächelte ihren Vater aufgeregt an. „Das schaff ich mit links!"

„Aber sei vorsichtig! Würde dir etwas passieren, dann bräuchte ich deiner Mutter gar nicht mehr unter die Augen zu treten."

„Ich pass schon auf, Papa!"

„Das will ich hoffen!", wisperte er eindringlich. „Wenn ich unten bin, machst du das Seil los und kommst nach."

Kalei war inzwischen unten angelangt.

Sikko machte sich bereit. „Alles klar bei dir?"

Pamela nickte und hielt das Seil fest, damit ihr Vater klettern konnte. Sie war voller Stolz, weil er ihr diesen Flug zutraute. Eh sie sich versah, kam sie auch schon an die Reihe.

„Ganz ruhig bleiben!", ermutigte sie sich selbst. „Jetzt bloß nicht die Nerven verlieren!" Sie wollte ja schließlich keine Blamage erleben. Sie atmete dreimal tief durch, band das Seil los und stürzte sich in die Tiefe.

„Das war ja nichts Anderes, wie gestern früh, als sie den Tonkrug gerettet hatte. Eine Ewigkeit schien das her zu sein. Was inzwischen so alles passiert war!", dachte Pami, doch jetzt musste sie sich vollkommen auf die Landung konzentrieren, nicht gerade ein Kinderspiel. Sie bremste den Flug, indem sie die Flügel in den Wind stemmte und flog dann einen kleinen Bogen um direkt vor Ruth- Anne zu landen.

Diese starrte sie ehrlich beeindruckt und erstaunt mit großen Augen an. Pamela lächelte versonnen, äußerst zufrieden mit sich selbst.

Auch Arpox nickte ihr anerkennend zu, dann gebot er der Gruppe schweigend weiterzuziehen. Hier war das Gelände deutlich übersichtlicher, hohe Bäume und breite Durchgänge, nur ab und an ein paar umgefallene Stämme, die im Weg lagen. Doch das

Klettern war für keinen in der Gruppe ein Problem. Nach kurzer Zeit kamen sie an einen kleinen, verfallenen Holzverschlag mit einer Überdachung. Rundum war alles dicht mit Brennnesseln zugewachsen. Ein paar vermoderte Holzstücke, mit Moos überdeckt, lagen zwischen verwilderten Sträuchern. In einem wuchtigen, als Becken geschnitzter Baumstamm sammelte sich das Regenwasser. Arpox nahm einen Stock und bahnte sich und den anderen einen Weg. Die komplette Mannschaft schlüpfte unter den Dachvorsprung. Dort entdeckten sie ein paar Holzpflöcke, auf denen sie sich niederließen.

Kalei sah Arpox fragend an. Für seine Verhältnisse hatte er schon viel zu lange den Mund halten müssen.

Arpox nickte. „Ich denke hier sind wir ungestört, aber sprecht sicherheitshalber leise, falls doch noch ein paar Moosriesen in der Nähe sein sollten."

„Moosriesen?", keuchte Pami. „Die, die du vorhin gehört hast?" Pami blickte ihren Vater an. Dieser nickte ihr aufmunternd zu.

„Ich denke sie sind weg! Ich kann sie nicht mehr hören. Sie wollten bestimmt nur nachsehen, wie weit die Brandschäden gehen und ob sich wieder neue Glutnester gebildet haben."

„Gestern waren sie ein Stück weiter oben den ganzen Tag mit löschen beschäftigt. Dort hinten ist ein kleiner Teich, der ist jetzt fast leer. Leider konnten sie die Ausbreitung weiter unten nicht verhindern. Aber sie haben gute Arbeit geleistet, sonst würde hier kein Baum mehr stehen", erklärte Arpox.

„Dafür brauchst du sie nun wirklich nicht zu loben, schließlich sind sie ja auch schuld an dem ganzen Unglück!" protestierte Pami.

„Da können wir uns gar nicht so sicher sein. Ich war da gestern etwas voreilig", widersprach Kalei kleinlaut.

„Was meinst du damit?" Ruth-Anne sah Kalei mit großen Augen an, was diesen nur noch mehr verunsicherte.

„Nun ich weiß nichts Genaues!", stotterte er verlegen. „Meine Oma konnte in ihrer Vision nicht sehen, wer das Feuer gelegt hat."

Ruth-Anne stand auf und entfernte sich ein Stück von der Gruppe. Sie schien mit einem Male sehr aufgeregt, sagte jedoch nichts mehr.

„Wer soll es denn sonst gewesen sein?", protestierte Pami.

„Das ist doch jetzt auch egal!", schaltete sich Sikko ein. „Es gibt schließlich wichtigere Dinge, über die wir uns Gedanken machen sollten!"

„Du hast Recht!", schaltete sich Arpox ein. „Wir sind im Moment ein gutes Stück unterhalb deines gestrigen Postens, Kalei. Dort drüben ist die Moosebene. Ungefähr hier muss Kilpa vorbeigekommen sein, nachdem er im Wald verschwunden ist, so hat es Jola mir berichtet."

„Wie geht's jetzt weiter?" meldete sich Ruth-Anne ungeduldig zu Wort. Sie war wieder unbemerkt zur Gruppe getreten.

„Nun", überlegte Sikko, „ich würde vorschlagen, wir gehen weiter Richtung Osten, bis die Spuren des Feuers sichtbar werden. Die Antilope, die Kilpa mitgerissen hat, wurde vor den Flammen hergetrieben, schlimmstenfalls immer weiter in die Nähe der Siedlungen. Vielleicht können wir an einer schmalen Stelle die Brandherde überqueren."

„Davon würde ich abraten!", meinte Ruth-Anne ziemlich energisch.

„Davon würde ich abraten!", äffte Pami leise hin zu Kalei. Der grinste, sagte aber ausnahmsweise nichts.

„Anne, was würdest du dann vorschlagen?", fragte Arpox.

„An der Buche, die wir vorhin passiert haben, konnte ich leichte Brandspuren entdecken", erklärte sie. „Bis hierher sind die Ausläufer des Feuers also schon gelangt. Außerdem habe ich den Geruch von verkohltem Holz in der Nase. Es könnte gefährlich werden noch näher ranzugehen. Wir wissen ja auch nicht genau wann der Wind gedreht hat!"

„Wenn du Angst hast, hättest du ja zu Hause bleiben können! Ich jedenfalls muss meinen Bruder finden!", mischte sich Pamela ziemlich patzig ein.

„Nun, deinen Bruder wollen wir alle finden, deshalb sind wir ja schließlich hier. Doch hilft es ihm gar nichts, wenn wir wegen Rauchvergiftung die Suche abbrechen müssen, und das passiert nach so einem großen Feuer schneller, als du glaubst", erklärte Ruth-Anne in ruhigem Tonfall. „Und trotzdem, wenn du mich bitte ausreden lässt, würde ich nach Süden, näher ans Feuer gehen, weil die Spuren der Herden dort hinführen." Pami wurde es ganz heiß im Gesicht und sie konnte sich vorstellen, wie sie gerade knallrot anlief. Sie drehte sich unauffällig zur Seite, starrte in den Boden und schwieg.

„Sikko, kannst du was hören?", wollte Arpox wissen. Sikko war für sein überdimensionales Gehör bekannt, ihm entging so leicht nichts. Seine Kinder bekamen dies oft zu spüren. Sich heimlich wegzuschleichen, war vollkommen unmöglich. Kleine Schwindeleien flogen auch sofort auf, weil Sikko jede Nuance im Tonfall seiner Kinder wahrnahm und einzuordnen wusste.

„Ich kann viel zu wenig hören, es sind kaum andere Lebewesen in der Nähe. Aber du hast recht, Ruth-Anne. Hier sind überall Abdrücke. Wir sollten nach Süden gehen und sehen, wo die Feuergrenze weiter verläuft. Wenn Kilpa irgendwo verletzt liegen würde, dann könnte ich ihn hören. Hier sind keine anderen Moosflieger in der Nähe."

„Was sind das für Siedlungen, von denen du vorhin gesprochen hast?", wollte Pami wissen, die nun wieder ihre normale Gesichtsfarbe hatte.

„Dort haben sich mehrere Gruppen von Moosriesen niedergelassen", murmelte Sikko sorgenvoll. „Aber nun flipp nicht gleich wieder aus, die Antilope könnte sonst wo hingelaufen sein, auch sie meidet instinktiv die Riesen. Außerdem wissen wir nicht, ob sie Kilpa irgendwann abgeworfen hat."

„Was sitzen wir hier dann noch lange herum, je schneller wir ihn finden, desto besser!", entschied Arpox und Pami war ihm äußerst dankbar dafür. Der Trupp setzte sich in Bewegung.

10.

Ihr Weg führte sie steil nach unten an etlichen Felsformationen vorbei, die ihnen notfalls Deckung bieten konnten. Ab und zu sah die Gruppe Rauch in der Ferne oder nahm den Geruch von verbranntem Holz war.

Ruth-Anne hatte sich an die Spitze gesetzt. Sie kratzte immer wieder an der Rinde der Bäume, zerrieb sie zwischen den Fingern und roch daran. Dann lief sie weiter Richtung Süden. Kalei blieb ihr dicht auf den Fersen

und sah ihr interessiert über die Schulter, doch sie nahm keinerlei Notiz von ihm. Pami hatte keine Ahnung, wie lange sie so mehr oder weniger vorwärtskamen. Sie hatte jedes Zeitgefühl verloren. Überhaupt kam ihr alles ziemlich sinnlos vor, sie wagte jedoch nicht mehr zu protestieren.

Plötzlich blieb Sikko stehen und lauschte. Die Gruppe verharrte augenblicklich und blickte gespannt auf ihn.

„Kilpa! Vielleicht hat er ihn gehört?", dachte Pami gespannt und hielt die Luft an.

„Der Wind klingt anders!", sagte Sikko. „Es hört sich so an, als ob die Bäume kein Hindernis mehr wären, das Rauschen der Baumkronen fehlt und das ohnehin nur noch zarte Vogelgezwitscher ist dort vorne vollends verstummt."

„Asche!", Ruth-Anne bückte sich und hob etwas von der grauen Masse auf, die hier überall den Waldboden bedeckte, dann hielt sie ihre Hand den anderen hin.

Arpox trat näher. „Du hast recht, wir sind jetzt ganz nah an die Brandschäden herangekommen."

„Da vorne, seht doch bloß!" Kalei war ein Stück vorausgegangen. Pami rannte ihm sogleich hinterher. Sie hielt den Atem an. Ein solches Ausmaß der Zerstörung hatte sie noch nie gesehen. Einst prächtige Eichen und Tannen standen als rauchende, leblose, von Ruß geschwärzte Stämme nebeneinander. Der Wind trieb die Ascheteilchen ziellos hin und her, um die Wurzeln und abgebrannten Sträucher. Die unheimliche Stille und der beißende Geruch waren jetzt für alle wahrnehmbar. Da sah Pami etwas, was ihr Entsetzen noch um ein Hundertfaches steigerte. Sie atmete hörbar ein und hielt sich die Hand vor den Mund.

„Da hinten liegt was!" Sie deutete auf ein verkohltes Bündel, dass vor einem Stamm halb unter einer Wurzel lag.

„Ganz ruhig!", Sikko legte beruhigend seinen Arm um Pami. Arpox flog vorsichtig zu der Stelle, aber es war noch zu heiß für eine Landung und durch den Aschenebel bekam er keine Luft mehr.

„Dreh sofort um!", schrie Ruth-Anne. „Das ist viel zu gefährlich, die Asche glüht noch, schnell, sieh doch dein Flügel!" Und tatsächlich! Arpox linker Flügel fing an zu rauchen. Auch bekam er jetzt einen entsetzlichen Hustenanfall und fing an in der Luft zu schwanken. Kalei flog los und fing ihn gerade noch rechtzeitig auf. Gemeinsam kamen sie zurück zum Rest der Gruppe. Sikko löste sich von Pami und half den beiden. Am Rand der Brandzone setzten sie Arpox ab und drückten die kleine Flamme an seinem Flügel aus. Ruth-Anne kramte in ihrem Rucksack und holte ihre Wasserflasche.

„Hier trink etwas!" Dann holte sie einen Lappen aus ihrem Beutel und tränkte ihn, den hielt sie Arpox hin. „Atme tief durch das Tuch und versuche dich zu entspannen.

Als er sich etwas beruhigt hatte, wagte Pamela zu fragen: „Und, was hast du gesehen?"

„Keine Sorge!", gab Arpox krächzend von sich und begann erneut zu husten. „Es ist ein Wildkaninchen, es muss sich in der Wurzel die Pfote eingeklemmt haben und konnte deshalb nicht fliehen", erklärte er jetzt mühevoll, da ihm das Sprechen noch äußerst schwerfiel.

„Oh, wie grausam, das arme Tier", schluchzte Pami, aber sie war doch erleichtert, dass der grausige Fund nichts mit Kilpa zu tun hatte. Auch Sikko atmete erleichtert auf und gab Arpox nochmals einen Schluck zu trinken. Arpox beugte sich stöhnend nach vorne. Am Rücken wurde dicht neben dem linken Flügel eine kleine Brandwunde sichtbar. Sikko kramte in seinem Rucksack und holte das Strahlenmoos hervor und legte es auf die Stelle.

„Das wird sich trotzdem entzünden, du hattest wahnsinniges Glück!"

„Nein, ich hatte Kalei!", widersprach ihm Arpox.

Sikko holte das Eichenrindenmehl hervor und hielt es Arpox hin. „Hier, zur Sicherheit, nimm etwas davon! Wir haben nicht die Zeit, dass du das auskurierst."

Ruth-Anne war aufgestanden und sah sich um, überprüfte die Bodenwärme und strich über einen vom Feuer zerstörten Baum.

„Die Glut ist noch sehr warm und es kann jederzeit ein neues Feuer ausbrechen, wenn der Wind ungünstig weht und ihm etwas leicht Entflammbares in die Quere kommt." Dabei sah sie Arpox an. „Das war knapp, du weißt das!"

Arpox nickte matt. „Aber einer musste doch nachsehen und es ist ja nochmal gut gegangen." Er lächelte sie aufmunternd an.

„Trotzdem! Du wusstest, dass ich nicht helfen konnte", murmelte Ruth-Anne.

„Wir sind eine Gruppe, in der sich jeder auf den anderen verlassen kann", erwiderte Arpox. „Danke Kalei für deine Hilfe, das war in letzter Sekunde."

„Nun, ich hatte einen guten Lehrer", Kalei grinste etwas verlegen und stolz zugleich.

„Du hast mir das Leben gerettet! Ich würde sagen, das spricht sehr für den Schüler." Arpox erhob sich langsam. „Nun, wie geht's jetzt weiter?", dabei sah er Ruth-Anne an, die immer noch sehr aufgeregt wirkte und den Kopf hängen ließ.

„Mach dir doch keine Vorwürfe!", versuchte Pami Ruth-Anne zu trösten, die ihr mit einem Mal leidtat, wie sie da so hilflos stand.

„Ich hätte fliegen müssen, weil ich nach Arpox die schnellste bin, doch ich war vor Angst wie gelähmt. Es ist gut, dass Kalei reagiert hat."

„Du verstehst das nicht!" Ruth-Anne wies Pami schroff ab und ging mit harschen Schritten weiter um einen großen Felsen herum, der ihnen bisher die Sicht verstellt hatte.

Pamela war stehen geblieben und schüttelte verständnislos den Kopf.

„Etwas zickig, die junge Dame!", spöttelte Kalei, der unbemerkt hinter sie getreten war.

„Ach, schleichst du ihr deshalb ständig hinterher, wie ein hungriger Fuchs?", fauchte Pami.

„Aber ich wollte doch nur...!", rechtfertigte sich Kalei.

Pami hörte gar nicht zu und drehte ihm den Rücken zu.

„Weiber!" Kalei lief Sikko und Arpox hinterher, die ein Stück vorrausgegangen waren.

„Halt!", rief Anne. „Hier geht es nicht weiter!" Pamela kam neugierig zu der Stelle gelaufen.

„Nun, das kann ich auch sehen, wenn ich kein Feuerexperte bin!" Pamis Stimme triefte vor Ironie, doch keiner beachtete sie.

Hier musste der Wind abermals während des Feuers seine Richtung gewechselt haben. Vor ihnen lag ein Bild der Verwüstung und schnitt ihnen ein Fortkommen Richtung Süden komplett ab, obendrein ging auch kein Weg nach Osten weiter. Sie waren eingekesselt.

„Mist!", sagte Kalei und drückte damit aus, was alle dachten.

„Heißt das, wir müssen den ganzen Weg zurück?", fragte Pami entsetzt.

„Nun, überqueren können wir die Brandherde nicht, das hat uns ja, deine Aktion, Arpox, zur Genüge bewiesen", Sikko nickte Arpox zu und fuhr fort. „Vielleicht kehren wir wirklich besser um und versuchen es viel weiter oben, dabei würden wir aber mindestens einen halben Tag verlieren. Außerdem wäre die Chance ziemlich hoch, den Moosriesen in die Arme zu laufen."

„Wenn wir hier warten, bis der Rauch sich gelegt hat und nebenbei auf Regen hoffen?", Kalei blickte hoffnungsvoll zum Himmel.

„Wie lange würde es denn dauern, bis wir sicher über die abgebrannten Stellen gelangen würden?", wandte sich nun Arpox an Ruth-Anne.

„Wenn es regnen würde, könnten wir schon nach einer halben Stunde rüber, ansonsten kann es noch Stunden dauern, bis wir dort normal atmen können. Leider ist der Wind noch so stark, dass er alle Wolken wegbläst", äußerte sich Ruth-Anne wenig zuversichtlich.

„Aber es muss doch einen Weg geben, wir können Kilpa nicht so einfach im Stich lassen!", Pami setzte sich erschöpft auf einen Stein und ließ die Flügel hängen.

„Was, wenn Kilpa längst bei der großen Eiche ist? Wir wissen doch gar nicht, ob die Antilope ihn abgeworfen hat, oder ob er noch vor dem Feuer rüberkam", überlegte Kalei.

„Nein, Kalei, dann wäre er spätestens heute Morgen da gewesen, ehe wir aufgebrochen sind", entgegnete Arpox.

„Es gibt einen!", rief Ruth-Anne begeistert.

„Hä?", machte Kalei und alle starrten Ruth-Anne irritiert an.

„Es gibt einen Weg!", sagte Ruth-Anne, die sich die ganze Zeit recht abwesend umgesehen hatte, während sich die anderen unterhielten. „Aber dazu müsst ihr mir vertrauen und ich muss euch auch vertrauen können."

Arpox legte einen Arm um ihre Schulter und meinte: „Das kannst du, hier wird dich keiner verurteilen, für etwas, was nie in deiner Macht stand. Erkläre es ihnen, sie werden dich nicht enttäuschen."

„Was meinst du?", Pami sah Arpox fragend an.

„Du hast keine Flügel! Du bist gar keine von uns! Kein Moosflieger!", platzte Kalei heraus, stemmte die Hände in die Hüfte und flatterte aufgeregt und demonstrativ mit den Flügeln.

„Kalei, reg dich nicht so auf, dafür gibt es keinen Grund!", Sikko nahm ihn am Arm und zog ihn sanft zurück. „Ruth-Anne kann das sicher erklären. Nur weil jemand anders ist, als du, muss er deshalb nicht schlechter sein."

„Was hat das zu bedeuten?", fauchte nun auch Pami. Insgeheim war sie froh etwas gefunden zu haben, was mit der ach so perfekten Ruth-Anne nicht stimmte.

„Siehst du, so ist es immer und so wird es auch immer sein, ich habe es dir doch gleich gesagt, es war eine blöde Idee, mitzugehen", Ruth-Anne war vollkommen aufgewühlt, wandte sich von den anderen ab und sah Arpox böse an.

„Nun beruhige dich doch, sie sind jung und impulsiv", sagte er.

„Ja, und voller Vorurteile", schoss Ruth-Anne zurück. Sie riss sich den Rucksack von den Schultern, zog die Jacke aus und schleuderte alles von sich.

„Ja, du hast recht!", giftete sie Kalei an. „Ich habe keine Flügel! Ich bin kein Moosflieger, ich bin kein richtiger Mensch und zum

Wasser gehöre ich auch nicht. Eigentlich gibt es mich gar nicht."
Sie war nicht mehr fähig weiterzusprechen, ihre Emotionen koch-
ten über und ein paar Tränen des Zorns liefen ihr über die Wangen.

Mucksmäuschenstill war es mit einem Male die anderen wagten
kaum noch zu atmen.

„Was ist denn ein Mensch?", platzte es da aus Kalei heraus. Ein
Mensch ist das Gleiche wie ein Moosriese", erklärte Arpox. Ruth-
Annes Volk sind kleine Menschen, eben so groß wie wir. Sie wur-
den von den Großen einst vertrieben und haben sich dann in die
Wälder und Hochgebirgstäler zurückgezogen, schon lange, bevor
wir in diese Gegend kamen. Sie beobachten uns schon seit einiger
Zeit voller Feindseligkeit.

„Wieso das denn, wir haben ihnen doch nichts getan?", warf
Pami dazwischen.

„Doch, unbewusst schon!", fuhr Arpox fort. „Wir haben ihnen
ihr Heiligtum genommen, die alte Eiche. Und wir haben sie in ihren Augen entehrt, weil wir so nah bei ihr leben, statt sie aus sicherer Entfernung zu verehren. Die Hochländer, so heißt das kleine
Menschenvolk, sehen in der Eiche einen Naturgott. Für uns ist sie
nur ein Symbol für etwas Größeres. Es ist das Wasser der ewigen
Quelle, das durch sie fließt und dann durch ihre Wurzeln überall
hingelangt. Es ist der Geist, der in und aus ihr weht in die Herzen
der Moosländer und vielleicht sogar in die ganze Welt."

Annes Schluchzen war bei Arpox Worten leiser geworden.

„Wir haben euch die Eiche nicht weggenommen, weil sie niemandem gehört", sagte Arpox.

„Ich weiß!", sagte Ruth-Anne mit brüchiger Stimme. „Aber
mein Volk glaubt es nicht! Und ich darf ihnen nichts erklären, weil
ich kein vollwertiges Mitglied bin. Ein Mischling eben!"

„Ein Mischling? Also doch zur Hälfte Moosflieger?", fragte Kalei.

„Nein, Moostaucher!", sagte Ruth-Anne.

„Moostaucher? Ich dachte immer, die gibt es gar nicht?", gab Pami erstaunt von sich.

„Wenn in der Schule davon die Rede war, dann hat sich das auch immer, wie so eine Art Legende angehört", quatschte Kalei aufgeregt dazwischen. „Das sind die Bewohner des Heulensees, von denen unser Naturkundelehrer gesprochen hat. Wow, dann gibt es diese Moostaucher also tatsächlich, da wollte ich schon immer mal einen kennenlernen."

„Na, da hast du ja nun Gelegenheit dazu!", lachte Arpox. „Sie ist zwar nur ein halber, aber was für einer."

Kalei, Pami und auch Sikko umringten Ruth-Anne neugierig. Nur Arpox blieb etwas abseitsstehen und lächelte zufrieden. Die Gruppe war begeistert von Ruth-Annes Geschichte.

„Und ihr jagt mich jetzt nicht davon?", fragte Ruth-Anne zaghaft.

„Warum sollten wir?", wollte Kalei wissen.

„Nun, du hast dich vorhin ziemlich aufgeregt", meinte Sikko.

„Das war ja nur, weil sie uns hintergangen hat, ich mag nicht gern belogen werden und dass mit ihr etwas nicht stimmte, habe ich schon zu Beginn gemerkt", gab Kalei an. „Kein Moosflieger bedeckt seine Flügel, das hat Arpox uns beigebracht, das ist im Notfall lebensgefährlich."

„Ja, ja, meine aufmerksamen Schüler!", spöttelte Arpox.

„Es tut mir leid, ich hätte euch gleich die Wahrheit sagen sollen, aber ich hatte Angst, ihr würdet mich auch fortjagen, so wie mein Volk.

„Nun, wir wissen zwar nicht viel von dir, außer das Wenige, dass du uns erklärt hast", meinte Sikko, „aber du hast uns deine Hilfe angeboten, um Kilpa zu finden, obwohl du ihn gar nicht kennst. Außerdem warst du meiner Schwester immer eine gute Freundin, sie war untröstlich, als du die Schule dann so plötzlich verlassen hast, als die Flugschule begann. Jetzt ist mir natürlich klar, warum. Mein Vertrauen hast du!" Er schüttelte Ruth-Anne die Hand und sah die anderen auffordernd an. Pami nickte zustimmend und Kalei brachte ein verlegenes Lächeln zustande.

„Du hattest doch vorhin eine Idee, auf welchem Weg wir weiterkommen", erinnerte Pamela.

„Ach, ja!", rief Ruth-Anne begeistert.

„Du sagtest, dass wir dir vertrauen müssen", sprach Pami zögerlich weiter. „Dann hat dein Weg wohl etwas mit Wasser zu tun, denn als halbe Moostaucherin nehme ich mal an, dass du schwimmen kannst."

„Ja, schwimmen und tauchen, zwar nicht so gut wie die Bewohner des Sees, aber ich kann ziemlich lange unter Wasser bleiben", erklärte Ruth-Anne.

„Nun, ich sehe hier aber kein Wasser", Kalei sah sich suchend um.

„Wir müssen ein Stück zurück und dann den Hügel rauf, bis zu dem großen Felsen dort." Ruth-Anne deutet links einen kleinen Abhang hinauf. „Hinter dem Felsen führt ein kleiner Bach vorbei, nur ein Rinnsal, der im Sommer meist ausgetrocknet ist, deshalb kennt ihn auch keiner. Ich war schon als Kind oft hier. Das Bachbett läuft ab dieser Stelle unterirdisch weiter bis zum Heulensee. Weil im Frühjahr das Schmelzwasser da durchrauscht, hat sich ein kleiner Tunnel gebildet. Für uns ist er hoch genug, wir können problemlos durchwandern."

„Was wolltest du denn als Kind allein in dieser gefährlichen Gegend?", wollte Pami wissen.

„Meine Großmutter, die Moostaucherin hat mir den Weg gezeigt. Sie war die Einzige, die mich kennenlernen wollte. Die anderen Schwimmer durften davon nichts wissen, nicht einmal mein Vater."

„Wie? Nicht einmal dein Vater?", rief Kalei.

„Nein! Er hat geleugnet, dass es mich gibt, wollte die ganze Affäre mit meiner Mutter schnellstens vergessen und hat sich eine Familie unter Wasser gesucht."

„Pfui, wie gemein und feige!", schimpfte Pami.

„Nun, so einfach ist das alles nicht", warf Arpox ein. „Wer sich als Moostaucher mit einer anderen Art einlässt, wird verbannt, auch heute noch. Und da man hier weit und breit keinen anderen See kennt, bedeutete das den sicheren Tod."

„Ich unterbreche euch ja nur ungern", mischte sich Sikko ein, „aber wir sollten jetzt wirklich weiter. Der Weg, den Ruth-Anne vorgeschlagen hat, hört sich doch ganz gut an. So laufen wir quasi unter dem Feuer hindurch, das ist genial."

„Nun ganz so genial ist es auch wieder nicht!", warf Ruth-Anne verlegen ein. „Die Sache hat einen Haken, bzw. ein Wasserloch."

„Wasserloch!?", kreischte Pami. „Spinnst du?"

„Deshalb sagte ich ja, ihr müsst mir vertrauen!", rief Ruth-Anne flehentlich. „Ich kann euch da durchbringen, ganz bestimmt."

„Woher willst du das denn wissen?", fragte Kalei. „Hast du das schon mal gemacht?"

„Ja, hat sie!", Arpox grinste. „Doch das würde jetzt zu weit führen! Auf jeden Fall funktioniert es."

„Ihr könnt danach nur nicht gleich fliegen, weil eure Flügel nass sind", warf Ruth-Anne noch ein, die ganz rot geworden war.

„Ich denke, es bleibt uns sowieso nichts anderes übrig, wenn wir Kilpa finden wollen, also los. Ruth-Anne zeig uns den Eingang." Sikko stieg mit großen Schritten den Hügel hinauf und blieb vor den Felsen stehen.

Ruth-Anne und Arpox folgten ihm. Kalei sah Pami fragend an, doch die zuckte nur mit den Schultern und lief los.

11.

Kalei sammelte noch Ruth-Annes Gepäck ein und reichte es ihr, als er bei der Gruppe ankam. Sie schenkte ihm ein Lächeln, zog die Jacke wieder an und nahm den Rucksack. Dann wälzte sie einen Stein weg und legte damit den Weg zur Höhle frei. Die anderen starrten mit einem mulmigen Gefühl in das finstere Loch.

„Ich kann nix sehen!", maulte Kalei.

„Dagegen habe ich was!", Ruth-Anne kramte in ihrem Rucksack und zog stolz einen Behälter hervor. Sie griff hinein und holte eine grünbraune schlüpfrige Masse hervor.

„Was ist das denn?", Pami war neugierig nähergetreten. „Sieht ein bisschen wie verfaultes Moos aus."

„Das sind Algen!", schwärmte Ruth-Anne. „Die wachsen in der Tiefe des Heulensees. Meine Großmutter hat mir gezeigt, wo ich sie finden kann. Ich werde wohl bald neue brauchen. Es ist sehr gefährlich, danach zu tauchen. Man darf sich auf keinen Fall erwischen lassen. Einmal kam ein Moostaucher, und ich habe mich unter Wasser hinter einem Stein versteckt bis er weg war, doch um ein Haar wäre mir die Luft ausgegangen."

„Für was brauchen wir die denn nun?", Sikko wurde langsam ungeduldig.

„Wartet mal ab, bis wir ein Stück reingegangen sind!", Ruth-Anne marschierte zügig ins Dunkel. Hinter ihr ertönte ein erstauntes und ehrfurchtvolles Raunen.

Rund um Ruth-Anne begann alles zu leuchten, fast als glühte sie selbst, doch es waren die Algen, die violett schimmerten und den Weg und die Wände des Ganges sichtbar machten. Der Tunnel war klein und schmal. Nur Pamela und Kalei konnten aufrecht gehen. Sikko betrat als letzter die Höhle und zog gerade noch rechtzeitig den Kopf ein, sonst wäre er gegen die Decke gestoßen. Mit den Füssen stand er im Bachbett, in dem zum Glück kein Wasser war.

Das Wasser hatte im Laufe der Jahre eine Rinne in den Felsen gegraben und man konnte erahnen, was zur Zeit der Schneeschmelze hier los war. Während sich die anderen noch staunend umsahen, waren Ruth-Anne und Arpox bereits weitergegangen.

„Wir verlieren den Anschluss, mach schon Pami, geh weiter!", mahnte Sikko und schob Pamela tiefer in den Gang.

„Ja, ja schon klar, ich möchte hier bestimmt nicht im Dunkeln hängenbleiben, man kann ja nie wissen, ob nicht vielleicht ein Regenguss das Wasser hier reintreibt."

„Nun darauf möchte ich auch nicht warten, dann mal los, rein ins Abenteuer. Nach dir, meine Dame." Kalei machte eine galante übertriebene Handbewegung und ließ Pami mit einem breiten Grinsen vorbei.

„Na, auf einmal kein Interesse mehr, ihr hinterher zu spurten?", spöttelte Pami.

„Wer weiß? Aber sie kann mir ja nicht wegfliegen, wie wir jetzt wissen. Bei dir muss man immer auf Überraschungen gefasst sein!", konterte Kalei. Ehe Pami antworten konnte, schaltete sich ihr Vater ein.

„Was ist los bei euch, geht das nicht schneller, ich kann schon fast nichts mehr sehen." Die beiden beschleunigten ihren Schritt und bemühten sich, zu Arpox aufzuschließen. Dort vorne war eine hitzige Unterhaltung im Gange, doch Pami konnte nichts verstehen.

„Du warst schon so lange nicht mehr hier, wie kannst du wissen, was dich auf der anderen Seite erwartet?", wisperte Arpox gerade.

„Das wusste ich noch nie und hat es mich jemals gehindert? Es ist doch egal, ob ich lebe oder sterbe!", flüsterte Ruth-Anne mit verletzter Stimme zurück.

„Doch das hat sich jetzt geändert!", Arpox war etwas laut geworden, senkte jedoch sogleich seine Stimme wieder, als er bemerkte, dass die anderen sich näherten.

„Du hast Verantwortung! Im Moment für uns und vor allem für sie!"

„Manchmal glaube ich, sie ist ohne mich besser dran.", Ruth-Annes Stimme zitterte.

„Wie kannst du so was nur denken!", tuschelte Arpox aufgebracht.

„Sei still jetzt ich muss mich auf den Weg konzentrieren!", zischte Ruth-Anne wütend und laut sagte sie in sachlichem Ton: „Hier kommt gleich eine Abzweigung. Rechts führt das Bachbett weiter in den Heulensee. Das war der geheime Weg zu meiner Großmutter.

„Wieso war?", fragte Kalei misstrauisch.

„Sie ist gestorben!", sagte Ruth-Anne nur kurz.

„Oh! Tut mir leid!", jetzt wurde Kalei rot, was aber niemand sehen konnte.

Pami schüttelte den Kopf und flüsterte: „Musste das sein? Kannst du nicht einmal deinen Mund halten? Du solltest sie hier unten nicht reizen, immerhin sind wir auf sie angewiesen."

Kalei wollte gerade etwas erwidern...doch Ruth-Anne war schon um die nächste Kurve verschwunden. Notgedrungen folgte ihr der Rest der Gruppe. Ein kalter Lufthauch war zu spüren und es roch nach Wasser, nach sehr viel Wasser.

Pami keuchte auf. Sie stand in einer Höhle, doch anstatt eines festen Bodens tat sich ein riesiger See auf.

„Und das ist nun dein Wasserloch?", wandte sie sich vorwurfsvoll an Ruth-Anne.

Diese nagte nervös an ihrer Unterlippe, antwortete dann aber mit fester fast trotziger Stimme.

„Ja! Da müssen wir durch! Die Rückwand dort hinten geht nur ein paar Meter tief ins Wasser, auf der anderen Seite ist ein Felsvorsprung. Dahinter geht der Wald weiter."

„Und wie kommen wir über den See?" Sikko deutete über das Wasser, dass jetzt schwarz und unheimlich vor ihnen lag. „Ich sehe weder ein Ufer noch einen Durchgang."

„Nun, weil es keinen gibt!", sagte Ruth-Anne ungeduldig. „Wir müssen hindurchtauchen!"

„Oh scheiße! Das kannst du sowas von vergessen!", Pami war entsetzt.

„Ja, was habt ihr denn gedacht, wie wir hier weiterkommen sollen?", Ruth-Anne wirkte gereizt und unsicher.

„Tauchen ist keine Option!", Kalei verschränkte zornig die Arme vor dem Bauch.

„Tauchen ist keine Option!", äffte Ruth-Anne. „Du kannst ja auch gegen die Höhlenwand fliegen und schauen, ob sie irgendwann nachgibt!"

„Ich glaube ich verzichte auf das Kennenlernen von weiteren Schwimmern, mir reicht der halbe schon." Kalei sah aus, als ob er gleich auf Ruth-Anne losgehen würde.

„Ruhe jetzt, alle beide!", polterte Arpox. „Scheinbar habt ihr vergessen, warum wir hier sind!" Er sah Kalei zornig an. Dann wandte er sich vorwurfsvoll an Ruth-Anne:

"Du bist so lange mit Moosfliegern in die Schule gegangen, da hätte ich schon etwas mehr Verständnis erwartet. Du weißt sehr gut, dass wir schon Panik kriegen, wenn wir tiefer als bis zum

Flügelansatz ins Wasser müssen. Und wir sprechen hier vom Tauchen."

Ruth-Anne senkte beschämt den Kopf.

„Tut mir leid, aber du hast es doch auch gekonnt!"

„Ich wusste auch vorher, was mich erwartet!"

„Nein, dass wusstest du nicht!"

„So in etwa doch und ich kannte dich schon mein halbes Leben lang, ich habe dir vollkommen vertraut."

„Na, siehst du, das ist der Grund! Sobald jemand erfährt, was ich bin, geht das Misstrauen auch schon los. Es ist immer dasselbe!"

„Nun warte doch erst mal ab, lass ihnen etwas Zeit, bis sie sich an den Gedanken gewöhnen."

„Wir haben aber keine Zeit!"

„Schluss jetzt!", Sikko hatte der Unterhaltung der beiden eine Weile zugehört. „Wir sind schließlich auch noch da, und können für uns selbst sprechen." Er wandte sich an Ruth-Anne.

„Du hast recht damit, dass wir keine Zeit haben! Aber du hast unrecht damit, dass wir dir nicht vertrauen, sonst wären wir erst gar nicht bis hier her mit dir gegangen! Du tauchst mit uns da durch?" Er deutet auf das Wasser. Ruth-Anne nickte.

„Dann fang mit mir an. Je eher wir alle auf der anderen Seite sind, desto schneller kann die Suche nach meinem Sohn weitergehen."

Ruth-Anne blickte ihn erstaunt an.

„Gut, wenn du meinst, es kann gleich losgehen!" Sie kramte in ihrem Rucksack und holte eine zweite Dose hervor, die sie vorsichtig öffnete. Sie war mit trübem Wasser gefüllt, indem gefiederte, längliche Blätter schwammen.

„Du musst dir ein Blatt zwischen die Lippen klemmen. Wir werden länger unter Wasser sein, als du die Luft anhalten kannst. Damit kannst du 1-2-mal Atem holen, das müsste reichen."

Sikko starrte in die Dose, nun doch etwas aus der Fassung gebracht. Ein Rückzieher kam aber gar nicht in Frage. So sog er tief die stickige Luft der Höhle ein, als ob es sein letzter Atemzug wäre, dann nahm er ein Blatt, schob es zwischen seine Lippen und sah Ruth-Anne auffordernd an. Sie ergriff Sikkos Hand und sprang mit ihm ins Wasser.

Kalei und Pami blickten ungläubig und entsetzt hinterher. Arpox griff beruhigend nach Pamelas Oberarm.

„Du brauchst dir keine Sorgen um deinen Vater zu machen, es ist nicht weit bis auf die andere Seite, ich habe das schon ein paar Mal gemacht."

Pami sah ihn erstaunt an.

„Du? Du warst mit ihr hier?"

„Ja, sie hat hier immer das Tauchen geübt. Hier konnten wir sicher sein, dass uns keiner entdeckt. Nur ihre Großmutter kannte die Höhle und die hätte uns nie verraten. Eines Tages kam sie mit jenen Blättern und erklärte ihre Wirkung. Sie produzieren Sauerstoff. Damit war der Weg für mich frei. Ich wollte spüren, was sie spürte. Anne hat immer geschwärmt und dann hat sie mich mitgenommen." Arpox blickte gedankenverloren über das tiefschwarze Gewässer.

„Ihr kennt euch schon seit der Schulzeit, stimmt's? Du warst auch in Tante Janas Klasse", begriff Pami.

„Deine geheimnisvollen Ausflüge!", rief Kalei. „Du warst mit ihr unterwegs!", er grinste. „Seid ihr ein Liebespaar?"

Arpox blieb die Antwort erspart.

Ruth-Anne tauchte aus den Fluten des kleinen Sees auf und rief begeistert: „Es ist alles gut gegangen, dein Vater sitzt auf der anderen Seite auf einem Felsen und ist wohlauf!"

„Das möchte ich dir auch geraten haben!", knurrte Pamela nervös. „Dann nimm mich als nächstes mit!", sagte sie zögerlich, doch sie wollte unbedingt möglichst schnell zu ihrem Vater. Sie nahm sich ein Blatt aus der Dose, holte tief Luft und sprang zu Ruth-Anne ins Wasser, eh sie anfing über ihr Tun nachzudenken. Das war wohl auch besser so, denn sie ging unter wie ein Stein. Die eisige Kälte des Sees nahm ihr sofort den Atem und sie schluckte Wasser. Ruth-Anne erwischte sie gerade noch am Träger ihres Rucksackes und zog sie zurück an die Wasseroberfläche.

„Bist du wahnsinnig?", schrie sie erbost. „Du hättest ertrinken können!"

„Tut mir leid!", japste und prustete Pami ziemlich kleinlaut, war aber doch froh über Ruth-Annes starken Zugriff. Die beiden schwammen los, vielmehr Ruth-Anne zog Pamela hinter sich her. Viel zu schnell tauchte das hintere Ende der Höhle vor ihnen auf.

„So, jetzt geht es los!", erklärte Ruth-Anne. „Nimm das Blatt in den Mund, wir gehen unter Wasser. Keine Angst, halt einfach die Luft an, solange es geht und atme dann einmal durch das Blatt, das reicht bis wir drüben sind. Ehe Pami etwas erwidern konnte waren sie schon unter Wasser. Sie presste fest die Augen zu und versuchte die Atemluft einzuteilen, um eine Panik zu vermeiden. Sie spürte, wie eine Hand sie hinter sich herzog und hoffe inständig, dass es Ruth-Annes war. Das Ganze dauerte eine gefühlte Ewigkeit und so wagte sie ein leichtes Blinzeln. Als nichts wehtat, bekam ihre Neugier die Oberhand und sie öffnete die Augen ganz. Zuerst sah sie nur trübes Wasser, dann wurden die Umrisse klarer. Grüne Schlieren zogen an ihr vorbei und irgendetwas streifte sie am linken Knöchel. Ein Fischschwarm mit vielleicht hunderten von kleinen Fischen glitt an ihr vorbei fast majestätisch elegant. Fasziniert blickte sie ihnen nach und vergaß dabei fast, dass ihr langsam die Luft ausging. Sie spürte einen Druck im Kopf und nahezu im selben Augenblick verstärkte auch Ruth-Anne den Druck an ihrer Hand, als ob sie ihr ein Zeichen geben wollte. Vorsichtig versuchte Pami durch das Blatt zu atmen. Und es funktionierte tadellos, sie spürte, wie sich ihre Lungen wieder entfalteten und der Kopfschmerz deutlich nachließ. Sie tauchten immer noch zügig weiter. Ruth-Anne wusste genau wohin, das konnte Pami spüren.

So fühlte sie sich sicher und bekam langsam Spaß an der Aktion, was sie vorher nie für möglich gehalten hätte. Sie blickte in die Tiefe und sah ein bläulich schimmerndes Leuchten. An der Stelle löste sich das trübe Wasser auf und gab den Blick frei auf den Grund des Gewässers. Pami konnte bizarre Felsformationen und komisch geformte Schnecken entdecken. Unter einem Stein schlängelte sich etwas langes Schwarzes hervor. Pami war froh, als sie Ruth-Anne jetzt steil nach oben zog und sie urplötzlich die Wasseroberfläche durchbrachen. Sie rieb sich die Tropfen aus den Augen und blickte als erstes in das strahlende Gesicht ihres Vaters.

„So, das wäre geschafft!" Pami vernahm Ruth-Annes Stimme, die sich noch etwas unwirklich anhörte. Ihr Vater zog sie eiligst an das sichere Ufer. Sie waren in einem schmalen Bachbett gelandet, dessen Wasser, an dieser Stelle aus dem Felsen sprudelte und fröhlich weiter talwärts plätscherte. Im Hintergrund erstreckte sich der Wald.

„Nimm deinen Rucksack ab, damit er trocknet und geh dort rüber in die Sonne!", ermahnte ihr Vater sie. Pami war ganz benommen von den vielen Eindrücken. Sie hatte gar nicht bemerkt, dass Ruth-Anne schon wieder verschwunden war. Nach und nach trudelten auch Kalei und Arpox ein. Alle lümmelten sich erschöpft auf einen Felsvorsprung. Die Luft war hier bedeutend besser. Ruth-Anne stand voller Tatendrang vor ihnen.

„Ruht euch aus, ich sehe mich hier mal um, ob die Gegend sicher ist." Damit verschwand sie im Laufschritt hinter den Bäumen.

„Unglaublich!", keuchte Kalei. „Dabei ist sie die Strecke viermal getaucht."

„Warte!" Arpox wollte aufstehen und Ruth-Anne begleiten, doch seine Knie versagten und so ließ er sich erschöpft zurückfallen. Seine Brandwunde klaffte übel durch die Aktion unter Wasser und er wirkte leicht fiebrig. Sikko erneuerte den Verband und gab ihm noch eine Portion des Eichenrindenmehls.

„Ruhe dich aus, du bist geschwächt und wir brauchen dich noch! Ihr wird schon nichts passieren", beruhigte Sikko ihn. Die vier Moosflieger genossen die wärmenden Strahlen der Sonne und spürten, wie neue Lebenskraft in ihre nassen Glieder floss.

12.

„Kein Mensch in der Nähe!", Ruth-Anne war unbemerkt zurückgekommen. „Wenn ihr wieder fit seid, dann können wir Kilpa weiter Richtung Osten suchen. Bis hierher ist das Feuer nicht gekommen."

„Natürlich sind wir fit!" Kalei sprang auf und kam noch etwas wackelig zum Stehen. „Wird schon wieder", murmelte er jetzt schon nicht mehr ganz so zuversichtlich.

„Geh es ruhig langsam an." Ruth-Anne lachte. „Moosflieger sind nun mal nicht fürs Wasser gemacht!" Sie wirkte so gelöst wie den ganzen Tag nicht.

„Das war wirklich toll von dir, wie du uns alle rübergebracht hast." Pami war jetzt auch vorsichtig aufgestanden. „Ich hätte das nie gedacht, aber ich finde deine Unterwasserwelt wunderschön, wenn auch ein wenig beängstigend."

Ruth-Anne lächelte. „Ja, ich weiß! Doch nun lasst uns gehen, es wird in zwei Stunden dunkel, dann können wir nicht mehr weitersuchen."

„Warum meinst du, wir sollten nach Osten gehen und nicht nach Süden?", wollte Sikko wissen.

„Weil sich im Süden, dort weiter unten im Tal die Menschensiedlungen befinden." Ruth-Anne deutet nach unten, den Verlauf des Flusses entlang, doch man konnte nur bis zu einem kleinen Vorsprung blicken.

„Hoffentlich ist Kilpa nicht dort!", sagte Pami zaghaft.

„Die Tiere halten sich von dort fern, also wird es Kilpa hoffentlich auch tun", meinte Arpox sehr bestimmt.

Die Gruppe startete Richtung Osten. Sie liefen seitlich einen Abhang entlang, auf dem überwiegend hohe alleinstehende Bäume unbeschadet in die Höhe ragten. Der Untergrund bestand aus trockenem Erdreich und ab und an aus abgerutschtem Geröll, was das Laufen nicht gerade einfacher machte. Unterholz und Sträucher gab es so gut wie gar keine, also kaum Versteckmöglichkeiten für den Notfall. Zu allem Übel trieb der Wind ihnen den Staub ins Gesicht. Vielleicht war auch etwas Asche dabei.

„Glaubt ihr wirklich, dass es Sinn macht hier nach Kilpa zu suchen?", fragte Kalei nach einer Weile. Die Sonne begann langsam zu sinken und kündete die nahende Dunkelheit an.

„Noch ungefähr einen Kilometer weiter liegt ein kleiner See, der von den Tieren als Wasserstelle genutzt wird", erklärte Ruth-Anne. „Ich denke, die meisten Waldbewohner sind vor dem Feuer bis hier her geflohen. Es besteht eine Chance, dass Kilpa bei ihnen ist."

„Das wäre einfach wunderbar!", seufzte Sikko.

„Was machen wir, wenn er nicht dort ist?", wollte Pami wissen.

„Nun, der See ist wie geschaffen für unser Nachtlager, hoffentlich gleich mit Kilpa." Arpox Stimme klang voller Zuversicht. „Wenn dem nicht so sein sollte, muss das nichts Schlimmes bedeuten. Vielleicht ist er schon längst wieder zuhause, oder hat sich anderswo in Sicherheit gebracht."

Pamela starrte nachdenklich vor sich hin, doch eh sie ihre Zweifel äußern konnte, meldete sich Anne zu Wort.

„Morgen hat sich der Rauch weitgehendst verzogen und ihr könnt die Gegend abfliegen, dann seht ihr viel mehr und findet ihn bestimmt."

„Schaut, da vorne ist der See!", rief Kalei und lief los. Hinter den letzten Baumreihen blieb er stehen und sah sich vorsichtig um. Inzwischen hatten die anderen ihn eingeholt.

„Dort unten im hohen Gras könnte er überall stecken."

Sikko blickte in Richtung Uferzone und lauschte. „Es ist still, fast zu still!"

Auf der anderen Seite stapfte der alte Moosriese zielstrebig durch das Gras, achtete aber sorgsam darauf, dass er auf keinen

Ast trat. Nach alter Jägersart hatte er das Anschleichen gelernt und wusste natürlich, dass nach dem Brand die ganze Tierwelt am See versammelt sein dürfte. So standen seine Chancen gut, ein Stück als Vorrat für den Winter zu erlegen.

„Nun, sieht doch alles friedlich aus! Papa, wir können Kilpa nur finden, wenn wir fliegen!", wandte sich Pami an ihren Vater.

„Ich halte das für viel zu gefährlich, du weißt nicht, was da unten im Schilf so alles lauert."

„Dort drüben ist ein großer Fels, ich werde hinfliegen und mich umsehen", erklärte Arpox und wollte schon starten.

„Halt, keine Alleingänge!", erwiderte Sikko und hielt ihn zurück. „Ich will Kilpa auf jeden Fall finden, je eher desto besser, aber mit geringstmöglichem Risiko. Ich könnte mir das nie verzeihen, wenn einem von euch etwas zustoßen würde."

„Wir können uns aufteilen!", meldete sich Ruth-Anne. „Ich klettere mit Kalei auf die hohen Bäume da hinten. Da sehen wir sofort, wenn sich etwas Verdächtiges regt, und können euch warnen. Und ihr drei fliegt zu dem Felsen und versucht, euch am Ufer umzusehen."

„Also gut!", gab Sikko nach. „Das ist zwar auch nicht ganz ungefährlich, aber irgendetwas müssen wir ja tun."

„Dann nichts wie los!" Kalei schwang sich am nächstgelegenen Ast hoch und war im Nu auf halbe Höhe geklettert, Ruth-Anne tat es ihm gleich. Pami flog los und Arpox und Sikko folgten ihr bis zu dem Felsen.

Inzwischen hatte der Jäger seinen Hochsitz erreicht und war leise die Leiter emporgeklettert. Er nahm das Fernglas und sah sich um. Dreihornmufflons und Rehe beäugten sich misstrauisch und hielten Abstand voneinander, trotzdem zum Wasser mussten sie alle. Doch was war das? Er richtete sein Glas auf einen großen Stein und stellte es scharf. Mit dieser Beute würde er sich im Dorf

Respekt verschaffen. Vorsichtig hob er das Gewehr.

Kalei und Ruth-Anne saßen in einer mächtigen Baumkrone und suchten das diesseitige Ufer nach Auffälligkeiten ab. Alles schien friedlich und sie konnten beide keine Gefahr entdecken. Kalei hob zuversichtlich den Daumen, als Zeichen für die anderen, dass alles ok war.

„Da! Schaut! Kalei gibt das Zeichen! Ich flieg jetzt los!" Pami wollte gerade starten, Richtung Uferzone, doch ihr Vater hielt sie zurück.

„Halt, warte! Irgendetwas stimmt hier nicht. Ich habe ein Geräusch gehört. Wenn ich nur wüsste was?", Sikko überlegte verzweifelt und spürte die Gefahr. „Sowas habe ich schon einmal gehört, es kommt vom anderen Ufer."

„Dann ist es noch weit weg", meinte Arpox. „Wir fliegen tief über das Schilf, so können wir uns notfalls sehr schnell verstecken. Mach dir keine Sorgen Sikko, wir sind gleich wieder da. Du behältst von hier aus, das andere Ufer im Auge."

„Also gut, wenn du meinst, aber beeilt euch, es dämmert schon. Wenn ihr Kilpa finden wollt, müsst ihr dicht am Wasser suchen. Das übt eine magische Anziehungskraft auf ihn aus, obwohl er ein Flieger ist." Sikko kannte die heimlichen Vorlieben seines Sohnes und Pami lächelte wissend.

„Bis gleich Paps!", flüsterte sie und flog los.

Arpox blieb dicht hinter ihr. „Bleib etwas tiefer über dem Schilf!", rief er ihr nach.

„Ja, gleich!", antwortete Pami ungeduldig. „Ich will nur einen Blick zum Ufer werfen."

Und plötzlich brach der Sturm los, alles passierte zugleich. Ein riesiges Mädchen mit wehenden blonden Haaren raste durchs Gras, fuchtelte aufgeregt mit den Armen und schrie: „Vater, Vater! Du musst ganz schnell kommen!" Dann fiel ein Schuss!

Sikko sah die Mündungsfeuer und zuckte zusammen. Pami verschwand augenblicklich im hohen Gras, Arpox stürzte hinterher.

Sikko fiel es wie Schuppen von den Augen. „Ich Idiot!", dachte er wütend auf sich selbst. „Die Waffe der Moosriesen, nicht schon wieder! Pamela!" das letzte Wort war ein verzweifelter Aufschrei gewesen. Schon einmal hatte er ein Mitglied aus seiner Familie auf diese Weise verloren. Er hätte es doch wissen müssen, das feine Klicken, das zu hören war beim Laden eines Gewehres.

„Kara, verdammt!", klang es äußerst ärgerlich vom Hochsitz. „Als ob du nicht ganz genau wüsstest, dass ich beim Jagen nicht gestört werden möchte. Wehe, es ist nichts Wichtiges!"

Gut, dass der Mann das feine Lächeln seiner Tochter nicht sehen konnte, sonst wäre er wohl vollends ausgerastet. Sie hatte sich an die Jägerei und Fischerei mittlerweile gewöhnt, brachten sie doch die notwendige Nahrung, um hier draußen überleben zu können und etwas Geld für Kleidung und neue Ausrüstung. Doch dass er jetzt auch noch Jagd auf jene geheimnisvollen Wesen machte, die sie vor einiger Zeit entdeckt hatte, das wollte und konnte sie einfach nicht zulassen.

„Natürlich ist es wichtig Vater, sonst hätte ich dich doch nie gestört!", antwortete sie nun artig. „Es eilt, dass du nach Hause kommst, der Hang oberhalb unseres Hofes hat zu rutschen begonnen, eine riesige Geröllhalde ist bereits bei unsrem Nachbarn abgegangen, darunter hat sich Schlamm gelöst, der jetzt auf unsere Hütte zusteuert. Mutter versucht das Gelände abzustützen, aber allein schafft sie das nicht."

„Ich komme!" Der Alte sah sich noch einmal um, doch nichts regte sich. Dann stieg er von der Leiter.

„Ich werde morgen das Schilf absuchen, ich habe es bestimmt getroffen!", dachte er triumphierend. „Sie werden mich schon achten bei diesem Fund, der hochnäsige Bürgermeister und seine Leute."

„Lauf Kara, hilf deiner Mutter. Ich besorge Material zum Abstützen!", wandte er sich an das Mädchen. Dann verschwanden beide den Abhang hinunter.

Sikko stand wie erstarrt immer noch ein Stück entfernt vom Seeufer. Doch in Kalei kam Bewegung, er verließ im Sturzflug seinen Beobachtungsposten und raste auf die Stelle zu wo Pami verschwunden war.

„Pami? Wo bist du?" Mist! Er sah nur Grashalm an Grashalm, es war wie ein undurchdringlicher Dschungel. Aber das müsste doch die Stelle gewesen sein, an der sie verschwunden war. Er kämpfte sich weiter durch das Dickicht.

„Pami, Arpox, wo seid ihr denn!", rief er ungeduldig. Das Herz klopfte ihm bis zum Hals. Was war bloß geschehen? Er hatte die Verantwortung, er hatte sich nicht gründlich genug umgesehen, die lauernde Gefahr nicht erkannt. Er hatte sie da rausgeschickt. Es wäre seine Schuld, wenn ihr etwas passiert wäre. „Warum bin nicht ich geflogen, ich hätte sie doch beschützen müssen. Dieser Knall, was für ein entsetzliches Geräusch! Und dann war sie verschwunden, wenn nun, nein, das konnte nicht sein!" Die wildesten Gedanken schwirrten ihm durch den Kopf, dass ihm ganz schwindelig wurde. Sie war etwas ganz Besonderes für ihn, schon immer, als sie beide noch ganz klein waren. Was hatten sie schon für Kämpfe ausgefochten und sie wollte immer gewinnen und er ließ sie, natürlich ohne dass es auffiel. Das hätte sie nämlich nie geduldet, dafür war sie viel zu stolz.

„Hier sind wir Kalei!", klang da Arpox Stimme. Er war noch nie so froh gewesen, seinen Fluglehrer zu hören.

„Arpox, was ist mit Pami!" Seine Stimme zitterte.

„Keine Sorge, ihr geht es gut. Komm ein Stück hier rüber, dann siehst du uns." Kalei schob ein Schilfrohr beiseite und dann sah er sie zufrieden sitzend im Gras.

„Ist wirklich alles in Ordnung?", vergewisserte er sich und ergriff sanft Pamis Hand.

„Ja doch!", lächelte Pami und ließ sich von ihm hochziehen. Plötzlich raschelte und keuchte es über ihnen. Sikko landete unmittelbar neben seiner Tochter und schloss sie weinend in die Arme.

„Mir geht es auch gut!", knurrte Arpox grinsend. „Danke der Nachfrage." Sikko klopfte ihm auf die Schulter.

„Du ahnst ja gar nicht, mein Freund, wie froh ich bin, dass keinem von euch was passiert ist!"

„Was war das für ein Knall?", fragte Pami.

„Der Schuss eines Jägers!", erklärte Sikko.

Pami sah ihn fragend an.

„Du erinnerst dich, wie deine Tante ums Leben kam?" Sikkos Stimme zitterte.

Pamis Augen weiteten sich vor Entsetzen. Das war damals eine schlimme Geschichte gewesen. Wie sie diese Moosriesen hasste.

„Dieser Schuss ging aber daneben!", triumphierte sie jetzt.

„Welch ein Glück!", seufzte Arpox.

„Nun, ob das nur Glück war? Ich glaube, ihr hattet etwas Hilfe!", vermutete Kalei.

„Wie meinst du das?", wollte Arpox wissen.

„Ihr konntet das Mädchen nicht sehen", erklärte Sikko. „Sie hat sich irgendwie komisch verhalten, so als wollte sie uns warnen. Ich denke, sie ist auch schuld, dass der Jäger nicht getroffen hat. Na, wie auch immer, ich bin so froh, dass niemand verletzt ist. Ich werde mich hier noch etwas umsehen, gleich ist es Nacht. Würde mich jedoch überraschen, wenn wir Kilpa heute finden würden. Bei dem Lärm, den wir hier veranstaltet haben, hätte er längst uns gefunden."

„Ja, das denke ich auch. Wir fliegen noch kurz am Ufer entlang und dann zurück zu Anne, sie wird schließlich auch wissen wollen, was passiert ist", sagte Arpox.

„Schon wieder ein Tag, an dem wir Kilpa nicht entdeckt haben", seufzte Sikko. „Wo steckt er bloß?"

„Morgen, wenn der Rauch weg ist, haben wir gute Chancen!", erwiderte Arpox voller Zuversicht. Sie flogen einmal um den See und landeten dann auf Ruth-Annes Aussichtsbaum.

„Da seid ihr ja endlich. Was bin ich froh, dass niemand verletzt ist." Ruth-Anne drückte jedem die Hand, wobei es bei Arpox mehr nach einer Umarmung aussah.

„Ich habe mich inzwischen in diesem Baum etwas umgesehen und finde er eignet sich gut als Nachtlager, hier sind wir sicherer als am Boden. Ich werde Wache halten, vielleicht kann mich später jemand ablösen."

„Das werde ich machen! Du kannst mich wecken!" Sikko nickte und suchte sich einen geeigneten Ast als Schlafplatz, die anderen taten es ihm gleich. Pami starrte in den Himmel und träumte davon, dass die Familie wieder beisammen war. Irgendwie spürte sie, dass es Kilpa gut ging. Sie warf einen verstohlenen Blick zu Kalei hinüber. Natürlich war ihr die kleine Träne an seiner Wange nicht entgangen, als er sie vorhin im Schilf zu sich hochgezogen hatte. Sie lächelte und schloss die Augen.

13.

Kilpa träumte von einem wunderschönen Mädchen mit leuchtenden, silberblonden Haaren, dazu meergrüne, große Augen. Das Mädchen wollte gerade etwas sagen, als ein mächtiger Wolkenbruch losbrach und ihm das Wasser ins Gesicht peitschte. Er hörte ein quietsch vergnügtes und äußerst bekanntes Lachen. Kilpa brauchte die Augen nicht erst zu öffnen, um zu wissen was los war. Schnell warf er sein Kissen mit Schwung in die Richtung, aus der das Geräusch kam. Osta stand über ihm und schüttelte seine hellen Zausel-Haare. Klatsch, landete eine schleimige Alge, die sie wohl gestern nach dem Bad übersehen hatten, mitten in Kilpas Gesicht. Das war nun doch zu viel.

„Hej, was denkst du dir denn!", wetterte Kilpa erbost, vor allem auch deshalb, weil sein Freund ihn aus dem Traum mit dem Mädchen gerissen hatte.

„Steh auf, du Langschläfer!", kommandierte Osta. „Dein Eichhörnchen sitzt nebenan auf dem Tisch und keckert herum."

„Sie ist nicht mein Eichhörnchen! Sag ihr doch, dass sie da runterkommen soll", maulte Kilpa verschlafen zurück.

„Sehr witzig, du Schlaumeier. Das musst du ihr schon selbst sagen. Sie versteht nun mal keine vernünftige Sprache, außer wenn du sie sprichst, was mir immer noch vollkommen schleierhaft ist!", damit ging er kopfschüttelnd hinaus und Kilpa folgte ihm notgedrungen.

Im Kaminzimmer saß Philine tatsächlich mitten auf dem Tisch und fuchtelte mit den Pfoten, als ob sie den anderen irgendetwas zeigen wollte. Als sie Kilpa entdeckte, rümpfte sie die Nase.

„Da bist du ja endlich! Wird aber auch langsam Zeit!"

„Ja, ja! Was für eine Hektik früh am Morgen!" Kilpa sah sich im Raum um und entdeckte Alfred, Polkis und Tina, die ratlos umher standen.

„Was machst du denn da auf dem Tisch, das gehört sich nicht!",
wandte er sich an Philine.

„So? Woher soll ich das wissen? Tisch? Hm! Jedenfalls kommt
man von hier aus gut an das Holz da oben ran."

„Und was willst du im Regal?"

„Na, die Fibel! Hast du das denn ganz vergessen? Alfred hat
doch gesagt, dass er nach der Geschichte suchen will. Vielleicht
wird da etwas erwähnt, das wir wissen sollten, ehe wir aufbrechen."
Philine rollte mit den Augen. Das hatte Kilpa jetzt schon des Öf-
teren bei ihr gesehen.

„Alfred," Kilpa sah den Zwergen Chef an. „wärst du so lieb
und würdest nach der Erzählung suchen, von der du gestern gesprochen hast? Philine glaubt, dass wir da noch ein paar Informationen über uns finden könnten."

„Ach so, deshalb deutet sie ständig Richtung Regal, das hätte
ich mir ja eigentlich denken können."

„Ja, eben!" Philine war inzwischen auf einen Stuhl gesprungen
und hatte sich Kilpas Hand geschnappt, damit sie verstand, was
gesprochen wurde. Sofort kam das rote Leuchten zurück. Tina
starrte die beiden fasziniert an, dann reichte sie ihrem Vater feierlich das Buch.

„Mir ist gestern noch eingefallen, dass die Geschichten ganz
hinten stehen, so zu sagen im Anhang, deshalb habe ich sie auch
nicht gleich gefunden", versuchte Alfred zu erklären. Er suchte
kurz und schlug dann eine bestimmte Seite auf. Dann begann er
zu Lesen.

*„Vor gar nicht allzu langer Zeit lebten in einem kleinen Dorf, nahe des
krummen Flusses zwei Jungen mit ihren Familien. Sie hießen Elias und
Aron. Fast täglich waren sie gemeinsam im Dschungel unterwegs. Das war
nur ganz selten gefährlich, denn die Großen hatten ihnen alles beigebracht, was
sie wissen mussten.*

*Eines Morgens passierte etwas äußerst Merkwürdiges. Das Steppengras
bewegte sich an einer Stelle besonders heftig und das Rascheln der Halme hörte*

sich fast wie eine kleine Melodie an, zumindest für Aron. Die beiden Jungen kamen neugierig näher. Sie entdeckten ein Elefantenjunges am Seitenarm des Flusses. Das Junge gab jämmerliche Laute von sich. Während Elias erschrocken stehen blieb, wurde Aron von dem Elefantenkind magisch angezogen und berührte ganz leicht ein Ohr des Tieres. Voller Schreck zog er die Hand wieder zurück. Er hatte ein Knistern gespürt und seine Hand war ganz heiß geworden."

Jetzt war Kilpas Interesse so richtig geweckt. „Das ist ja höchst interessant, lies weiter!"

„Das hatte ich vor!", brummelte Alfred und fuhr fort.

„Auch der Elefant schien das gespürt zu haben und starrte Aron mit großen, erstaunten Augen an. Wieder gab er klagende Laute von sich, so klang es jedenfalls für Elias, doch Aron starrte fassungslos auf den Elefanten. „Ich weiß auch nicht, wo deine Familie ist, aber vor allem weiß ich nicht, warum ich jedes Wort von dem verstehe, was du sagst."

„Uhi!", rief jetzt Philine dazwischen und erntete einen strafenden Blick von Alfred. Inzwischen war die ganze Familie versammelt. „Lies doch weiter!", sagte Tina ungeduldig und Alfred seufzte und fuhr fort.

„Was redest du denn da bloß?" Elias begriff überhaupt nichts.
„Ich verstehe, was sie sagt, als ob sie unsere Sprache sprechen würde.",
sagte Aron.
„Es ist also eine Sie?", spöttelte Elias. „Willst du mich verarschen?"
„Nein, das will ich nicht und sie heißt Aila, falls dich das interessiert!"
Nun war Aron wütend. „Hörst du denn nichts?"
„Doch, natürlich, Elefantengeschrei! Und ich finde wir sollten hier schleunigst verschwinden, ehe Mama Elefant auftaucht!"
„Und genau das wird eben nicht passieren, weil Aila hier verlorengegangen ist." Die Freunde stritten noch eine Weile, wobei Aron immer aufgeregter mit

den Armen ruderte, dabei kam er dem Elefantenmädchen so nahe, dass er gegen ihren Rüssel schlug.

Aila stieß ein erbostes „Hey!" aus.

„Das habe ich jetzt auch verstanden!", rief Elias aufgeregt.

Kaum war Aron erschrocken einen Schritt zurückgetreten, hörte er jedoch wieder nur Elefantenlaute.

„Jetzt ist es wieder weg!", maulte er enttäuscht. „Nimm doch nochmal den Rüssel!", befahl er Aron.

Dieser entschuldigte sich bei Aila und berührte sie erneut, wenn auch etwas sanfter als vorher.

Mit einem Male funktionierte es. Elias verstand alles, was der Elefant sagte. Aila erzählte von ihrer Herde. Sie hatte getrödelt und Schmetterlinge gejagt und dann waren auf einmal alle verschwunden gewesen.

„Wir werden dir helfen! Du kommst erst einmal mit uns", sagte Aron.

„Bist du wahnsinnig, einen Elefanten mit ins Dorf zu nehmen? Nachdem was die Herde letzte Woche angerichtet hat, würden die Ältesten sie glatt umbringen!", schimpfte Elias.

„Da hast du recht!", stimmte ihm Aron zu und wandte sich an Aila, die ihn ängstlich anstarrte. „Ihr habt die Hälfte unserer Häuser zum Einsturz gebracht und fast ein Drittel unserer Ernte zerstört. Was machen wir bloß?"

„Wenn ihr mir helft, meine Mama zu finden, dann kann ich ihr sicher erklären, dass sie euer Dorf in Ruhe lassen müssen!", sagte Aila und stolz fügte sie hinzu: „Sie ist schließlich die Anführerin der Herde und die anderen tun, was sie sagt."

„Dann müssen wir jetzt also nur die Elefantenherde finden, die die Ältesten mit so viel Mühe verjagt haben.", stöhnte Elias.

„Das könnte Ärger geben!", stimmte ihm Aron zu.

„Was könnte Ärger geben?" Aron und Elias zuckten zusammen. Diese Stimme gehörte Elfie, einem Mädchen aus dem Dorf. Eigentlich trauten sie ihr nicht so recht über den Weg, doch sie hatte den Elefanten bereits gesehen.

„Wir suchen die Mama von dem kleinen Elefanten", erklärte Elias.

„Super, da helfe ich euch. In unserer Vorratshütte dort hinten ist momentan genug Platz, da verstecken wir sie. Ich passe auf und ihr macht euch auf *die Suche." Elfie war ganz eifrig und so ließen sich die beiden Jungen darauf ein. Von der merkwürdigen Sprachverbindung sagte sie ihr aber lieber nichts.*

„Nehmt doch die Wildpferde, dann geht es schneller!", schlug sie jetzt auch noch vor.

„Du weißt doch genau, dass das verboten ist!", knurrte Elias, dem Elfies Freundlichkeit nicht geheuer war.

„Gerade waren ein paar Männer da und haben das Gatter überprüft, da kommt vor heute Nachmittag keiner mehr. Bis dahin seid ihr längst wieder da", erklärte Elfie.

„Warum hilfst du uns!", wollte Aron wissen. „Du kannst uns doch gar nicht leiden."

„Man kann seine Meinung doch auch mal ändern!", sagte Elfie. „Und außerdem will ich dem Elefanten helfen.

Aila ließ sich nur mit viel Mühe in die Hütte sperren und auch Aron fiel es schwer, sie zurückzulassen, aber so würde die Suche einfach schneller gehen.

Er schnappte sich mit Elias zwei Pferde und sie machten sich auf den Weg.

Alfred blätterte um. In der Fibel war ein wunderschönes Bild von einem Elefanten mit zwei Jungen zu sehen. Nachdem alle geguckt hatten, las er weiter.

„Das wäre um ein Haar schief gegangen!", stöhnte Elias in solchen Augenblicken.

„Ja, aber du hast mich und Aila gerettet und dadurch auch unser Dorf, du bist ein Held!", schwärmte Aron dann immer.

„Trotzdem bist du der, mit der besonderen Gabe und natürlich Aila!", warf Elias dann ein.

„Aber ohne dich wären wir daran gestorben, deshalb braucht jede Ge-
schichte mindestens zwei Helden!", sagte Aron. Und diesen Satz konnte Elias
nicht oft genug hören.

Alfred sah irritiert auf, blätterte erstaunt zurück und dann noch einmal vor.

„Was ist?", fragte Philine.

„Nun, hier fehlt etwas!", knurrte Alfred erbost. Er sah sich suchend im Raum um und sein Blick blieb bei Polkis hochrotem Kopf hängen. „Polkis, möchtest du mir etwas sagen?", donnerte er.

„Ja, ich", der Zwergen Junge stotterte und sprach ganz leise, dabei war sein Kopf noch röter geworden. „Ich habe in dem Buch über die Papierflieger geblättert, dass du mir geschenkt hast, und da war eine Anleitung drin für einen besonders großen Flieger. Die Fibel war das einzige Buch mit der richtigen Größe und so habe ich eine Seite genommen. Ich wollte sie auch bestimmt zurücktun, aber dann…", er schluchzte auf und konnte kaum weitersprechen.

„Wo ist die Seite jetzt?", Alfred bebte vor Zorn.

„Ich habe einen Flieger gebastelt und der flog so wunderbar, majestätisch wie ein Seeadler. Und am Anfang ging ja auch alles gut. Es war so schön, wie er im Wind trieb. Doch dann kam eine Böe und riss ihn mit. Ich bin gleich hinterher, aber er ist Richtung Fluss abgetrieben und immer höher geflogen. Am Ufer hatte ich ihn fast erreicht, als ein kräftiger Aufwind ihn über die Felswand trieb. Er war einfach weg, Papa, es tut mir so leid."

„Geh mir aus den Augen, du weißt, dass diese Seite unersetzlich war und vielleicht wichtige Informationen für Kilpa und Philine enthielt. Wenn ihnen etwas zustößt, könnte das deine Schuld sein."

Polkis rannte hinaus und stieß in der Türe fast mit Waldtraud zusammen. Er drängelte sich vorbei und verschwand nach draußen.

„Was ist denn passiert?", wollte Waldtraud wissen. Alfred nahm seine Frau zur Seite und erklärte ihr flüsternd die Sachlage.

„Ich hätte eben doch bei meiner ursprünglichen Absicht bleiben und vor den beiden, die Geschichte zurückhalten sollen. Aber das Eichhörnchen war so hartnäckig und jetzt haben wir den Salat. Jetzt habe ich die beiden noch mehr verunsichert. Dieser Polkis, immer stellt er etwas an und bringt sich und andere damit in Schwierigkeiten."

„Sei nicht so hart mit dem Jungen", meinte die Zwergen-Mutter. „Er weiß selbst, was er da angestellt hat. Er teilt doch deine Liebe zu Büchern und er würde nie mutwillig eines zerstören."

„Du hast ja recht", brummte Alfred. „Es ist eh nicht mehr zu ändern. Ich rede noch mal mit ihm." Er legte die Fibel zur Seite, stand auf und lief Polkis hinterher.

Kilpa und Philine starrten ratlos auf das Buch.

„Nun lasst mal den Kopf nicht hängen!", versuchte Waldtraud zu trösten. „Es wird auch ohne diese Buchseite gehen. Schließlich schreiben die Bücher nicht das Leben, sondern die Bücher werden durch das Leben geschrieben."

„Du meinst, wir werden erleben, was das Buch uns sagen wollte, na da bin ich ja beruhigt", murmelte Kilpa vollkommen entmutigt.

„Kilpa, die Kraft für seine Taten bekommt man immer erst unterwegs, hab Vertrauen." Waldtraud blickte ihn an. „Du weißt, dass die Bäche der ewigen Quelle ganz Moosland durchziehen und sogar darüber hinausgehen. Ihr seid da draußen nicht allein und mehr braucht ihr im Moment nicht." Kilpa nickte nachdenklich. So hatte es seine Mutter ihm auch beigebracht.

Neben ihm fing Philine auf einmal an zu kichern. Kilpa blickte erstaunt zu ihr und runzelte die Stirn.

„Jetzt dreht sie auch noch durch!", dachte er bei sich. „Was ist los?", fragte er laut. Philine gluckste in sich hinein.

„Ach nichts! Wie sieht so ein Papierflieger eigentlich aus?"

„Papierflieger?" Von was sprach dieses Eichhörnchen da bloß. Philine bemerkte den irritierten Blick Kilpas.

„Na, den, den Polkis gebaut hat", sie kicherte immer noch. Waldtraud ging zum Regal und griff nach einem anderen Buch.

„Hier sind die Bastelanleitungen drin und eigentlich auch das Papier dazu, aber den großen Faltbogen für den Riesenflieger hat er schon für eine eigene Kreation verbraucht. Und so muss er auf die glorreiche Idee gekommen sein ein Blatt aus der Fibel zu nehmen." Jetzt lächelte Waldtraud auch schon vor sich hin.

„Und so was fliegt tatsächlich?", wollte Philine wissen.

„Na, scheinbar zu gut, sonst wäre das Blatt ja jetzt nicht weg", knurrte Kilpa.

„Ja, unser Polkis hat mit seinen kuriosen Einfällen schon so manches Mal etwas durcheinandergebracht." Waldtraud schüttelte lachend den Kopf. „Einfach unmöglich der kleine Racker, aber ich kann ihm nie lange böse sein und Alfred schon gar nicht."

Philine betrachtete das Fliegerbuch und lachte los. Jetzt endlich ließ sich Kilpa auch anstecken und bald war der Raum mit lautem Gelächter erfüllt. Auch Alfred gesellte sich schmunzelnd dazu.

„Ich habe ihn hinters Haus zum Holz hacken geschickt, da kann er sich austoben und kommt erst mal nicht auf neue dumme Gedanken."

Doch damit sollte er sich gründlich irren.

14.

Nach einem ausgiebigen Frühstück mit der kompletten Zwergen-Familie packten die drei Abenteurer ihre Sachen zusammen. Waldtraud hatte jedem noch ein dickes Proviantpacket geschnürt und Alfred überreichte ihnen eine gefüllte Wasserflasche.

„Frisches Flusswasser, direkt von der Schleuse, das macht ihr besser nicht nach, da braucht man viel Übung, um von der Strömung nicht mitgerissen zu werden", erläuterte er stolz. „Ihr geht jetzt immer am Fluss entlang, bis er sich gabelt. Dann folgt ihr dem kleinen Seitenarm nach rechts. Er wird zu einem dünnen Rinnsal werden und schließlich ganz im Erdreich versickern. Geht dann noch ein paar Meter nach Westen, bis rechts, der Hochwald auftaucht, dann seid ihr am Moor vorbei. Wenn ihr euch stets nach Norden haltet, kommt ihr über die westliche Grasebene zurück in den Eichenwald. Gebt acht, dort könntet ihr auf Menschen stoßen. Überquert die Ebene lieber bei Nacht", mahnte Alfred, dann fuhr er fort.

„Das ganze Gebiet ist auch hier mit Bächen durchzogen, die weiter Richtung Süden in den Fluss einmünden. Osta, du wirst also keine Probleme haben. Doch nehme dich in Acht vor der Strömung des Flusses und den tückischen Moorgewässern. Ich wünsche euch eine gute Reise und, dass sich alles so entwickelt, wie es sein soll!", endete der Flusswächter etwas rätselhaft, was aber nicht weiter auffiel.

Waldtraud umarmte die drei inniglich. Die Zwergen Kinder hatten sich in Reihe aufgestellt und winkten fröhlich zum Abschied, nur Polkis war verschwunden. Wahrscheinlich wollte er seinem Vater gefallen und war wieder beim Holzhacken.

Osta marschierte vorneweg einen kleinen Trampelpfad entlang, dem lauten Getöse des Flusses entgegen. Philine hatte es sich auf Kilpas Schultern bequem gemacht. Es gab hier keine hohen Bäume, an denen sie sich vorwärts schwingen könnte und normal zu laufen, das war ihr zu mühselig. Kilpa ließ sie vorerst gewähren, obwohl es ihm vorkam, als ob sie seit gestern schwerer geworden wäre. Das könnte natürlich auch an Waldtrauds guter Verköstigung liegen. Und da Kilpa inzwischen wusste, wie empfindlich Philine war, ließ er das besser unerwähnt. Schweigend marschierten sie einige Zeit. An Unterhaltung war sowieso nicht zu denken, man konnte neben dem Brausen des Wassers sein eigenes Wort nicht verstehen. So hing jeder seinen Gedanken nach. Langsam stieg die Sonne direkt über ihre Köpfe, es musste also fast Mittag sein. Kilpa taten die Schultern weh. Er ließ sich auf einen großen Felsen am Wegesrand plumpsen, ohne dass Osta es bemerkte.

„Puh, jetzt musst du etwas alleine laufen", wandte er sich an Philine.

„Was?", Philine sah ihn fragend an.

„Du sollst selbst laufen, mir tut alles weh", schrie er ihr ins Ohr. Philine zuckte zusammen und fiel rückwärts vom Stein. Mühsam kroch sie wieder hoch und sah Kilpa beleidigt an.

„Schrei doch nicht so!"

Kilpa grinste und rieb sich die schmerzenden Schultern. Osta war inzwischen auch wieder vor ihnen aufgetaucht.

„Könnt ihr nicht Bescheid geben, wenn ihr Pause macht?", maulte er.

„Entschuldige!", antwortete Kilpa. „Ich wollte ja eigentlich gleich weiter und dich einholen."

„Ich könnte auch eine kleine Erholung gebrauchen", räumte Osta ein. „Außerdem muss ich mich auf die Suche nach einer Bademöglichkeit machen."

„Hinter dem Felsen führt ein kleiner Weg zum Waldrand. Lasst uns dort Rast machen, da wird es bestimmt etwas ruhiger sein und wir müssen nicht so schreien", schlug Kilpa vor. Die drei folgten dem Pfad. Kilpa drehte sich ein paarmal nervös um.

„Was ist los?", Osta blickte sich jetzt auch suchend um, konnte aber nichts entdecken.

„Ach, nichts, ich dachte da verfolgt uns einer, aber das habe ich mir wohl nur eingebildet."

„Hoffentlich nicht noch ein Eichhörnchen oder sonst ein Tier, mit dem du sprechen kannst!", feixte Osta.

Kilpa runzelte die Stirn.

Sie liefen weiter bis zu einem Baumstumpf und machten es sich bequem. Osta nahm einen ordentlichen Schluck aus seiner Wasserflasche und lies ein wenig der kostbaren Flüssigkeit über Arme und Beine rieseln. Auch Kilpa bemerkte, dass er riesigen Durst hatte. Philine starrte auf ihre Wasserflasche und keckerte.

„Das wird schwierig werden!", lachte Osta. Philine fixierte ihn wütend mit ihren großen braunen Augen und keckerte weiter.

Auch Kilpa lachte. „Für diese Unterhaltung zwischen euch beiden ist, glaube ich, keine Übersetzung nötig."

„Hauptsache, du amüsierst dich weiterhin so prächtig!", rief Philine. „Eine Idee, wie ich an das Wasser komme, wäre bedeutend wichtiger, du Witzbold."

„Na, nun werde mal nicht unverschämt. Vielleicht habe ich ja schon längst einen Einfall."

„Na, da bin ich ja gespannt!"

Kilpa griff hinter den Baum, auf dem sie saßen und zog einen Tannenzapfen hervor.

„Mach den Mund auf!", wandte er sich an Philine. Vorsichtig schüttete er das Wasser über den Zapfen, dass am unteren Ende zusammenlief und direkt in Philines Mund gelangte. Manchmal schüttete er mit zu viel Schwung, so dass Philine eine unfreiwillige Dusche bekam. Mit der Zeit klappte es besser und das Eichhörnchen war zufrieden. Fing es doch den Morgentau in den Bäumen auf die gleiche Weise ein. Sie aßen etwas von Waldtrauds Proviant und ruhten sich aus. Auf einmal sprang Osta auf.

„Ich brauche jetzt ein Bad. Dort hinten kann ich ein paar Tümpel riechen, ich bin bald wieder da."

„Du kannst das riechen?"

„Ja, ich kann Wasser immer riechen, das ist für mich überlebenswichtig", erklärte Osta.

„Ja, schon klar!", gab Kilpa gelangweilt zur Antwort. „Pass bloß auf, dass du dem Moor nicht zu nahekommst, vor dem Alfred dich gewarnt hat."

„Keine Sorge, ich kenn mich in solchen Dingen aus. Ich werde mich auch gleich etwas umsehen. Langsam habe ich nämlich auch so ein komisches Gefühl! Wir werden beobachtet!"

„Kann ich mitgehen?", keckerte Philine.

„Was hat sie gesagt?", wollte Osta wissen.

„Sie will mit dir mitkommen."

„Wieso das denn?" Osta sah Philine erstaunt an. Diese keckerte erneut.

„Nüsse will sie suchen und dahinten sind hohe Bäume", erklärte Kilpa.

„Ok, dann bis gleich! Und schlaf nicht ein, wer weiß, wer sich hier herumtreibt." Osta und das Eichhörnchen machten sich auf den Weg.

„Ja, ja, ich kann schon auf mich aufpassen!", brummelte Kilpa mehr zu sich selbst, da die andern beiden schon im Wald verschwunden waren. Er sah sich noch einmal kurz um und lauschte. Alles schien ruhig, also schloss er die Augen und dachte an seine Familie.

Eine kleine Gestalt verbarg sich derweil im hohen Gras nur wenige Meter entfernt von Kilpa. Sie war den dreien schon den ganzen Morgen gefolgt, obwohl das so gar nicht geplant gewesen war. Neidvoll blickte das Wesen zu dem Baumstumpf an dem Kilpa lehnte und scheinbar schlief. Sollte es einen Versuch riskieren, die Trinkflasche lag achtlos am Boden und sein Durst war inzwischen ziemlich groß. Oder wäre es doch lieber ratsam nach einer ruhigen Stelle am Fluss zu suchen. Das Wesen blickte ängstlich zu dem reißenden Gewässer. Da blieben seine Augen an etwas hängen und es lief aufgeregt los.

Kilpa schreckte hoch. Was war das? Er hatte ein Rascheln gehört. Er sprang auf und sah sich um. Dort vorne am Flussufer sah er eine Gestalt auftauchen. Ja, was sollte das denn? War die Person lebensmüde? Kilpa sah genauer hin und lief den Weg zurück Richtung Fluss. Er konnte sich einfach nicht erklären, was er da sah. Die Gestalt war auf einen großen Kieselstein gesprungen, der aus dem Flussbett herausragte und versuchte jetzt den nächsten Stein zu erreichen. Das konnte nicht gutgehen. Das Wesen trug eine rote Mütze und kam Kilpa merkwürdig bekannt vor.

„Das ist doch…!", Kilpa war entsetzt und fing jetzt an zu rennen. „Nein, tu das nicht, du wirst fallen. Komm zurück! Bist du wahnsinnig? Polkis!"

Polkis hatte endlich entdeckt, was er suchte. Zuerst war er heute Morgen ziemlich wütend auf seinen Vater gewesen. Musste er immer gleich so streng sein. Aber dann hatte er ihm insgeheim recht gegeben. Er hätte die Buchseite aus der kostbaren Fibel nie nehmen dürfen. Er wäre seine Schuld, wenn Philine und Kilpa etwas passieren würde, nur weil die Informationen dieser Seite fehlten. Also hatte er hinter einem Busch gewartet, bis die drei aufbrachen und war hinterhergeschlichen in der Hoffnung den Papierflieger doch noch wiederzufinden. Dummerweise hatte er nicht daran gedacht sich um Proviant zu kümmern. Weshalb ihn jetzt auch Durst und Hunger plagte. Doch da half im Moment nichts. Wenn ihn die drei entdeckt hätten, hätten sie ihn sofort zurückgeschickt.

Als er gerade mit dem Gedanken spielte, doch noch zu Kilpas Wasserflasche zu schleichen, hatte er im Augenwinkel den flatternden Papierfetzen am Flussufer entdeckt. Sofort war er losgerannt, jede Vorsicht außer Acht lassend. Tatsächlich, es war sein Papierflieger. Juhu! Doch wie ihn erreichen? Das dumme Ding lag auf einem Steinbrocken im Fluss. Es war unmöglich diesen vom Ufer aus zu erreichen. Deshalb hatte er den Sprung auf den glitschigen Kiesel gewagt. Es war ihm gerade noch geglückt das Gleichgewicht zu halten. Blöderweise lag der Flieger auf dem Nachbarstein. So dicht vor dem Ziel konnte Polkis einfach nicht aufgeben. Also sprang er.

Kilpa war inzwischen am Ufer angekommen und sah gerade noch, wie Polkis ins Rutschen geriet. In letzter Sekunde griff dieser nach dem Stück Papier, stieß einen Schrei aus und trieb kurz darauf hilflos im Wasser.

„Der Ast!", rief Kilpa.

„Was?", schrie Polkis zurück. Doch die tosenden Wassermassen verhinderten jede Art der sprachlichen Kommunikation. Kilpa fuchtelte mit den Armen so lange herum, bis Polkis begriff und sich ein großes Stück Treibholz griff, das neben ihm im Wasser schwamm. Er klammerte sich mit einer Hand ganz fest daran und blickte verzweifelt zu Kilpa herüber, der am Ufer entlangrannte, um ihn ja nicht aus den Augen zu verlieren. Mit der anderen Hand hielt er den Flieger und es war ihm anzusehen, dass er so schnell nicht bereit war, diesen loszulassen.

Kilpa sah keine andere Lösung und flog los. Würde er stark genug sein das triefend nasse Zwergen-Kind aus den Fluten zu ziehen? Als er über ihm war, packte er ihn an der Latzhose, doch Polkis war in Panik und lies den Holzstecken nicht los.

„Lass los, ich kann dich so nicht lange halten, meine Flügel werden nass!", brüllte Kilpa. Doch es war schon zu spät. Eine Welle schwappte über den Moosflieger und er landete neben Polkis im Wasser. Jetzt trieben sie beide mit dem Holz flussabwärts.

„Na, prima!", maulte Kilpa ängstlich. „Rettung missglückt und keiner weiß, wo wir sind!"

„Danke, dass du es versucht hast!", Polkis klammerte sich weinerlich an Kilpa.

„Schon gut! Wir kriegen das hin!", wollte Kilpa aufmuntern, obwohl er selbst an seine Worte nicht glauben konnte.

„Was machen wir denn jetzt?", Polkis sah Kilpa fragend an.

„Wir warten, bis eine ruhigere Stelle kommt und dann versuchen wir ans Ufer zu kommen", schrie Kilpa gegen die Strömung an. Sie sahen sich suchend um und trieben immer weiter flussabwärts. Plötzlich wurde das Getöse noch lauter. Einige Meter vor ihnen tat sich ein Abgrund auf.

„Was ist das?", fragte Kilpa.

„Das ist der große Wasserfall!", erklärte Polkis klug.

„Wasserfall!", in Kilpa stieg Panik hoch.

„Ja!", erklärte Polkis weiter. „Da geht es steil bergab."

„Wir müssen raus hier! Und zwar schleunigst!", schrie Kilpa.

Polkis nickte. Er klammerte sich jedoch noch enger an Kilpa. Sie trieben immer schneller auf den Wasserfall zu, als plötzlich ein Abzweig nach links vor ihnen auftauchte, der allerdings als unterirdische Röhre weiterverlief.

„Na, das ist ja eine tolle Alternative!", dachte Kilpa bei sich. „Was jetzt? Er musste sich schnell entscheiden. Abstürzen oder ersaufen? Das Wasser kräuselte sich und wirbelte in Richtung der Röhre. In Kilpas Kopf erklang wieder jene Melodie, die ihm langsam immer vertrauter wurde. Er wusste was zu tun war. Er packte Polkis und trat gegen den Ast. Dieser Schwung genügte, um beide in den geheimnisvollen Wassergang zu treiben. Die beiden Jungen wurden in den Strudeln hin und her geschleudert. Manchmal gelangten sie an die Wasseroberfläche, um Luft zu holen. Es ging steil bergab und sie stießen sich immer wieder an dem, in den Felsen gegrabenen, unterirdischen Flusslauf. Auf einmal war es ein Gefühl, wie im freien Fall. Polkis und Kilpa schrien aus Leibeskräften. Kilpa schlug mit dem Kopf hart auf, dann war alles schwarz.

15.

Philine sprang von Baum zu Baum und suchte sich den besten Tannenzapfen aus, den sie finden konnte. Sie begann genüsslich daran zu nagen, während sie es sich auf einer Astgabel der mächtigen Tanne gemütlich machte. Auf einmal hörte sie einen angstvollen Schrei, danach laute eindringliche Rufe. Was war da los, das kam vom Flussufer. Sie ließ den Zapfen fallen, hüpfte vom Baum und rannte den Weg entlang zurück.

„Kilpa?", rief sie voller Sorge. Doch es kam keine Antwort. Am Ufer angekommen sah sie gerade noch, wie ein Ast von der Strömung fortgerissen wur-

de, an welchen sich zwei Wesen klammerten. Der eine war eindeutig Kilpa. Doch woher kam der Zweite? Osta war doch in den Wald gegangen. Wie auch immer, Kilpa brauchte dringend Hilfe, er konnte schließlich nicht schwimmen. Sie musste schleunigst Osta suchen. Philine rannte zurück Richtung Wald und erklomm den ersten Baum. Sie schnatterte laut vor sich hin und suchte hektisch nach einem Hinweis über den Verbleib von Osta.

Osta war gemächlich in den Wald hineingelaufen. Er sah sich um. Viele kleine Tümpel reihten sich aneinander, manche nur so groß wie eine Pfütze. Strohhalmartige Gräser ragten daraus hervor und die ausladenden Äste der Sumpfzypressen spiegelten sich im Wasser. Osta wählte einen kleinen, etwas weiter hinten gelegenen See mit flachem Ufer. Vorsichtig tastete er sich vorwärts. Es schien alles in Ordnung zu sein, der Untergrund fühlte sich steinig und fest an. Osta sprang weiter hinein und tollte im Wasser, dass es nur so spritzte.

Ok, nun war es wohl langsam an der Zeit nach den anderen zu sehen. Osta wollte ans Ufer zurückschwimmen. Doch, oh weh, was war das? Er konnte seinen rechten Fuß nicht bewegen. Dieser steckte fest im Morast. Der Moostaucher fing an zu strampeln, was den Effekt hatte, dass er nur noch tiefer hineingeriet. Das Wasser ging ihm jetzt schon bis zur Schulter. Sein linkes Bein stand sicher auf einem Stein und so versuchte er mit dem Oberkörper unter Wasser seinen rechten Fuß aus dem Schlamm zuziehen, doch ohne Erfolg. Langsam wurde Osta nervös. Wasser war ja kein Problem, aber mooriger Untergrund war selbst für einen Moostaucher kein geeigneter Platz zum Baden. Und Alfred hatte ihn sogar noch gewarnt. Er sah sich suchend um. Ein Zypressenzweig hing unmittelbar über ihm, doch um eine halbe Armlänge zu weit oben. Er konnte ihn einfach nicht erreichen, so sehr er sich auch reckte und streckte. Plötzlich rutschte er ab und sein linker Fuß glitt vom sicheren Stein und sank ebenfalls im moorigen Untergrund ein. Jetzt wurde es ernsthaft gefährlich, das Wasser stand Osta buchstäblich bis zum Hals und der Ast war in unerreichbare Ferne gerückt. Da hörte er über sich ein wohlvertrautes Geschnatter. Philine! Nie hatte er sich so gefreut sie zu hören. Er ruderte mit den Armen und schrie mit letzter Kraft:

„Hilf mir!" Natürlich konnte Philine ihn nicht verstehen. Sie rief ärgerlich zurück:

„Komm endlich raus aus dem Wasser, Kilpa braucht deine Hilfe!"

„So ein Trottel!", dachte sie ärgerlich. „Er planscht vergnügt im Wasser herum, während sein Freund in höchster Gefahr ist."

Das Eichhörnchen war auf einen der äußeren Äste der Sumpfzypresse geklettert und sprang auf diesem wütend auf und ab. Doch Osta ruderte nur mit den Armen und bewegte sich sonst nicht. Irgendetwas stimmte da nicht. Durch Philines aufgeregte Sprünge hatte der Ast fast die Oberfläche des Sees erreicht und Osta versuchte danach zu greifen. Jetzt endlich begriff das Eichhörnchen, dass Osta in höchster Gefahr schwebte und sie sprang weiter.

„Beim nächsten Mal könnte es klappen!", dachte sie.

Sie holte besonders viel Schwung und das Zweigende landete unmittelbar neben Ostas Händen, so dass er es ergreifen konnte. Dann glitt Philine leichtfüßig vom Ast und landete am Stamm des Baumes. Dadurch schnellte der Zweig an dem Osta hing mit rasender Geschwindigkeit nach oben und zog ihn aus dem Morast. Etwas unsanft wurde er gegen den Stamm geschleudert und konnte sich gerade noch festhalten. Eigentlich hätte er froh sein sollen über seine Rettung, doch ein Moostaucher, der an einem Baum hängt, ist irgendwie noch schrecklicher dran als einer, der im Morast feststeckt.

Philine war inzwischen herangeklettert und schüttelte missbilligend den Kopf, dazu schnatterte sie natürlich wieder etwas Unverständliches und Osta war diesmal froh, dass er nichts verstand. Sie deutete auf den nächstgelegenen Ast und versuchte ihm klarzumachen, dass er dort hin klettern sollte. Osta jedoch hing wie ein Faultier am Baum, unfähig sich zu bewegen. Philine wurde immer wütender, sie hatten einfach keine Zeit für solche Spielchen, Kilpa war doch in Not. Osta bemerkte mit Entsetzen, dass sie sich am Stamm nach unten hangelte.

„Nein, nicht, lass mich bloß nicht hier oben allein!", jaulte er panisch. Doch sie war schon aus seinem Blick entschwunden. Kurz darauf hörte er ein Kratzen unter sich und spürte einen gewaltigen, wenn auch äußerst unfeinen Stoß an seinem Gesäß nach rechts. Er ließ los und griff reflexartig den Ast neben sich. Dieser bog sich unter seinem Gewicht nach unten und entledigte sich seiner auf ziemlich unsanfte Weise, wobei wohl beide froh waren einander los zu sein. Osta war erleichtert wieder sicheren Boden unter den Füßen zu spüren.

Ihm wurde klar, dass ihm Philine gerade seine Haut gerettet hatte. Für einen Dank ließ sie ihm jedoch keine Zeit. Sie begann schon wieder aufgeregt zu schnattern und rannte los, zum Flussufer. Was blieb ihm da anderes übrig als hinterher zu laufen.

„Irgendetwas muss passiert sein!", dachte Osta. „Wo steckt bloß Kilpa?"

Polkis hustete und spuckte den Sand aus, dann krabbelte er erschöpft an Land. Er setzte sich auf und sah sich verwirrt um. Neben ihm plätscherte harmlos ein kleiner Flusslauf, der in den See mündete, in dem er gelandet war. Doch hinter ihm kam das Wasser tosend aus der Felswand gestürzt. Erschrocken blickte Polkis nach oben. Das sah ziemlich gefährlich aus. Dem Zwergen-Kind fiel alles wieder ein. Sein Balanceakt auf dem rutschigen Flusskiesel, dann der Sturz ins Wasser und schließlich das schreckliche Schlittern durch die Röhre mit Kilpa.

Wo war Kilpa eigentlich? Polkis sprang auf und rief ganz aufgeregt seinen Namen, doch nichts rührte sich.

„War es das wirklich wert gewesen?", dachte er resigniert. Er hatte ja nur helfen wollen, indem er nach der Buchseite suchte. Doch nun? Was wenn Kilpa durch seine Schuld etwas passiert war? Er wagte gar nicht weiter zu denken. Die Buchseite! Hatte er sie nicht noch in letzter Sekunde in seinen Hemdsärmel geschoben?

Eiligst kramte er danach. Tatsächlich, da war sie klatschnass, verdreckt und verknittert, aber ansonsten heil.

„Wenigstens die habe ich gerettet", murmelte er.

„Kilpa! Kilpa! Wo bist du?", schrie er erneut verzweifelt. Er legte die Buchseite in den Sand und strich sie glatt, anschließend beschwerte er sie mit einem kleinen Stein, den er im Sand fand. Auf einen etwas größeren Brocken setzte er sich und sah sich noch einmal genau um.

Wo war er bloß gelandet? In einiger Entfernung spiegelte sich die Sonne im Wasser. Das musste das Pelikanmeer sein, von dem sein Vater in den alten Geschichten erzählt hatte. Polkis hatte sich schon immer gewünscht es einmal sehen zu dürfen, doch so hatte er sich das alles nicht vorgestellt. Er hob die Hände vors Gesicht und heulte los. Er wollte keine Abenteuer mehr, er wünschte sich Kilpa wäre hier und er wollte nach Hause. Er schluchzte eine Weile vor sich hin, als ihm plötzlich eine Hand auf die Schulter griff. Erschrocken fuhr er hoch und sprang sogleich jubelnd auf.

„Kilpa! Ach, ist das schön! Dir ist nichts passiert, ich bin ja so froh." Kilpa setzte sich neben ihn und seufzte erschöpft. Nicht nur er war klatschnass, sondern auch der kostbare Moosblütenstaub. In seiner Jacke hatte er nur noch einen wertlosen Klumpen gefunden. Außerdem war er weiter weg von der großen Eiche als jemals zuvor. Tapfer schluckte er den Kloß im Hals hinunter.

„Na, das war knapp!" sagte er nur und blickte in die grelle Mittagssonne und dann auf den vor ihm liegenden See. „Schon wieder Wasser!", grummelte er.

„Das ist das Pelikanmeer!", erklärte Polkis weise. „Von hier sind wir einst hergekommen. So erzählt es Papa immer."

„Ja, toll!" Auf Kilpas Stirn legte sich eine zornige Falte. „Das wäre ein anderes Mal vielleicht ganz interessant gewesen, doch ich muss dringend zur Eiche und die ist jetzt weiter weg denn je. Was hast du dir nur dabei gedacht, einfach so in den Fluss zu springen? Was machst du überhaupt hier? Warum bist du uns gefolgt?"

Kilpa hatte sich immer mehr in Rage geredet. Doch mit einem Mal war sein Zorn verraucht, als er Polkis ansah, der wie ein Häufchen Elend neben ihm saß.

„Deine Familie sucht dich bestimmt schon überall! Auf die Idee, dass du mal eben so in den reißenden Fluss gehüpft bist, kommen sie auf gar keinen Fall", überlegte Kilpa.

„Ich wollte doch nur alles wieder gut machen!", jammerte Polkis. „Wenn ich die Seite… Die Seite! Ich habe sie gefunden. Das hilft euch bestimmt weiter und Papa ist nicht mehr sauer." Polkis sprang auf, um den Papierflieger zu holen.

„Dein Papa ist dir doch schon längst nicht mehr böse. Er wird sich vermutlich gerade fragen wo du bist und langsam Angst kriegen, dass dir was passiert ist, womit er ja nicht ganz Unrecht hat." Polkis hatte den Flieger fast erreicht als Kilpa aufschrie.

„Duck dich schnell!", rief er. „Der Vogel! Er stürzt auf dich zu!"

Ein großer schwarz- weißer Vogel kam auf Polkis zu. Er hatte es jedoch nicht auf ihn abgesehen, sondern auf das Blatt Papier, das immer noch im Sand lag. An diesem zerrte er jetzt mit ganzer Energie. An einer feuchten Ecke zerriss die Buchseite in zwei Hälften und der Vogel verschwand mit seinem Teil triumphierend durch die Lüfte. Polkis griff nach der anderen Hälfte und ließ sich laut schreiend in den Sand fallen. Kilpa eilte zu ihm.

„Die holen wir uns wieder!", sagte er energisch.

„Ja, wie denn, das blöde Vieh ist doch längst über alle Berge", schimpfte Polkis.

„Das ist eine Elster!", erklärte Kilpa. „Die stehen auf glitzernde Sachen. Der Goldrand, mit dem das Papier umrandet ist, hat sie wohl angelockt. In der Sonne hat dein Flieger geglänzt, deshalb habe ich dich auch so schnell gefunden."

„Trotzdem war jetzt alles umsonst", klagte Polkis. „Ich bin einfach für nichts zu gebrauchen."

„Nun rede doch keinen Blödsinn!" Kilpa packte ihn an den Schultern, schüttelte ihn leicht und sah ihm intensiv in die Augen. „Du bist ein verdammt mutiger, kleiner Kerl. Und momentan ist es auch ganz unnötig, die Hoffnung zu verlieren. Ich kenne diese Vögel, die leben bei uns haufenweise im Wald und ich kenne auch ihre Verstecke. Sie halten sich immer in der Nähe von anderen Lebewesen und ihren Futterplätzen auf. Dort finden wir vielleicht auch jemanden, der uns weiterhelfen kann. Mein Magen fängt an zu knurren. Es war gar nicht so schlecht, dass der Vogel unseren Weg gekreuzt hat. Jetzt wissen wir wenigstens, wohin wir gehen sollen. Ich sage dir, wir holen uns dieses Blatt zurück und wir finden Hilfe. Los hinterher!"

Kilpas unerschütterlicher Optimismus hatte endlich wieder Besitz von ihm ergriffen. Er zog Polkis hoch und sie liefen weiter am Ufer entlang Richtung eines großen Felsvorsprungs, hinter dem die Elster verschwunden war.

Osta trabte hinter Philine her, um ja ihre Spur nicht zu verlieren. Das war gar nicht so einfach, denn dieses Eichhörnchen war ziemlich schnell. Sie kamen zu ihrem gemeinsamen Lagerplatz. Osta griff im Laufen nach dem dort achtlos liegengelassenen Gepäck, in düsterer Vorahnung, dass sie hier nicht mehr so schnell vorbeikommen würden.

Als er wieder auf den Weg schaute, war Philine verschwunden.

„Nun weit kann sie nicht sein!", dachte Osta. „Dort vorne kommt sowieso nur der Fluss."

Zwei Kurven weiter hatte er sie tatsächlich wieder eingeholt. Sie hüpfte auf einem kleinen Felsen nahe dem Ufer auf und ab und starrte besorgt auf das Wasser. Osta begann sich jetzt ernsthaft Sorgen zu machen. Kilpa und Wasser waren keine gute Kombination. Aber warum sollte er sich solch einer Gefahr aussetzen.

„Hier kann er nicht sein!", brüllte Osta gegen das laute Getöse des Flusses an. Philine schien zu verstehen, doch sie ließ sich nicht abbringen und fuchtelte mit den kleinen Ärmchen, dann deutete sie stromabwärts.

Also gut, Philine war der festen Überzeugung, dass Kilpa aus unerfindlichen Gründen im Fluss gelandet war. Sie musste etwas beobachtet haben, von dem er nichts wusste.

„Ich kann da nicht einfach reinspringen!", wandte er sich an Philine. „Die Strömung ist viel stark." Doch das Eichhörnchen war absolut nicht zu beindrucken. Sie sprang vom Felsen und begann Osta Richtung Ufer zu schieben.

„Okay, okay, ist ja gut. Aber was, wenn du dich irrst und Kilpa nicht im Wasser ist, dann finden wir ihn gar nicht mehr."

Ehe er weitersprechen konnte, tauchte plötzlich ein kleines Mädchen mit langen braunen Zöpfen auf. Ihr liefen dicke Tränen über die Wangen. Sie kam Osta bekannt vor.

„Du bist eines von Alfreds Kindern", rief er ganz erstaunt. „Wie kommst du denn hier her?"

„Ich bin Ida!", schluchzte die Kleine.

„Was ist passiert? Hast du gesehen, wo Kilpa hin ist?" Ostas Stimme klang sehr aufgeregt.

„Sie sind in den Fluss gefallen und dort runter getrieben", sie deutete flussabwärts. „Dann sind sie in der Röhre dort hinten verschwunden. Sie sind bestimmt ertrunken. Ich konnte gar nichts machen. Was soll ich jetzt bloß Mama und Papa erzählen!" Ida zitterte am ganzen Körper.

„Nun beruhige dich doch!" Osta hatte dem Mädchen eine Hand auf die Schulter gelegt. „So schlimm wird es bestimmt nicht sein, aber wieso sprichst du immer in der Mehrzahl? War denn jemand bei Kilpa?"

„Na, Polkis! Ich bin ihm gefolgt, weil er sich aus dem Haus geschlichen hat, kaum dass ihr weg wart."

„So ein Schlingel!", schimpfte Osta. „Was hat er sich nur dabei gedacht?"

„Vermutlich suchte er immer noch die Buchseite und ich glaube, er hat sie gefunden, im Fluss."

„Verstehe!" Osta konnte sich den Rest selbst zusammenreimen. „Das hat Kilpa bestimmt beobachtet, wollte ihm helfen und ist dabei selbst ins Wasser gefallen. Na toll, das passiert, wenn ein Nichtschwimmer dem anderen hilft und ich kann jetzt alle beide rausfischen." Er wandte sich an das Zwergen-Mädchen.

„Ida, geh nach Hause und erzähle deinen Eltern was passiert ist und mach dir nicht so viele Sorge. Ich finde die beiden. Sie haben das bestimmt überlebt. Doch jetzt müssen wir uns beeilen."

Ida machte sich mit hängendem Kopf auf den Weg.

Osta öffnete einen Rucksack und forderte Philine auf hineinzuklettern. Die schüttelte energisch mit dem Kopf. „Wenn du mitkommen willst, ist das die einzige Möglichkeit, ich kann dich sonst nicht festhalten. Also mach schon!", erwiderte er barsch.

Unter lautem Protest kroch das Eichhörnchen hinein, ließ aber den Kopf aus der Öffnung schauen.

„Wie du willst!" Osta zuckte mit den Schultern. „Halt dir die Nase zu!" Er schnallte sich den Rucksack auf seinen Rücken und sprang in die reißenden Fluten.

Nach kurzer Zeit gelangte er zu der Röhre in der auch Kilpa verschwunden war und sauste abwärts. Wäre er nicht so in Sorge um seinen Freund gewesen, dann hätte er die Rutschpartie genossen.

Unten angekommen landete er in einem kleinen Tümpel, von dem das Wasser weiter Richtung

Pelikanmeer floss. Hurtig kletterte er an Land, nahm schleunigst den Rucksack ab und holte das Eichhörnchen-Mädchen heraus. Philine hing schlaff in seinem Arm. Er hielt sie vorn über gebeugt und klopfte ihr energisch auf den Rücken, bis sie zu husten anfing und Wasser ausspuckte.

„Na, na, du kratzbürstiges Pelztier, mach mir jetzt bloß nicht schlapp!" Osta war heilfroh, dass sie sich wieder rührte. Als sich Philine einigermaßen erholt hatte, begannen die beiden nach Spuren im Sand zu suchen.

„Hier verläuft eine Spur und dort eine!", überlegte Osta laut. „Dann sind sie beide wohlbehalten unten angekommen, das ist gut. Hier kommen sie wieder zusammen. Das wird ja immer besser!"

Ehe er noch weitere Überlegungen durchführen konnte, war plötzlich ein mächtiges Rauschen über ihnen zu hören.

„Wie hatte ich nur so leichtsinnig sein können, hier so frei herumzulaufen, ohne nach möglichen Feinden Ausschau zu halten!", dachte Osta und ärgerte sich über sich selbst. Ein großer weißer Vogel mit gelbem hängendem Schnabel, den er weit aufsperrte, landete direkt vor den beiden. Schwupp bekamen sie auch schon von hinten einen Stoß und landeten direkt in der geräumigen Schnabeltasche. Dann ging die Klappe zu und es war dunkel.

Polkis konnte kaum mit Kilpa Schritt halten, doch er jammerte nicht. Kilpa würde diese Elster finden, da war er sich sicher und er wollte ihm dabei auf keinen Fall ein Hindernis sein.

„Da ist etwas!" Kilpa deutete auf die Baumgrenze, die jetzt am Horizont auftauchte.

„Ein Wald, super!", keuchte Polkis wenig begeistert.

„Natürlich ist das super!", belehrte ihn Kilpa. „Dort können wir uns wenigstens verstecken und finden hoffentlich auch was zu essen. Außerdem sind dort bestimmt andere Wesen, die uns helfen können."

154

„Oder uns auffressen!" Polkis ließ den Kopf hängen.

Kilpa lachte. „An uns ist doch gar nichts dran, keine Sorge. Notfalls können wir uns bei den Bäumen prima verstecken und außerdem befindet sich dort die Elster, also los, beeile dich."

Nach einer Weile hatten die beiden den Wald erreicht. Er bestand überwiegend aus Kiefern und großen Felsbrocken in den merkwürdigsten Formen. Kilpa sah sich neugierig um und auch Polkis schien wieder etwas besser gelaunt. Er streckte sich und fing an, von den Brombeeren zu naschen. Kilpa wollte es ihm gerade nachmachen, als er im Augenwinkel eine schnelle Bewegung wahrnahm. Eilig zog er Polkis hinter einen der Felsen.

„Was soll das, ich habe Hunger!", schimpfte Polkis laut.

„Pst! Sei doch leise! Da ist jemand!", wisperte Kilpa nervös. Dann stellten sich ihm die Nackenfedern auf und er wusste genau, dass sie von hinten beobachtet wurden.

„Wer ist da?", fragte er scheu.

„Das wollten wir euch auch gerade fragen!" Fünf Kerle mit grimmigen Gesichtern und langen Holzstäben hatten sich bedrohlich hinter Kilpa und Polkis aufgebaut. Polkis drehte sich erschrocken um und landete auf seinem Po.

„Sieh an, ein Zwergen-Kind!" einer der Kerle trat nach vorne und half Polkis auf die Beine. „Und was bist du für einer?", wandte er sich an Kilpa. „Hast Flügel!", er sah ihn abschätzend an. „Bist du etwa mit dieser diebischen Elster verwandt?"

„Nein, nein!", entgegnete Kilpa schnell. „Die suchen wir, weil sie uns etwas gestohlen hat!"

„Das sieht ihr ähnlich! Trotzdem habe ich euch beiden noch nie hier gesehen. Gestatten, ich bin Herrmann, Späher des Zwergenkönigs." Kilpa atmete erleichtert aus. Zwerge, dann konnte es ja nicht so schlimm sein.

„Ich bin Kilpa, ein Moosflieger und das ist Polkis, Sohn von Alfred dem Flusswächter."

Die Zwerge blickten sich erstaunt an, als sie Alfreds Namen hörten und fingen an zu tuscheln.

Das dauerte in Polkis Augen ziemlich lange und er wurde langsam ungeduldig.

„Kennt ihr meinen Vater?", fragte er.

„Nun, ich denke schon!" Ein kräftiger Mann mit rotem Bart trat nach vorne. Er hatte den unverkennbaren strengen Blick von Alfred und dazu ein fröhliches Blitzen in den Augen. „Mein Name ist Alfred der Zweite, Sohn von Alfred dem Ersten." Polkis blieb der Mund offenstehen.

„Ja, da staunst du, was?" Alfred klopfte seinem neuen kleinen Bruder so energisch auf die Schulter, dass dieser fast wieder zu Boden gegangen wäre.

„Der Erstgeborene wird bei uns Zwergen immer nach dem Vater benannt, das ist Zwergen Tradition", erklärte er weiter.

„Ja, ich weiß!", erwiderte Polkis scheu. „Ich hätte nur nie gedacht, dass ich dich jemals treffen würde." Und dann löste sich in ihm alle Anspannung und er umarmte Alfred so gut wie das bei seinen Maßen eben ging.

„Nun wollen wir hier nicht länger herumstehen, es wird bald dunkel und ich denke nicht nur wir, sondern auch unsere Gäste haben Hunger." Herrmann übernahm das Kommando. „Dort hinten ist unsere Höhle, da könnt ihr heute Nacht bleiben. Außerdem bin ich gespannt, was euch bis hier her verschlagen hat."

Kilpa und Polkis folgten erleichtert dem Zwergen- Trupp. Die drei, die sich nicht vorgestellt hatten, flüsterten aufgeregt weiter. Kilpa sah unsicher zu Polkis hinüber, der jedoch ganz mit seinem großen Bruder beschäftigt war.

Vor dem Höhleneingang wurde Kilpa abgelenkt. Er sah hoch oben in einer Kiefer etwas in der Abendsonne glitzern.

„Na, warte, jetzt habe ich dich!", dachte er bei sich.

„Ich muss noch kurz was erledigen, bin gleich wieder da!", sagte er laut zu den Zwergen und verschwand hinter dem nächsten Baum.

„Wo ist er hin?", fragte Alfred der Zweite.

„Ich weiß nicht!", Polkis sah sich suchend um. „Aber er kommt bestimmt gleich wieder", sprach er weiter, auch um sich selbst zu beruhigen.

Die Gruppe wartete vor dem Höhleneingang und schon nach kürzester Zeit tauchte Kilpa wieder auf und hielt triumphierend einen Fetzen Papier in seinen Händen.

„Du hast die Buchseite!", jubelte Polkis.

„Ich habe dir doch gesagt, dass ich sie wiederfinde." In Kilpas Stimme schwang eine gehörige Portion Stolz mit.

„Dort oben ist das Lager der Elster. Von dort aus hat sie die Höhle gut im Blick."

„Na, du kennst dich ja gut aus mit den Lebensgewohnheiten dieser Vögel. Den Tipp hätten wir schon früher gebrauchen können. Und wie schnell du da oben warst! Alle Achtung!" Ein etwas kleinerer Zwerg hatte sich zu Kilpa gesellt. Bei genauerem Betrachten war es eigentlich eine Zwergin, die Kilpa neugierig, aber freundlich betrachtete.

„Das ist für Kilpa kein Problem!", meldete sich jetzt Polkis vorlaut zu Wort. „Er kann nämlich nicht nur fliegen, sondern auch prima klettern und außerdem mit Tieren sprechen."

Kilpa warf ihm einen mahnenden Blick zu.

„Na, wenn das so ist, dann sag doch dieser frechen Elster, dass sie von hier verschwinden soll!", sagte einer der Zwerge.

„Tut mir leid, mit Vögeln kann ich nicht sprechen!", antwortete Kilpa schnell. Im Stillen dachte er:

„Nur mit Philine und die ist jetzt ewig weit weg. Das ist gar nicht gut! Ob ich diesen Zwergen wohl vertrauen kann? Ein wenig Hilfe könnte ich schon gebrauchen und schließlich ist es die Familie von Polkis." Er entschloss sich die Zwerge in die Sache mit dem Bund einzuweihen.

„Das funktioniert nur bei einem einzigen Tier, aber das ist eine lange Geschichte!", sprach er laut weiter.

„Das wird ja immer interessanter!", sagte Herrmann. „Ich glaube, ihr habt uns eine ganze Menge zu erzählen. Aber nicht nur ihr! Auch wir haben Neuigkeiten für euch! Ihr werdet staunen! Doch jetzt kommt endlich rein."

Ein Moosflieger und sechs Zwerge verschwanden im Inneren der Höhle. Der Letzte schob einen mächtigen Stein vor den Eingang. Dann war nur noch das langsam leiser werdende Gezwitscher der Vögel und ein ärgerlicher Ruf der Elster zu hören.

16.

Osta hielt sich die Ohren zu, doch es half nichts. Philines durchdringender Schrei zerriss ihm schier das Trommelfell. Um ihn herum war es dunkel und feucht, außerdem wurde er entsetzlich hin und her geschüttelt. Das war ja nicht zum Aushalten.

„Philine gib endlich Ruhe!", brüllte er in Richtung der Eichhörnchen Rufe. „Wenn dieser Vogel uns hätte fressen wollen, dann hätte er es bestimmt schon längst getan."

Doch natürlich verstand Philine mal wieder kein einziges Wort. Sie schlang ihre Pfoten um Ostas Hals, was auch nicht gerade angenehm war. Dafür keckerte sie jetzt nur noch leise vor sich hin.

Ostas Magen hatte sich bestimmt schon mindestens fünfmal um sich selbst gedreht. So fühlte es sich zumindest an. Deshalb war Osta froh, dass er heute noch nicht allzu viel gegessen hatte. Er spürte genau, dass sie irgendwo hinflogen. Oh, wie er es hasste, kein Wasser oder wenigstens festen Boden unter den Füssen zu haben.

Doch es kam noch schlimmer, was nun passierte, war noch viel unangenehmer. Der Vogel ging in den Sinkflug über. Ostas Magen wurde nach oben gedrückt und Philine packte noch fester zu. Wenn das nicht bald ein Ende hätte, würde Osta die Luft ausgehen. Endlich landeten sie mit einem gewaltigen Rumps.

Dann ging der Schnabel auf.

Die tiefliegende Sonne blendete Osta so sehr nach der Dunkelheit, dass er nicht ausmachen konnte, wo und vor allem, bei wem er sich befand.

Philine hüpfte keckernd aus dem Schnabel, schrie jedoch sogleich wieder los. Ein mächtiger Schatten überragte sie und eine riesige Hand hob sie empor.

„Ja, was ist denn da heute Schönes in der Pelikanpost?", donnerte eine dunkle Stimme. Das Eichhörnchen begann zu bibbern, wagte aber keinen Laut mehr.

Inzwischen war auch Osta aus dem Schnabel gekrochen und versteckte sich hastig hinter einem Stein, als er den Riesen entdeckt hatte. Er sah sich kurz um und stellte fest, dass sie jetzt auf der anderen Seite des Sees waren, am sandigen, flachen Ufer mit herumliegenden Felsbrocken und ab und an ein paar Grasbüschel. Sonst war da weit und breit nichts. Er drückte sich noch enger hinter den Felsen, um ja nicht entdeckt zu werden und überlegte.

„Grossmoosler, Menschen! Wie auch immer!", dachte er verächtlich. „Überall tauchen sie auf! Ich muss Philine retten, sie hat mir ja schließlich auch geholfen."

Doch was konnte er schon tun. Das mächtige Wesen war dreimal so groß wie er.

Osta sah sich um und fing in seiner Verzweiflung an mit allem, was er auf dem Boden finden konnte nach dem Riesen zu werfen. Damit würde er ihn zwar nicht ernsthaft verletzen, aber immerhin einen Moment ablenken. Das Eichhörnchen nutzte die Gelegenheit sich zu befreien und schnell zu Osta hinter den Felsen zu springen. Osta musste ihr hoch anrechnen, dass sie das ausnahmsweise einmal leise tat.

„Hey, kleine Freundin, wo willst du denn hin?" Der Mensch ging in die Hocke und sah sich suchend um.

„Ich tue dir doch nichts! Komm lieber wieder her, eh dir noch was passiert. Wenn du mich nur verstehen könntest. Bis zur Baumgrenze ist es zu weit, dahin schaffst du es nicht allein. Bis dahin hat dich längst ein Raubvogel erwischt. Du bringst dich wirklich ernsthaft in Gefahr."

Mittlerweile klang der große Mann richtig verzweifelt und Osta war geneigt seinen Worten Glauben zu schenken. Den Wald konnte er hinten am Horizont entdecken und der Weg dorthin verlief nur über freies Gelände. Philine hätte keine Chance dort sicher anzukommen und er auch nicht. Da hatte der Mann schon recht. Osta brauchte dringend Hilfe. Allein würde er hier nicht weiterkommen und auch Kilpa nie finden. Er hatte ja keine Ahnung, wo er mit der Suche anfangen sollte. Also traf er eine Entscheidung, die für den Verlauf ihres Abenteuers von gravierender Bedeutung sein sollte.

„Hallo, du da!", schrie er und trat vorsichtig hinter dem Felsen hervor.

„Ach, da ist ja noch jemand!", sagte der Mann verdutzt.

„Du bist bestimmt der, der mich vorhin beworfen hat und wie es scheint sprichst du sogar meine Sprache. Hilf mir das Eichhörnchen zu finden, es ist in großer Gefahr! Der Habicht, ich habe ihn vorhin rufen gehört."

Osta begriff, dass der Mann Recht hatte und sah sich suchend nach Philine um.

„So ein Mist, gerade ist sie noch hinter mir gewesen!", schimpfte er. „Ich kann sie nirgendwo entdecken."

Er begann die Gegend abzusuchen, doch nicht die geringste Spur von Philine.

„Vielleicht war sie einfach nur schlauer als ich", überlegte Osta für sich. Was hatte er sich nur dabei gedacht diesem fremden Wesen so einfach zu vertrauen.

„Was hast du eigentlich vor mit uns, wenn wir das Eichhörnchen gefunden haben?", wandte er sich vorsichtig und misstrauisch an den Mann.

„Ich nehme euch mit zu unserer kleinen Forschungsstation dort drüben am Waldrand. Hinter dem großen Geröllhaufen ein Stück weiter das Ufer entlang steht mein Jeep. Damit kann ich euch sicher von hier wegbringen."

„Was zum Geier ist ein Jeep und eine Forschungsstation?", wollte Osta wissen.

„Wir haben keine Zeit für lange Erklärungen. Wenn ich das Eichhörnchen nicht lebend von hier wegbringen kann, ist alles umsonst gewesen und ich kann ihre Art nicht retten."

„Ihre Art? Heißt das etwa, bei deiner Forschungsdingsda gibt es noch mehr Eichhörnchen?" Osta wollte das schon genau wissen, denn er hatte inzwischen so eine Ahnung, wo sich Philine befand.

„Nein dort nicht, aber in den Wäldern ringsherum leben noch ein paar! Die Seuche hat sie fast ausgerottet!", gab der Mann ungeduldig Auskunft.

„Wie heißt du? Was bist du?", bohrte Osta weiter.

„Du bist ganz schön wissbegierig, was? Mein Name ist Bertram und ich bin ein Forscher!"

„Also kein Mensch?", fragte Osta erstaunt zurück.

„Ja, natürlich bin ich ein Mensch, Forscher ist ein Beruf", Bertram war sichtlich irritiert.

„Aha!" Osta überlegte, was ein Beruf war, wagte aber nicht zu fragen. „Also doch ein Mensch!", brummelte er.

„Ist das schlecht?", fragte Bertram.

„Sehr schlecht!", gab Osta zur Antwort.

„Du wirst mir trotzdem vertrauen müssen, ich weiß ja auch nicht, was du bist und ob du gefährlich bist!", meinte der Mann

„Oh, ich bin sehr gefährlich, ich bin ein Moostaucher!" Osta versuchte seine Schuppen aufzustellen, um größer und bedrohlicher zu wirken, doch das wollte ihm nicht so recht gelingen.

Da musste Bertram lachen.

„Ich glaube, dass du ein netter Kerl bist und ich bin auch einer. Vergiss doch einfach mal, dass ich größer bin als du, dafür kann ich ja nichts. Es wäre sehr hilfreich, wenn wir jetzt zusammenarbeiten würden."

Er beugte sich nach vorne und streckte Osta seine kräftige Hand entgegen, dabei zwinkerte er so freundlich und spitzbübisch mit den Augen, dass der Moostaucherjunge gar nicht mehr anders konnte und einschlug.

Bertram war ganz behutsam und passte gut auf, dass er Osta nicht weh tat.

„Er ist so ganz anders als der Fischer vom See", dachte Osta. Und jetzt wurde ihm auch klar, was ein Beruf ist.

„Was macht ein Forscher?"

„Nun, im Moment studieren wir die Lebensweise von Grau- und Eichhörnchen und versuchen herauszufinden, warum die Grauhörnchen immer mehr werden und die Eichhörnchen fast aussterben. Und da wir seit ein paar Tagen den Grund kennen, versuchen wir die Braunen von den Grauen zu isolieren. Dabei ist jedes einzelne Eichhörnchen von größter Wichtigkeit. Wenn ich deine Freundin nicht schleunigst von hier wegbringe, wird sie unweigerlich ein Opfer der Raubvögel, also hilf mir bitte, es wird schon gleich dunkel. Den Rest erkläre ich dir im Lager."

„Ich glaube, ich weiß, wo wir suchen müssen, sie ist sozusagen als Murmeltier groß geworden", versuchte Osta zu erklären. „Ein Murmeltier würde unter der Erde Schutz suchen, vielleicht hat sie das ja so gelernt. Dort hinten ist ein Felsen mit einem kleinen Hohlraum darunter. Ich glaube, ich sollte da mal nachsehen."

„Das klingt nach einer guten Idee! Ein Eichhörnchen, dass bei Murmeltieren aufgewachsen ist, was es nicht alles gibt! Das ist ja außerordentlich interessant, vor allem für einen Forscher wie mich. Also los lass uns dort nachsehen!"

Bertram eilte mit großen Schritten Richtung Felsen.

„Halt!", zischte ihm Osta möglichst leise hinterher.

„Du wirst sie nur verjagen, sie fühlt sich von dir bedroht!"

„Ich bedrohe keine Tiere, ich schütze sie!" Bertram war stehen geblieben und drehte sich traurig zu Osta um.

„Das weiß sie ja nicht, also lass mich allein gehen!" Osta lief an Bertram vorbei zu dem Loch unter dem Stein und sah vorsichtig hinein.

„Philine, du kannst herauskommen! Der Mann scheint ganz freundlich!"

Osta konnte nichts erkennen, aber er hörte ein leises und sehr ärgerliches Gekeckere. Wenn doch bloß Kilpa hier wäre, der könnte sich wenigstens mit ihr verständigen.

„Bitte komm doch her, Bertram will dir nur helfen!", bat er flehentlich und streckte seine Hand in das Loch.

Doch Philine schrie immer lauter und mittlerweile ziemlich verzweifelt.

„Sie steckt fest!", bemerkte Bertram erstaunt. „Wie ist das möglich? Sie muss ja auch durch das Loch hineingekommen sein!"

„Hilf ihr!", bettelte Osta. „Schnell, wir müssen graben!"

Bertram nahm eilig einen spitzen Stein und lockerte das Erdreich unter dem Felsen. Osta half ihm und so konnte sich Philine wieder bewegen. Osta ergriff ihre beiden Pfoten und zog sie langsam heraus. Sie keckerte nur noch ganz leise und kroch erschöpft an Osta vorbei aus dem Loch. Für ein paar Sekunden war sie still, doch dann setzte ihr Geschrei umso lauter ein. Osta drehte sich erschrocken in Richtung des Lärms und rappelte sich hoch. Bertram stand jetzt direkt vor ihm und hatte einen Sack in der Hand und es war offensichtlich, dass das Eichhörnchen darin gefangen war.

„Du bist gemein!", schrie Osta ihn zornig an. „Lass sie sofort frei!"

„Das geht nicht, sie würde fliehen! Das kann ich nicht zulassen, dafür ist sie viel zu wichtig!" Bertram klang ziemlich zerknirscht. „Es tut mir leid! Ich tue ihr bestimmt nicht weh und sobald sie geimpft ist, lasse ich sie wieder laufen."

„Ich glaube dir kein Wort! Ihr Menschen seid alle Lügner und Verbrecher! Du bist eben doch nicht anders als der Fischer am Heulensee!" Osta stapfte wütend im Kreis herum und hatte keine Ahnung, was er tun sollte.

„Du urteilst zu hart! Du kannst nicht alle Menschen über einen Kamm scheren, das wäre zu einfach. Ich kenne ein paar Fischer von drüben hinter der Bergkuppe. Sie kommen manchmal zum Pelikanmeer. Manche sind rücksichtslos und dezimieren die Fischbestände ohne Verstand und mit anderen kann man ganz gut reden. Doch nun sei so lieb und komm mit! Auch für dich ist es hier draußen gefährlich!"

„Wenn es sein muss!", knurrte Osta. „Aber vorher brauche ich unbedingt noch ein Bad! Ich bin gleich wieder da!" Osta lief zum See.

„Geh mir bitte nicht verloren!", rief Bertram dem Moostaucherjungen hinterher.

„Da kannst du Gift drauf nehmen!", brüllte Osta zurück. „Ich werde dich nie im Leben mit Philine alleinlassen!"

Er sprang eilig ins Wasser, paddelte kurz umher und rannte zurück zu Bertram, der sich inzwischen nicht von der Stelle gerührt hatte. Osta warf einen sorgenvollen Blick auf den Sack, indem es inzwischen viel stiller geworden war.

„Philine heißt das Eichhörnchen also", überlegte Bertram. „Weißt du, was es bedeutet?"

Osta schüttelte stumm den Kopf.

„Geliebte Freundin!", sagte Bertram.

„Oh!", Osta wurde ein bisschen rot. „Sie ist eigentlich nicht meine Freundin, sondern die von Kilpa. Aber wozu erzähle ich dir das überhaupt?", sagte er missmutig.

„Und Kilpa das ist dein Freund, nicht wahr?", führte der Forscher unbeirrt seine Befragung weiter. Osta nickte nur stumm.

„Wie ist eigentlich dein Name? Den hast du mir, glaube ich noch gar nicht verraten!", war Bertram gerade eingefallen.

„Ich heiße Osta. Uhi, was ist das denn?"

Während des Gespräches waren sie weiter gegangen und standen plötzlich vor einem grün-braunen Geländewagen. So etwas hatte Osta in seinem ganzen Leben noch nie gesehen.

Er wich erschrocken zurück.

„Das ist das Fortbewegungsmittel der Menschen. Damit kommen wir ganz schnell von einem Ort zum anderen. Du brauchst dich nicht zu fürchten, es ist nur eine Maschine, kein Lebewesen", erklärte der Forscher.

„Ich fürchte mich nicht, ich bin nur vorsichtig", maulte Osta.

Nach einigem Hin und Her saß er dann endlich neben Bertram im Jeep. Philine hockte inzwischen ängstlich in einem Käfig, der auf dem Rücksitz stand. Sie schwieg und schleuderte Osta eisige Blicke entgegen, die dieser unglücklich erwiderte, doch er wagte nicht den Käfig zu öffnen. Ein Steinadler zog in der Nähe seine Kreise. Er maß eine Spannweite von über zwei Metern, so dass nicht nur Philine, sondern auch Osta in sein Beuteschema gepasst hätte.

„Keine Sorge, hier seid ihr in Sicherheit!" Der Forscher hatte Ostas schnellen Blick zum Himmel bemerkt. „In die Nähe von uns Menschen trauen sie sich nicht."

Osta seufzte und betrachtete den Mann zum ersten Mal genauer. Er hatte graue Haare und blaue Augen, außerdem einen ziemlichen Bauchansatz. Er trug ein kariertes Hemd und eine braune Hose. Eigentlich war nichts Beängstigendes an ihm. Osta entspannte sich etwas. Vielleicht hatte er ja doch die richtige Entscheidung getroffen, als er Bertram vertraute. Hier draußen in der fremden Umgebung hatte er keine Chance ohne Hilfe.

Der Jeep setzte sich in Bewegung. Es war für Osta eine ganz neue Erfahrung in so einem Ding zu sitzen, dass sich wie von selbst bewegte und das auch noch ziemlich schnell. Dazu war ein brummendes Geräusch zu hören.

„Der Motor ist ziemlich laut, aber er läuft gut!", sagte Bertram.

Osta hatte keine Ahnung war Bertram meinte, aber er beobachtete jeden seiner Handgriffe ganz genau.

Sie fuhren ein gutes Stück weg vom See, was Osta schon etwas beunruhigte. Die Landschaft, die vor ihm auftauchte, war flach und karg. Osta wollte gerade seine Bedenken bezüglich seiner dringend benötigten Wassernähe äußern, als er noch etwas viel Bedrohlicheres erblickte.

„Dort vorne brennt es!", rief er entsetzt.

„Ja, das ist unser Lagerfeuer!", erwiderte Bertram. „Wir sind gleich da."

„Lagerfeuer?" Osta kannte so etwas nicht.

„Keine Angst! Das ist ein kontrolliertes Feuer. Wir brauchen es zum Kochen und um uns zu wärmen", erklärte Bertram. „Rund um das Feuer siehst du unsere Zelte, da drin wohnen wir."

Osta fielen fast die Augen aus dem Kopf. Hier gab es so viel Neues zu entdecken und doch auch manches vergleichbares zu seinem Zuhause. Nur das Wasser fehlte.

Bertram stoppte den Jeep in einigen Metern Entfernung. Sofort kam aus einem der Zelte eine Frau und lief auf die Neuankömmlinge zu.

„Da bist du ja endlich wieder, ich habe mir schon Sorgen gemacht! Ja, wen hast du denn da mitgebracht?" Sie blickte verblüfft in die Runde.

„Darf ich vorstellen, meine Frau Julijana!" Bertram strahlte Osta an. „Und das sind Osta und Philine", erklärte er nun seiner Frau.

Osta kletterte langsam aus dem Fahrzeug.

„Hier kannst du mit dem Eichhörnchen übernachten!", erklärte Bertram und deutete auf das nächstgelegene Zelt. „Morgen sehen wir weiter! Es war ein langer Tag." Er nahm Philines Käfig behutsam vom Wagen und stellte ihn sanft in Ostas Unterkunft auf einem Tisch ab. Osta ließ den Käfig nicht aus den Augen. Julijana brachte eilig Nüsse und einen Tannenzapfen für das Eichhörnchen, dann sah sie Osta fragend an. „Was möchtest du denn essen?"

Osta zögerte, doch die Frau hatte ganz freundlich gefragt und auch Philine schien für den Moment gut versorgt. Also legte er seine Scheu ab und kehrte seine guten Manieren heraus.

„Das ist lieb von dir, dass du fragst. Ich möchte keine Umstände machen. Normalerweise lebe ich überwiegend von Algen, aber was Süßes mit Pfannkuchen esse ich auch gerne." Er dachte dabei an den leckeren Zwergen Schmaus vom Vorabend.

„Nun, ich habe frisches Weißbrot da und meine Kinder haben heute Nachmittag Beeren im Wald gesammelt. Davon bringe ich dir auch ein Schälchen."

„Das hört sich toll an!" Osta nickte begeistert. „Und habt ihr hier auch Wasser?"

„Natürlich haben wir Wasser", sagte Juliana erstaunt über die Frage. „Wir haben vom Pelikanmeer eine Leitung bis hierher ins Lager gelegt." Die Forscherfrau verließ eilig das Zelt, um nach einigen Minuten mit einem goldgelb gebackenen Brötchen und rot und schwarz leuchtenden Beeren zurückzukommen. Sie stellte beides vor Osta ab, ebenso einen Becher und einen Wasserkrug.

„Lasst es euch schmecken! Wir schauen nachher noch mal nach euch!", meinte sie freundlich und ging.

Osta betrachtete den Wasserkrug etwas enttäuscht. Nun es war immerhin ein Anfang. Er schloss sorgfältig das Zelt, dann öffnete er vorsichtig die Käfigtüre, nahm den Tannenzapfen und versucht Philine etwas zu trinken zu geben, so wie sie es heute Mittag am Fluss gemacht hatten.

Das schien eine Ewigkeit her zu sein. Inzwischen war so viel passiert und Osta hoffte inständig, dass das Eichhörnchen ruhig blieb und nicht versuchen würde zu fliehen.

„Komm schon, sei nicht mehr böse. Das sind keine schlechten Leute und wir müssen uns ausruhen. Morgen suchen wir weiter nach Kilpa. Vielleicht kann uns dieser Bertram sogar helfen, mit seinem Jeep würde das viel schneller gehen." Osta quasselte nervös auf Philine ein, doch die hatte sich längst beruhigt und war froh, wenigstens bei Osta zu sein. Dankbar nahm sie das Wasser über den Zapfen und nagte dann weiter an einer Nuss.

„Irgendwie scheint sie gewachsen zu sein!", dachte Osta. Das würde auch erklären, warum sie in dem Loch stecken geblieben ist. Aber vielleicht bildete er sich das alles ja auch nur ein. Osta verdrängte seine verrückten Gedanken und sah sich um. In einer Ecke entdeckte er ein Feldbett und setzte sich darauf. Sonst stand in dem Zelt noch eine alte Kommode, auf der unendlich viele Papiere und Landkarten herumlagen. Es sah aus wie ein heilloses Durcheinander. Osta war viel zu erledigt, um sich die Karten anzusehen, das konnte er morgen auch noch machen. Er hatte inzwischen alles aufgegessen und mit dem restlichen Wasser seine schuppige Haut befeuchtet. Philine hatte sich zu ihm auf das Feldbett gelegt und war sofort eingeschlafen. Auch Osta fielen die Augen zu, doch er riss sich zusammen, ohne ein Wasserbad war das viel zu gefährlich für ihn. Hoffentlich würde das Forscherehepaar bald zurückkommen.

Er brauchte nicht lange zu warten, da wurde die Zeltplane vorsichtig zur Seite geschoben und Bertram steckte seinen Kopf herein. Erschrocken bemerkte er sogleich den offenen Käfig und war erleichtert Philine friedlich schlafend auf dem Lager zu entdecken. Er winkte Osta vor das Zelt und bat ihn am Feuer Platz zu nehmen.

„Das wird schwierig!", erklärte Osta. „Ich bin ein Wasserwesen. Hast du nicht irgendein Gefäß das groß genug ist für mich und in das du etwas Wasser reintun könntest? Sonst muss ich heute Nacht zurück zum See."

„Kommt gar nicht in Frage!", rief Bertram. „Gisa, Paul bringt doch mal die Schüssel her, in der eure Mutter immer das Geschirr abwäscht und gebt etwas Wasser hinein, dann könnt ihr unseren Gast auch gleich begrüßen."

„Sind das deine Kinder?", fragte Osta.

„Oh, ja, Gisa ist zehn und Paul ist gerade sechs geworden. Die beiden sorgen immer für Abwechslung hier im Lager."

„Wer wohnt denn noch alles hier?" Osta war neugierig geworden.

„Nur noch Günther und Thomas mit ihren drei Hunden, dann sind wir komplett. Die beiden sind ebenfalls Forscher und schlafen in dem Zelt dort hinten." Bertram war aufgestanden und deutete Richtung Baumgrenze."

„Was sind Hunde?" Das Wort hatte Osta noch nie gehört.

„Nun, so etwas ähnliches wie Wölfe, nur zahm."

„Oh, je! Kommen die hier her?", rief Osta erschrocken. Er war sofort in Alarmbereitschaft. Manchmal kam ein Wolfrudel an den Heulensee, dann verhielten sich alle Bewohner mucks Mäuschen still.

„Nein, keine Sorge, sie halten sich immer hinten auf und warnen uns vor Eindringlingen", sagte Bertram. Die Kinder brachten mit ausgelassenem Gelächter die Schüssel und stellten sie vor Osta ab.

„Stell dir vor Papa, wir müssen heute nicht mehr abwaschen, weil du ja die Schüssel brauchst!", grinste Paul zufrieden. „Ist das nicht toll?" Er hatte für einen Jungen ungewöhnlich lange Haare und trug das gleiche Hemd wie sein Vater.

„Ja, ja, ist schon gut. Aber jetzt begrüßt doch erst mal unseren Gast!", mahnte Bertram. Gisa hatte Osta schon die ganze Zeit über äußerst interessiert bewundert. Sie hatte die gleichen hellblonden Haare wie ihr Bruder und trug sie als Pferdeschwanz gebunden, der lustig bei jeder Kopfbewegung hin und her wippte. Jetzt starrte auch noch Paul ihn mit weit aufgerissenen Augen an und keiner der beiden sagte etwas.

Osta fühlte sich langsam ungemütlich, also machte er den Anfang. „Hallo, ich bin Osta", sagte er ziemlich lahm.

„Wau, du hast ja Schuppen und Flossen!", brach es aus Paul heraus. „Bist du so eine Art Fisch?"

„Naja ein bisschen schon!", antwortete Osta zögerlich. „Aber ich kann mich auch an Land aufhalten."

„Außerdem spricht er ja unsere Sprache, Paul", wandte sich Gisa liebevoll an ihren kleinen Bruder. „Das ist ein Moostaucher und es gibt sie doch!", dabei sah sie ihren Vater triumphierend an.

„Ja, schon gut Gisa, du hattest recht!" Bertram wandte sich an Osta. „Ich hatte wirklich an eurer Existenz gezweifelt, als die Zwerge von euch erzählten."

„Zwerge? Ihr kennt hier unten welche?" Osta blieb vor Staunen der Mund offenstehen.

„Ja, natürlich, sie und Esmeralda haben euch schließlich dort drüben am Uferstreifen gerettet!", gab Bertram Auskunft.

„Ach die waren das!" Osta ging ein Licht auf. „Sie haben uns in den Vogel gestoßen, weil irgendeine Gefahr im Anmarsch war. Wir haben vor lauter Sorge um Kilpa überhaupt nicht auf unsere Umgebung geachtet."

„Nun, im Anmarsch waren ein paar Fischer, die hätten euch in ihr Dorf gebracht. Das wollten die Zwerge verhindern und natürlich waren sie auch wegen Philine zur Stelle", erklärte Bertram.

„Da alle hier in der Gegend inzwischen wissen, wie wichtig dir die Eichhörnchen sind, haben sie ein Auge auf die Tiere." Julijana war hinter die Gruppe getreten. „Ich komme gerade von unserem Neuankömmling, sie liegt immer noch auf dem Feldbett und schläft ungewöhnlich tief. Ich hoffe Philine ist einfach nur total erledigt von euren Abenteuern und wird nicht krank." Sie blickte ihren Mann sorgenvoll an.

„Das wird bestimmt so sein, ich kann mich auch kaum noch wachhalten." Das wohltuende Bad hatte Osta zunehmend schläfrig gemacht. „Aber das mit den Zwergen will ich noch wissen und wer ist Esmeralda?"

„Esmeralda ist unsere Pelikandame", erklärte Bertram. „Wir haben sie weiter im Süden gefunden an einem kleinen See. Ihr Flügel war gebrochen. Also haben wir sie versorgt und seitdem ist sie nicht mehr von unserer Seite gewichen. Sie lebt jetzt am Pelikanmeer, wie einst ihre Vorfahren."

„Ja, die Geschichte kenne ich, von Alfred", warf Osta ein.

„Alfred?", fragte Bertram.

„Das ist unser Flusswächter, dort wo wir herkommen und die Zwerge hier unten sind vielleicht mit ihm verwandt!", mutmaßte Osta.

„Sie kommen langsam alle wieder zurück, zuerst die Zwerge, dann die Pelikane und jetzt auch noch ein Moostaucher!", schwärmte Gisa. Paul war inzwischen neben ihr eingenickt und so nahm Julijana ihn hoch, sagte „Gute Nacht" und trug ihn zum nächsten Zelt.

„Ich denke es wird für uns alle Zeit schlafen zu gehen!", meinte Bertram. „Gisa hilf mir, die Wanne für Osta ins Zelt zu tragen. Wir können ja morgen weiterreden, es war ein langer Tag. Schlaf gut Osta. Komm Gisa."

„Gute Nacht Osta!" Gisa stellte die Wanne ab, drehte sich noch einmal kurz um und winkte Osta zu.

„Gute Nacht!", brummelte Osta im Halbschlaf.

17.

Jola schreckte hoch!

Worte voller Aggression drangen an ihr Ohr. Was war da nur wieder los? Streitigkeiten schon vor dem Morgengrauen? Sie setzte sich auf und fröstelte leicht.

Es war eine kurze und schlafarme Nacht gewesen, die sie im Schutze der Eiche verbracht hatte. Kaum hatte sie sich gestern Abend hingelegt, als ihr auch schon die wil-

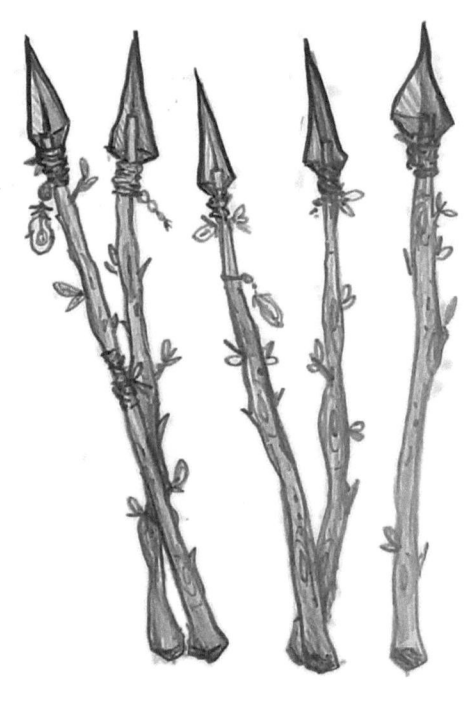

desten Gedanken durch den Kopf gingen. Tagsüber war sie abgelenkt, aber mit der Dämmerung hatte sich auch die Sorge um ihre ganze Familie drückend auf ihre Seele gelegt.

Einen ganzen langen Tag und diese entsetzliche Nacht war es jetzt her, dass der Suchtrupp sich mit Pami und Sikko auf den Weg gemacht hatte. Endlose bange Stunden waren vergangen, in denen sie weder von ihrer Tochter noch von Kilpa Nachricht erhalten hatte. Doch sie musste sich in Geduld üben und hoffen, dass alles in Ordnung kam, dass der Geist der Zeiten seine schützenden Winde aussenden würde und sie alle gut nachhause brachte.

Da drang wieder der Tumult zu ihr durch, der sie vorhin geweckt hatte. Jola sprang auf und folgte in böser Vorahnung den Stimmen.

„Wer kommt nun mit? Es ist genug, was sie uns angetan haben! Wir zünden das Dorf der Moosriesen an!" Eine von Wut verzerrte Stimme schallte über den Platz, auf dem Cäsario gestern noch die Aufräumarbeiten eingeteilt hatte. Allgemein zustimmendes und zorniges Gemurmel war zu hören.

Jola kannte den Moosflieger, der sich da zum Rädelsführer aufgeschwungen hatte, gut. Er hieß Franko. Er war schon immer etwas hitzig gewesen und neigte zu unüberlegten Handlungen. Ungefähr ein Dutzend Männern standen beieinander. Manche von ihnen hatten sich mit einem Speer bewaffnet, andere trugen eine Fackel. Nun Jola verstand die Wut der Männer nur allzu gut. Viele hatten ihr Zuhause verloren und mancher sogar ein Familienmitglied. Es musste dringend ein Schuldiger her, doch an der Verantwortung der Moosriesen für dieses Feuer hatte Jola so ihre Zweifel.

Die Männer redeten sich immer mehr in Rage. Sie planten den Überfall auf das Dorf genau. Auch Andreas der Vater von Tobias gesellte sich dazu. Wenn sich niemand beizeiten gegen diese Aktion aussprach, würde das Ganze in einer Katastrophe enden, da war sich Jola sicher. Sie entdeckte Tobias, der etwas abseitsstand und das Geschehen mit riesigen Augen verfolgte. Jola gesellte sich unbemerkt zu ihm.

„Tobias! Schnell! Geh und hole die alte Nora, wir brauchen sie hier!"

Tobias spurtete sofort los, froh etwas tun zu können. Nach kurzer Zeit kam er mit der alten Nora zurück. Sie ging zügig auf die Gruppe der Männer zu und stellte sich zwischen sie. Jola bewunderte ihren Mut. Die Männer fuhren erschrocken auseinander, als Nora ihre Stimme erhob.

„Schluss jetzt, ihr einfältigen Burschen!", schimpfte sie. „Was denkt ihr euch bloß! Ihr glaubt zu wissen, wie alles gewesen ist!

Doch in Wirklichkeit habt ihr keine Ahnung. Ihr seid voller Vor-urteile und im Grunde eures Herzens keinen Deut besser als die Moosriesen."

„Aber du! Du weißt wieder einmal alles ganz genau!", maulte Franko zurück. „Glaubst du wirklich deine Wahrheit ist die richtige nur weil du eine Vision hattest?"

„Das, was ich gesehen habe war keine Vision, sondern grausa-me Wirklichkeit!", entgegnete Nora.

„Wer hat denn dann das Elefantengras angezündet?", wollte Andreas wissen. Seine Stimme zitterte und Jola konnte auch in ihm den Rachegedanken schon sehr stark spüren. Sie beschloss Nora zur Seite zu stehen, auch wenn ihr Wort auf die Meute wenig Ein-fluss haben würde.

„Denkst du gar nicht an die Kinder?", wandte sie sich an And-reas. „Sie brauchen dich! Was ist nun, wenn dir etwas passiert? Das, was ihr da vorhabt, ist gefährlich! Es ist doch ganz egal wer Schuld hat. Niemand von uns wird wieder lebendig, wenn es im Dorf der Moosriesen neuen Tod und Vernichtung gibt."

Andreas setzte zu einer zornigen Gegenrede an.

„Ich will wissen, wer dafür verantwortlich ist und ich will die Schuldigen zur Rechenschaft ziehen. Sie sollen so leiden wie ich. Meine Frau ist tot!", schrie er hinaus. „Wer hat das getan?", wandte er sich erneut an Nora.

„Wenn ich euch das sage, dann zieht ihr ein ganzes Volk zur Re-chenschaft für die Tat eines einzelnen. Das Feuer wurde nicht mit der Absicht angezündet Moosland zu zerstören. Ein Jäger wollte die Wildpferde in sein Gebiet treiben. Dabei war er sehr unvor-sichtig und gewissenlos und das ist sicher nicht zu entschuldigen."

„Die Hochländer also!", rief Franko dazwischen. „Diesem ein-fältigen und bösartigen Volk sollte es schon lang an den Kragen gehen. Sie hassen uns und wer weiß vielleicht war es doch Absicht unseren Wald anzuzünden."

„Na dann los! Holen wir uns diese Mistkerle!"

„Und die Frauen und Kinder, die dort leben? Jungen, die so alt sind wie dein Tobias?", wandte sich nun Jola verzweifelt an Andreas.

„Nein Papa! Bleib hier! Was soll ich denn ohne dich?"

Tobias hatte dem Gespräch hilflos gelauscht und sich an den wütenden Männern vorbei ängstlich nach vorne gedrängt. Jetzt warf er sich seinem Vater in die Arme. Tatjana trat weinend daneben.

Andreas schluckte schwer und die ganze Wut fiel von ihm ab.

„Es tut mir so leid mein Junge! Natürlich bleibe ich hier bei dir. Ich bin nur so entsetzlich traurig, dass Mama nicht mehr da ist." Auch Andreas weinte jetzt, drückte seinen Sohn ganz fest und zog auch Tatjana in seine Arme.

„Du hast recht!", wandte er sich schluchzend an Jola. „Rache ist keine Lösung!" Dann ging er schweigend mit seinen beiden Kindern davon.

Einige der Männer folgten ihm beschämt.

Franko stand immer noch da mit verschränkten Armen und starrte Nora und Jola wütend an.

„Was mischt ihr euch da ein? Das ist keine Angelegenheit für Frauen!"

„Was ist denn hier los?" Cäsario hatte den Auflauf bemerkt und war angerannt gekommen.

„Die alte Nora behauptet, dass die Hochländer das Feuer gelegt haben!", fauchte Franko.

„Erstens behaupte ich es nicht nur. Ich habe es gesehen und zweitens war es nur ein einzelner Hochländer!", entgegnete Nora.

„Nun gut, dann werde ich den Rat einberufen! Wir müssen überlegen, wie wir weiter vorgehen. Diese Katastrophe muss Konsequenzen haben. Was steht ihr da so herum?", fuhr er die Männer an. „Was sollen diese Fackeln? Hatten wir noch nicht genug Feuer? Los, an die Arbeit! Weiter oben im Hocheichenwald muss noch einiges repariert werden und im Westen könnt ihr die anderen bei der Brandwache ablösen. Franco, Harald, ihr kommt mit mir. Ich berufe jetzt gleich den Rat ein!" Cäsario wollte schon vom Platz stolzierten, als er sich noch einmal umdrehte und die alte Nora anblickte. „Wir sind dir sehr dankbar für deine Warnungen, aber nun lass uns unsre Arbeit machen. Die Hochländer können nicht einfach ungestraft unseren Wald anzünden!"

„Es ist auch ihr Wald!", antwortete Nora leise. „Und sie würden ihn nie bewusst anzünden und damit die große Eiche gefährden."

„Und trotzdem ist es so passiert! Wenn es wirklich nur ein einzelner war, dann müssen sie ihn ausliefern!" Cäsario wandte sich erneut zum Gehen.

„Das würden sie nie tun! So eine Forderung bedeutet Krieg. Überlegt euch wohl, was ihr beschließt!" bemerkte Nola.

„Lass das unsere Sorge sein und geh an deine Arbeit. Wir haben deinen Rat gehört und nun ist es gut!", damit schritt er endgültig vom Platz. Einen erneuten Widerspruch würde er nicht dulden. Die restlichen Männer folgten ihm. Die Fackeln und Speere hatten sie verstohlen auf die Seite gelegt.

Jola seufzte. „Was können wir nur tun?"

„Nun, genau das, was Cäsario gesagt hat! Wir gehen an unsere Arbeit. Zuerst kümmern wir uns um die Kranken und Traurigen und dann gehen wir zur Eiche und beten um Frieden, Weisheit und Einsicht.", erklärte Nora.

Jola senkte resigniert den Kopf und nickte.

„Verliere nicht den Mut Jola! Unser oberster Rat ist ein vernünftiger und besonnener Mann. Er kann nur nicht vor uns Frauen zugeben, dass wir Recht haben könnten. Es muss ihm gelingen, während der Ratssitzung unsere Ideen als die seinen zu verkaufen und dann die Mitglieder zur Vernunft bringen. Und ich bin überzeugt, dass er das schafft!" Der letzte Satz ging ihr mit einem Schmunzeln von den Lippen und sie zwinkerte Jola verschwörerisch zu.

Jola wünschte sich Noras Zuversicht. Doch mit einem hatte Cäsario auf jeden Fall Recht. Es gab noch viel zu tun im Lager.

178

Also nahm sie ihre restliche Energie zusammen und raffte sich auf. Sie ging zu den Verletzten, kontrollierte deren Verbände und sah nach, was sie sonst noch brauchten. Die meisten waren schon mit einem guten und tröstenden Wort zufrieden. Zwischendrin kamen immer wieder Suchtrupps und brachten teilweise Schwerverletzte. Jola ging die Arbeit nicht aus und es blieb ihr auch nicht viel Zeit zum Nachdenken. Immer wenn ein Trupp kam, lief sie ihm voller Hoffnung entgegen, nur um dann immer wieder festzustellen, dass niemand aus ihrer Familie dabei war.

Am späten Nachmittag war sie so erschöpft, dass sie sich auf einem Stein in der Nähe der Eiche niederließ. Der Duft von Kräutern stieg ihr in die Nase und sie vernahm eine leise Stimme. Ein paar Meter weiter entdeckte sie Nora, von wohlriechendem Räucherwerk eingehüllt und im Gebet versunken. Jola setzte sich daneben und sandte ihr eigenes Gebet zum Geist der Zeiten.

„Geist, beschütze meinen Sohn und schenke, dass ich ihn schon bald wohlbehalten in die Arme schließen darf. Hilf meiner Familie und ihren Freunden bei der Suche! Bring sie auf den rechten Weg und nicht in Gefahr. Verhindere, dass noch mehr Leid geschieht und lass Cäsario und seinen Rat weise entscheiden. Und gib mir Geduld und Kraft das alles hier auszuhalten." Sie blieb still neben Nora sitzen und atmete den beruhigenden Duft der Kräuter ein. Darüber muss sie wohl eingenickt gewesen sein. Sie schreckte hoch, als die Sonne schon fast untergegangen war. Nora hatte sie sanft an der Schulter berührt und deutete in eine Richtung.

Auf dem großen Platz vor der Eiche war Cäsario aufmarschiert und winkte alle herbei, ihm zuzuhören.

Jola stand gespannt auf und kam wie alle anderen neugierig näher.

„Hört mir zu, ihr Moosflieger!", sprach Cäsario mit donnernder Stimme. „Ich will euch die Beschlüsse des Rates verkündigen. Wie uns Nora glaubwürdig berichten konnte, hat ein junger Mann aus dem Volke der Hochländer das Feuer angezündet."

Ein Raunen ging durch die Moosfliegergesellschaft. Hier und da begannen die Leute zu Tuscheln.

„Ruhe!", brüllte Cäsario. „Wir haben beschlossen, dass der Rat der Hochländer über diese Tat informiert werden muss. Weiterhin werden Verhandlungen laufen, damit dergleichen entsetzliche Dinge nie mehr passieren werden. Wir fordern Schadensersatz und die Bestrafung des Täters."

„Nun das klang gar nicht so schlecht!", dachte Jola und Nora nickte ihr lächelnd zu.

Das allgemeine Gemurmel war wieder viel lauter geworden. Es waren teils zustimmende, aber auch ablehnende Kommentare zu hören. Der Zorn der Moosflieger war noch nicht abgeebbt und schrie in vielen Köpfen weiterhin nach Rache.

„Ruhe! Seid doch endlich ruhig!" Cäsario brüllte immer lauter und klopfte mit einem Stück Holz energisch auf eine Wurzel, um sich Gehör zu verschaffen. Als die vielen Stimmen sich beruhigt hatten fuhr es fort.

„Wir werden zwei Unterhändler und zwei Männer zu deren Schutz entsenden. Hannibal und Franko ihr seid kräftig und könnt notfalls unsere Interessen mit Waffengewalt untermauern." Wieder ging ein Raunen durch die Menge, diesmal überwiegend protestierend, da viele über Frankos unkontrollierte Ausbrüche Bescheid wussten.

„Ob euch das passt oder nicht, steht hier nicht zur Diskussion", hob Cäsario sogleich wieder seine Stimme. „Es ist ein Beschluss des Rates, der von euch gewählt wurde. Der erste Botschafter ist momentan nicht anwesend, deshalb werde ich euch seinen Namen zum jetzigen Zeitpunkt nicht mitteilen. Ich will erst mit ihm selbst sprechen. Bei dem zweiten Botschafter dachte ich an eine Frau." Jetzt knisterte es förmlich vor Spannung auf dem großen Platz.

„Nora, da du das ganze Verbrechen beobachtet hast, dachte ich an dich, wenn du einverstanden bist?"

Nora trat durch die Menge nach vorne.

180

„Gerne werde ich unser Volk dort vertreten!", begann sie. „Ich freue mich, dass die Wahl des Rates auf mich gefallen ist. Ich trete nach bestem Wissen und Gewissen für unsere Belange ein. Es wäre für unsere beiden Völker sehr nützlich, wenn wir in Zukunft in Frieden miteinander leben könnten. Auch für die Hochländer hat die große Eiche eine besondere Bedeutung, wenn auch in anderer Weise."

„Uns geht es aber nicht um Frieden, sondern um Sühne für diese Tat und um einen Ausgleich, vielleicht ein paar der erbeuteten Pferde!", schrie eine Frau aus der Menge.

„Nun ungeschoren soll der Täter nicht davonkommen", ging Nora darauf ein. „Zu leicht würde es ihm fallen, diesen Frevel erneut zu begehen. Doch bedenkt, dass die Wildpferde frei sind und keine Ware für Ausgleichszahlungen. Selbst meine Lotte kann jederzeit gehen, wenn sie das möchte, sie ist nicht mein Besitz." Nora erhielt zustimmendes Nicken aus dem Volk und sprach ermutigt weiter.

„Was das Thema Frieden anbelangt, so schließt doch das eine das andere nicht aus. Wenn nach einem guten Gespräch und einer Einigung der eine dem andren die Hand gibt, dann haben wir mehr erreicht als jemals zuvor und profitieren alle davon", schloss sie.

„Wir danken dir, Nora für deine Bereitschaft und für deine Rede. Ihr könnt aufbrechen, sobald der andere Unterhändler zurück ist und der Mission zugestimmt hat." Cäsario reichte Nora die Hand, dann sprach er weiter zu allen.

„Nun ruht euch aus von der Arbeit. Sammelt eure Kräfte! Auch morgen wird wieder ein anstrengender Tag. Jeder von euch bekommt ein Stück Brot und etwas Kräuterbrühe. Wer möchte kann sich noch ans wärmende Feuer setzen. Steht zusammen in diesen schweren Zeiten und haltet Frieden untereinander! Ich wünsche euch eine gute Nacht!"

Viele zustimmende und wohlwollende Blicke folgten Cäsario, als er davon ging. Doch nicht in allen Herzen kehrte Frieden ein in dieser Nacht. Wut und Verzweiflung spukte in vielen Köpfen der Moosländer. Und so manche Urteilskraft war getrübt und die Bereitschaft zu unüberlegten Handlungen hoch.

18.

„Pst! Pami, du musst aufwachen!" Kalei rüttelte sanft an ihrer Schulter. Pamela schlug die Augen auf und sah ihn erschrocken an. Kalei deutete stumm nach unten. Ein paar Bäume entfernt stand das große Mädchen vom Vortag und sah suchend zu ihnen hoch.

„Hallo, wo seid ihr, ich brauche eure Hilfe!" Für das Mädchen war es nur ein vorsichtiges Flüstern gewesen, doch in Sikkos Ohren dröhnte ihre mächtige Stimme. Sie reichte fast bis an die untersten Äste, auf denen die Moosflieger und Anne sich versteckten und sie kam immer näher.

„Eines eurer Wasserwesen ist in Gefahr, ihr müsst sie befreien!", rief das Mädchen jetzt noch um einiges lauter. Da hielt es Pami nicht mehr aus und flog zum nächsten Baum, allerdings einige Äste höher, so dass sie durch die Riesin nicht erreicht werden konnte.

„Du hast mich gestern gerettet! Stimmts?" Pami beugte sich so weit nach vorne, dass die Fremde sie sehen konnte.

„Nun, ich habe meinen Vater wohl im entscheidenden Moment etwas abgelenkt!", gab das Mädchen Antwort und blickte erstaunt nach oben. „Ihr seid anders!"

„Wie anders?", fragte Pami irritiert.

„Ihr fliegt! Das können die Wasserwesen nicht!"

„Sie meint die Moostaucher!", mischte sich jetzt Ruth-Anne ein. „Du heißt Kara, nicht wahr? So hat dich der Mann mit dem Gewehr gestern genannt. Doch wenn du seine Tochter bist, warum sollten wir dir vertrauen?"

„Ich habe euch doch geholfen! Und ich bitte ja nicht für mich um Hilfe, sondern für eine von euch, zumindest dachte ich das, weil ihr ja auch so klein seid."

„Nun, das ist alles eine Frage der Perspektive!" Arpox flog vom Baum und landete zwei Meter entfernt von Kara. „Man könnte auch sagen, dass wir von normaler Statur sind und du etwas zu groß geraten bist, junge Dame! Aber da wir gerade andere Probleme haben, ist das momentan nicht so von Bedeutung. Gestatten, mein Name ist Arpox und wir sind Moosflieger, nur bedingt verwandt mit den Moostauchern."

Kalei rollte mit den Augen. „Manchmal konnte er schon sehr schulmeisterlich sein, ihr Fluglehrer," dachte er bei sich.

„Dann könnt ihr mir, oder vielmehr dem Wasserwesen also nicht helfen?" Kara klang nun etwas ungeduldig.

„Wir müssen meinen Bruder finden!", erklärte Pami. „Er ist während des Waldbrandes von uns getrennt worden und wir wissen nicht, ob er verletzt ist. Deshalb müssen wir eilig unsere Suche fortsetzen. Tut uns leid!"

„Nun, hier in der Gegend habe ich niemanden so wie euch gesehen und ich war gestern den ganzen Tag mit den Holzmachern im Wald. Die haben eine Schneise geschlagen und die Ausläufer des Feuers dann gelöscht. Wir hätten deinen Bruder gefunden," meinte Kara.

„Da bin ich aber froh, dass dem nicht so ist!", meldete sich nun Sikko. „Deshalb müssen wir jetzt auch schleunigst weiter nach meinem Sohn suchen."

„Nun, hier werdet ihr ihn jedenfalls nicht finden!", betonte Kara nochmals gereizt. „Allerdings, hätte ich da eine Idee, wo er sein könnte. Als gestern Abend die Fischer vom Pelikanmeer zurückgekommen sind, haben sie von einer merkwürdigen Beobachtung berichtet. Kleine Wesen, sie beschrieben sie in eurer Größe, wären am Ufer des Sees aufgetaucht und sind dann von einem Pelikan ans andere Ufer gebracht worden. Diese Wesen kamen von der Klippe über den Fluss herunter. Wenn dein Sohn es nun vor dem Feuer noch über den Heulensee Richtung Westen geschafft hat, dann könnte er es gewesen sein", wandte sie sich an Sikko.

„Das klingt sehr abenteuerlich und unwahrscheinlich!", überlegte Sikko. „Und aus welchem Grund sollte er die Klippe runter, statt zurück in den Eichenwald?"

„Ich glaube das war keine Absicht!", antwortete Kara. „Die Männer haben erzählt, dass die Wesen über den Wasserfall kamen!"

„Oh wie entsetzlich!", stöhnte Pami auf. „Sind sie verletzt?"

„Ich glaube nicht, aber so genau konnte das niemand sehen."

„Wir müssen da hin und ihm helfen!", rief Pami.

„Wenn es tatsächlich Kilpa gewesen ist!", gab Kalei zu bedenken.

„Für Kilpa war der See schon immer ein magischer Anziehungspunkt und wo sollte man vor Feuer besser geschützt sein als am Wasser!", ereiferte sich Pami.

„Bleibt nur eines zu bedenken, Kilpa kann nicht schwimmen", versuchte Arpox zu bremsen.

Kara grinste. „Mein Vater hat heute Morgen fürchterlich geschimpft, weil das Boot verkehrt herum am Anleger befestigt war. Wenn er nicht so mit seinem Fang beschäftigt gewesen wäre, dann hätte er die Sache bestimmt nicht so schnell auf sich beruhen lassen und mich dafür verantwortlich gemacht. Da könnte es doch sein…"

„Ein Moosflieger nimmt kein Boot!", belehrte sie Kalei.

„Nun Kilpa vielleicht schon, mit dem Feuer im Nacken?", überlegte Pami. „Dann würden wir ja an der völlig falschen Stelle suchen!"

„Vom Dorf aus kann ich euch den Weg zum Pelikanmeer zeigen und wenn ihr schon dort unten seid, dann könnt ihr auch gleich nach dem Moostauchermädchen sehen", sagte Kara hoffnungsvoll.

„Ich weiß nicht so recht, dass hört sich alles schon sehr unwahrscheinlich an. Wir müssen uns kurz beraten und geben dir dann Bescheid", beschloss Arpox. Er lotste die anderen drei zurück auf den Baum, auf dem Ruth-Anne immer noch saß. „Also, was tun wir?", warf er in die Runde.

„Nur weil diese Kara behauptet, sie habe Kilpa nicht gesehen, muss das noch lange nicht stimmen", meinte Kalei.

„Ich glaube ihr irgendwie!", warf Pami ein.

„Kilpa könnte sich auch versteckt haben, dann kann sie ihn gar nicht gesehen haben!", gab Arpox zu bedenken.

„Wenn wir jetzt ins Tal gehen, dem Moostaucherkind helfen und dann dort unten weitersuchen, dann könnte das sehr gefährlich werden", bemerkte Sikko. „Und wenn mein Sohn noch im großen Wald ist und Hilfe braucht, dann lassen wir ihn im Stich." Nach diesen Worten verfielen alle in nachdenkliches Schweigen.

„Ihr solltet nicht zu lange überlegen!", rief Kara ungeduldig von unten. „Mein Vater wird gleich hier sein und nach seiner gestrigen Beute suchen."

„Danke für deine Warnung! Hier oben wird er uns nicht finden!", antwortete Arpox ihr. „Wir müssen schon genau überlegen, was wir als nächstes tun, schließlich könnte Kilpas Leben davon abhängen."

Sikko nickte zustimmend. Es war keine leichte Entscheidung, die sie da treffen mussten.

Mit einem Male wirbelte um Pamis Kopf ein energischer kleiner Wind, der ihr die Haare ins Gesicht blies und dann Richtung Menschendorf abzog, dazu erklang eine geheimnisvolle Melodie. Pami sah sich erstaunt um.

„Habt ihr das gesehen?", fragte sie in die Runde.

„Was?", fragte ihr Vater, aber am Klang seiner Stimme merkte man, dass er lieber seinen eigenen Gedanken nachhing.

„Der Wind!" Pami klang ganz aufgeregt.

Kalei nickte. „Ich habe es auch gesehen, sah merkwürdig aus, vor allem weil es eigentlich total windstill ist."

„Von was redet ihr da nur?", wollte Arpox wissen.

„Also, auch wenn ihr mich jetzt für komplett verrückt haltet, aber Kilpa hat mir einmal etwas erzählt", fing Pami an stockend zu berichten. „So vor einem halben Jahr war das, als er so spät nachhause kam, kurz vor Einbruch der Dunkelheit. Ihr habt euch gewaltige Sorgen gemacht und ihn dann auch ordentlich ausgeschimpft. Er hat sogar ein paar Tage Mooskugelarrest bekommen."

„Ja, ich kann mich noch gut daran erinnern, doch auf was willst du hinaus?" Sikko klang äußerst ungeduldig.

„Wir konnten beide nicht schlafen und dann hat er mir erzählt was passiert war. Er hat sich viel zu weit vom Hocheichenwald entfernt und war am Rand des Moores unterwegs."

„Was? Wenn wir das gewusst hätte, dann wären mindestens zwei Wochen Arrest fällig gewesen!" Sikko war ziemlich aufgebracht.

„Ja, was glaubst du, warum er es euch nie erzählt hat. Jedenfalls ist er etwas zu tief reingegangen, weil er einem Tier auf der Spur war und hat dann die Orientierung verloren", fuhr Pami fort. Sikko schnappte nach Luft, sagte jedoch nichts mehr. „Da kam genau dieser Wind, wie ich ihn vorhin gespürt habe und diese Melodie dazu. So hat er sicher nach Hause gefunden. Der Luftwirbel hat ihm die Richtung gezeigt. Und nachdem dieser Luftstrom jetzt gerade ins Tal gezogen ist, bin ich dafür, dass wir dort weitersuchen."

„Humbug!", schimpfte Arpox. „Nichts als Hokuspokus!"

„Naja!" Sikko zuckte mit den Schultern. „Wenn Jola jetzt hier wäre, dann würde sie diesem Wind folgen.

Sie sagt immer: Der Wind, der von der alten Eiche fortweht, der kehrt auch wieder zu ihr zurück und bringt das Verlorene heim." Sikko überlegte kurz, dann sprach er weiter.

„Ich vertraue dieser Kara. Ich glaube, sie ist ein gutes Mädchen. Sie hat mit ihrem Rufen zu Pamis Rettung beigetragen. Dafür bin ich ihr sehr dankbar."

„Was meinst eigentlich du dazu? Du bist so still!" Arpox sah Ruth-Anne an.

„Ich wollte mich nicht einmischen, weil wir ja wegen Kilpa hier sind." Ruth-Anne zögerte, eh sie weitersprach. „Aber das Moostauchermädchen könnte meine Cousine Lina sein, was für mich natürlich ein dringender Grund wäre, ins Dorf zu gehen und ihr zu helfen! Dieser Fischer hatte sie vor einiger Zeit schon einmal beinahe erwischt und wenn es ihm nun endgültig gelungen ist - nicht auszudenken! Sie ist so ein liebes Mädchen, überhaupt ihre ganze Familie, vollkommen anders als der Bruder." Sie verstummte und starrte so finster vor sich hin, dass keiner wagte nachzufragen.

„Und du, Kalei?" Arpox blickte den Jungen an.

„Ich habe den Wind auch gesehen. Er war beeindruckend. Irgendwie ein Zeichen, dem wir folgen sollten", gab Kalei prompt Antwort.

„Damit wäre ich überstimmt!" Arpox war aufgesprungen und der Ast, auf dem er stand, schwang beleidigt hin und her. „Also los, worauf warten wir noch, auf ins Dorf, wir haben schon so viel Zeit verloren." In kürzester Zeit standen alle mit ihrem Gepäck vor Kara. „Wir gehen mit dir!", sagte Arpox.

„Gut! Sehr gut!" Kara war sichtlich erleichtert. „Ich erkläre euch alles unterwegs!"

Die ungleiche Gruppe marschierte talwärts, d.h. Ruth-Anne rannte, Kara ging eher gemächlich und der Rest flog.

„Mein Vater", fuhr Kara fort. „hat das Wassermädchen mit einem Seil gebunden und unter dem Arm ins Dorfzentrum getragen. Sie hat fürchterlich geschrien und gezappelt."

„Das ist ja auch kein Wunder! Das hätte ich auch getan!", warf Pami dazwischen, bei der die Schilderung nun langsam ziemliche Bauchschmerzen verursachte.

Kara stoppte und sah Ruth-Anne an. „Wenn du möchtest, kann ich dich Huckepack nehmen!" Ruth-Anne nickte. Kara bückte sich und ließ sie auf ihre Schultern klettern, dann folgte sie dem kleinen Trampelpfad, der vor ihnen aufgetaucht war.

„Wie sieht die kleine Moostaucherin aus?", wollte Ruth-Anne wissen.

„Ich habe sie nicht so genau gesehen, aber sie hatte kurze, grünbraune Haare", erklärte Kara.

„Das ist sie!", keuchte Anne, etwas außer Atem vom Laufen. „Sie hatte lange Haare, wie fast alle Moostauchermädchen, aber die haben sich in der Angel deines Vaters verhangen und dann hat sie Zacharias abgeschnitten."

„Wer ist Zacharias?", fragte Kalei.

„Das ist der Vater von Lina, der Bruder meines Vaters", sagte Ruth-Anne und ihre Stimme klang sehr verletzt. „Wo ist Lina jetzt?"

„Sie haben sie auf der Polizeiwache in eine Zelle gesperrt, diese elenden Hunde! Ach, warum hat mein Vater mich nur heute früh nicht mit an den Heulensee genommen? Vielleicht hätte ich es verhindern können." Kara klang verzweifelt.

„Nun, weil du ihm gestern schon die Tour vermasselt hast, als er auf Pami geschossen hat?", belehrte sie Kalei. „Wenigstens hat er seine heutige Beute nicht versucht zu töten."

„Es ist ihm eben klargeworden, dass sie lebendig mehr wert ist", warf Ruth-Anne ein.

„Also dann spazieren wir in dieses Polizei-Dingsda hinein, holen Lina raus und dann nichts wie weg!" Kalei war voller Energie.

„Polizeiwache! Da sperrt man die Verbrecher ein!", erklärte Arpox. „Aber so einfach wird das nicht sein! Da stehen Wachposten, die lassen uns nicht eben mal so durch, wenn wir höflich fragen.

„Nun, ich hätte da schon einen Plan", sagte Kara unsicher.

„Wir sind dir unendlich dankbar, dass du dir so viele Gedanken machst!" Sikko flog direkt neben ihr und lächelte sie aufmunternd an. „Ich habe mich noch gar nicht bei dir bedankt. Du hast meiner Tochter das Leben gerettet. Du hast reagiert, wo ich versagt habe."

„Das habe ich doch gern getan!" Kara freute sich über das Lob.

„Dann lass mal deinen Plan hören, junge Dame", sagte Sikko.

„Um die Mittagszeit wird nur eine Wache da sein, das ist bestimmt Hubert, der schläft gerne ein und wenn wir etwas nachhelfen, dann könnte es klappen. Die anderen sind beim Essen. Lina kann sich unmöglich selbst befreien und mit Hilfe von außen rechnet keiner im Ort. Wir haben ungefähr eine Stunde. Huberts Frau bringt ihm das Essen, sie stellt es immer vor die Türe, um ihn nicht bei der Arbeit zu stören. Ihr könntet ihm was ins Essen tun, damit er noch besser schläft."

Der Befreiungsplan wurde bis ins kleinste Detail besprochen und am Schluss waren alle der festen Überzeugung, dass er perfekt funktionieren würde.

19.

Kilpa rekelte sich genüsslich auf einem Bett aus Moos in einer kleinen Zwergen-Kammer. Durch ein winziges, kreisrundes Loch kitzelte ihn der erste Sonnenstrahl an der Nase. Er hatte wunderbar geschlafen, bis auf den kurzen Traum, indem wieder das wunderschöne Mädchen mit den großen meergrünen Augen vorgekommen war. Es hatte ihn an der Schulter gerüttelt und gemeint, er müsse sich beeilen. Noch ehe er genauer nachfragen konnte, war alles verblasst und er war aufgewacht.

Aus der Küche nebenan dröhnte fröhliches Gelächter und das Geklapper von Geschirr. Der gestrige Abend war ziemlich lang gewesen, aber scheinbar brauchten Zwerge nicht so viel Schlaf. Kilpa tappte ins Nachbarzimmer und wurde sogleich mit „Hallo" begrüßt.

„Na, großer Flieger aus dem Hochland, gut geschlafen?" Alfred der Zweite packte Kila übermütig an den Schultern und bugsierte ihn auf eine Bank. Die Zwerge hatten ordentlich aufgetischt und Kilpa langte zu. Die zwei Hälften der Buchseite hingen an einem Stück Seil in der Nähe der Feuerstelle. Sie waren gestern vollkommen durchnässt gewesen und zerknittert, außerdem konnte man die Schrift fast nicht mehr lesen. Um nicht noch mehr zu verwischen hatten sie beschlossen, mit dem Lesen bis zum nächsten Tag zu warten.

„Dann wollen wir uns das kostbare Stück einmal ansehen", sagte Alfred, der Kilpas Blick bemerkt hatte.

Inzwischen hopste Burgundis, die Zwergen-Dame von gestern, übrigens auch Alfreds Ehefrau, zusammen mit Polkis durch die Türe. Sie war so glücklich über ihren neuen kleinen Schwager und Polkis ließ sich nur zu gerne bemuttern und tollte mit ihr ausgelassen herum. So vergaß er für kurze Zeit, dass er so weit weg von zuhause war.

„Was steht denn jetzt auf meinem Flieger?", quatschte Polkis vorlaut und drängelte sich an den Tisch zu Kilpa. Auch Herrmann und die anderen zwei Gesellen kamen neugierig näher. Kilpa strich das Papier vorsichtig glatt und begann zu lesen, was ihm jedoch sehr schwerfiel, da zwischendrin ganze Textstellen komplett verwischt waren.

„Elfie grinste den beiden schadenfroh hinterher. Dann rannte sie ins Dorf." So eine falsche Schlange", schimpfte Kilpa.

„Ja, doch, lies weiter. Du willst doch was über deine Verbindung zu Philine wissen." Polkis zappelte nervös hin und her.

„Du hast leicht reden. Dann kommt erst mal gar nichts, alles nicht zu lesen. Weiter unten wird beschrieben, wie sie von den Männern des Dorfes verfolgt werden." Kilpa überflog den Text, der noch zu entziffern war.

„Oh, sein Vater erwischt Aron, als er nach Aila sehen will, und sperrt ihn ein!", erklärt er erschrocken.

„Es ist doch nur eine Geschichte!", schimpft Polkis voller Ungeduld und weil ihm der unleserliche Text peinlich war.

„Oh weh!" Kilpa starrte entsetzt auf den Zettel. „Sie haben viel Zeit verloren und Aron ist krank geworden und auch Aila. Mist, dann ist wieder alles verwischt. Daraus werde ich nicht schlau. Was soll ich denn jetzt bloß machen?" jammerte er.

„Das sieht ja aus wie eine Seite aus der königlichen Fibel!" Herrmann hatte sich neugierig über den Tisch gebeugt. „Wo habt ihr die denn her?", fragte er streng.

„Die Fibel gehört meiner Mama!", verteidigte Polkis eifrig.

„Ich glaube, ich kann das erklären," mischte sich Alfred der Zweite ein. „Das ist ein zweites Exemplar und meine Eltern bekamen es seinerzeit von der Zwergenkönigin zur Hochzeit, lange bevor all das passiert ist."

Kilpa dachte zurück an das Gehörte von gestern Abend. Alfred der Zweite hatte einen weiteren Grund aufgedeckt, warum Alfred der Flusswächter seinem Volk den Rücken gekehrt hatte und es war auch verständlich, warum sein Vater diesen Teil der Geschichte lieber ausgelassen hatte. Die Erinnerung daran dürfte wohl bestimmt noch immer schmerzen. So bekam Kilpa folgende hinterhältige Details zu hören.

Als die Zwerge durch die Eichhörnchen aus der Höhle befreit waren, stellten sie fest, dass das Zwergen-Gold sich noch im Innern befand. Des Königs Sohn wollte den Schatz holen, eh er für immer verloren wäre und kletterte trotz aller Warnungen mit zwei Gefolgsleuten zurück in die Höhle. Alfred war damals Berater des Königs und das Schicksal seines Sohnes lag ihm sehr am Herzen. Als dieser am nächsten Tag nicht wiederaufgetaucht war, begann sich der König große Sorgen zu machen. Alfred machte sich auf die Suche, doch er kam zu spät. Ein weiterer Teil der Höhle war zusammengestürzt und eine Gerölllawine hatte den Königssohn und seine Gefolgsleute unter sich begraben. Alfred trug den schwerverletzten Jüngling zum Ausgang und legte ihn zu Füssen des Königs. Der konnte ihn nur noch während seines letzten Atemzuges in die Arme schließen und ihm die Augen für immer zudrücken. Das ganze Zwergen-Volk beweinte des Königs Thronerben.

Obwohl der Herrscher anfangs noch dankbar war, dass ihm Alfred wenigstens den Leichnam gebracht hatte, sollte die Stimmung schnell umschlagen. Da das Gold ja immer noch nicht gefunden war und sich auch niemand mehr in die Höhle traute, nicht einmal, um die anderen zwei Leichen zu bergen, machte sich Zorfan, auf den die Bezeichnung Giftzwerg bestimmt zutraf, als Zeuge wichtig. Er behauptete, auch in der Höhle gewesen zu sein, natürlich um zu helfen. Dabei habe er beobachtet, dass Alfred einen Teil des Goldes zur Seite geschafft habe und in einer Nische versteckte, eher er sich um des Königs Sohn gekümmert habe. Zu beweisen war diese Geschichte freilich nicht mehr, aber es genügte, um den König, der vor Gram nicht klar denken konnte, argwöhnisch zu machen. Alfred wurde seines Postens enthoben und Zorfan an seiner Stelle als Berater eingesetzt. Natürlich hatte Alfred stets seine

Unschuld beteuert und seine zerschundenen Finger, mit denen er den Jungen ausgegraben hatte, erzählten eine andere Geschichte. Doch das Misstrauen war gesät. So führte Alfred der Weg in die Hochebene, enttäuscht vom Schicksal, das ihn so unverhofft ereilt hatte.

Vor einer Woche nun galt Zorfan als vermisst. Seine Tochter machte sich auf ihn zu suchen. Sie fand ihn abgestürzt in einer Schlucht. Er hatte sich das Genick gebrochen und seine Taschen steckten voller Gold. Gott sei Dank war sein Nachwuchs aus anderem Holz geschnitzt. So brachten sie das Gold zum alten König, der die Regierung inzwischen seinem zweiten Sohn übergeben hatte. Es handelte sich tatsächlich um Teile des damals verschollenen Schatzes. In der Nähe von Zorfans Absturzstelle fand man dann noch viel mehr. Daraufhin wurde Alfred der Zweite zum Altkönig gerufen. Der König wollte vor seinem Tod unbedingt noch seinen alten Berater sehen und um Vergebung bitten. Alfred der Zweite hat dann vor zwei Tagen seinen Sohn und seine Tochter losgeschickt, ihren Großvater zu holen.

„Kilpa? Hast du nicht gehört, was ich gesagt habe?" Herrmann starrte Kilpa verwundert an, als dieser aus seinen Gedanken hochschreckte.

„Tut mir leid, ich habe gerade an Alfred gedacht! Was hast du gesagt?" Kilpa war jetzt ganz Ohr, schließlich mussten sie ja endlich mit dieser Prophezeiung weiterkommen.

„Wenn ich im Königspalast sage, dass du von Alfred kommst und Hilfe brauchst, lassen sie uns bestimmt in der königlichen Fibel nachsehen und dann können wir alles lesen."

„Das wäre ja ganz wunderbar!", jubelte Kilpa und Polkis gleichzeitig.

„Nichts wie los!" Polkis stand schon an der Tür. Er wollte die Sache mit der Seite unter allen Umständen ausbügeln. Auch Kilpa war aufgesprungen. Er steckte die Buchseite vorsichtig unter seine Jacke und folgte den beiden auf dem Weg nach draußen.

Der Moosfliegerjunge hatte schon die ganze Zeit ein mulmiges Gefühl. Er spürte, dass er Philine schleunigst finden sollte, ehe sie so krank würde, wie Aila, zumal auch er sich nicht mehr so gut fühlte. Doch davon erzählte er den anderen lieber nichts.

Ihr Weg führte sie einen Hang hinauf, vorbei an hohen Kiefern und moosbewachsenen Felsformationen in oft bizarren Formen, die an Zwerge, aber auch wilde Tiere erinnerten. Abrupt blieb Herrmann vor so einem Stein stehen. Beinahe wäre Kilpa in ihn hineingerannt. Hier war absolut nichts zu entdecken, was an einen Königspalast erinnert.

„Sind wir da?", fragte Polkis, der inzwischen auch angekeucht kam. Mit seinen kleinen Füssen musste er immer doppelt so schnell laufen wie die anderen.

„Wie kommst du denn darauf?" Kilpa sah ihn erstaunt an. „Hier gibt es doch absolut nichts Königliches!"

„Genau deshalb meine ich ja! Weißt du denn nicht, dass der Palast das am besten getarnte Gebäude bei den Waldzwergen ist?" Polkis reckte stolz die Brust hervor und bekam einen feierlichen Gesichtsausdruck. Ehe Kilpa antworten konnte, sah sie Herrmann mahnend an.

„Still jetzt! Sonst lässt sich der Wächter nicht blicken!"

Die Gruppe blieb regungslos stehen und keiner sprach ein Wort. Kilpa sah sich suchend um, konnte aber rein gar nichts entdecken. Er wagte kaum zu atmen. Plötzlich bewegte sich eine ca. 80 cm große Moosfläche unmittelbar neben seinen Füssen zur Seite. Auf einmal klaffte da ein Loch im Boden, aus dem ein grauer

Haarschopf auftauchte, unter dem ein grantig blickendes Gesicht zum Vorschein kam.

„Was wollt ihr denn um diese Uhrzeit?", blaffte der Zwerg. Kilpa tat sich schwer sein Alter zu schätzen, aber bei so vielen Falten musste er wohl schon ein paar hundert Jahre auf dem Buckel haben.

„Nun poltere doch nicht immer gleich so los, Roland!", versuchte Herrmann ihn zu beruhigen.

„Du weißt genau, dass Sprechstunde erst nachmittags ist! Also warum tauchst du hier auf, hetzt mich durch die Gänge und stiehlst meine kostbare Zeit?"

„Wir hätten schon gewartet, bis die Sonne Richtung Westen wandert, doch unsere Sache eilt und wir brauchen Rat aus der Fibel des Königs, eh der Tag dem Ende zugeht." Herrmann sprach in ruhigem freundlichem, ja fast unterwürfigem Ton, doch er ließ sich auch nicht durch die schroffe, strenge Stimme des Älteren beirren. Er erklärte Roland alles Weitere und dieser erkannte schließlich die Wichtigkeit ihres Anliegens, vor allem als Alfreds Name fiel. Herrmann folgte dem älteren Zwerg eine steile Steintreppe hinab in absolute Dunkelheit. Kilpa und Polkis blieb nichts anderes übrig, als den beiden zu folgen. Beim Abstieg bemerkte Kilpa, dass die Steinstufen direkt auf eine Felswand zusteuerten. Mit einem Male waren Herrmann und Roland verschwunden. Polkis drehte sich überrascht zu Kilpa um und wäre fast gestolpert.

„Gib acht, wo du hintrittst!", ermahnte ihn Kilpa leise. „Beeile dich, eh wir sie verlieren!"

„Na, was jetzt? Beeilen oder aufpassen?", maulte Polkis, versuchte dann aber doch schneller voranzukommen und so hatten sie im nächsten Moment das Ende der Treppe erreicht. Jetzt erst zeigte sich, dass scharf rechts in einem Knick ein Gang weiterführte, der nun auch beleuchtet war. Sie rannten hinter Herrmann her. Das schien hier unten der reinste Irrgarten zu sein. Sie bogen mal rechts mal links ab, kamen zwischendurch in größere und kleinere

Höhlen, in denen auch ab und an mal ein paar Zwerge saßen und doch wirkte alles irgendwie unbewohnt.

„Das ist nur zur Sicherheit!", erklärte Herrmann kurz, der die verwirrten Gesichter der beiden Jungs bemerkte. „Wir kommen bald in die Hauptgemächer des Königs."

Er hatte kaum fertig gesprochen, als erneut eine Treppe vor ihnen auftauchte. Diesmal führte sie nach oben. Sie sah viel vornehmer aus, bestand aus geschliffenem Stein mit vielen Verzierungen und auch ein Geländer aus glattem Holz war an der Felswand befestigt. Die Stufen führten um drei Biegungen. Dann standen sie in einer großen Halle, in die durch endlose, viele ganz schmale Schlitze das Sonnenlicht hereindrang und für einen feierlichen Glanz und angenehme Wärme sorgte. Kilpa blickte sich erstaunt um und hätte fast den Anschluss verpasst. Die anderen waren inzwischen bei einer unscheinbaren, halbrunden Holztüre angelangt. Roland kramte in seiner Jacke und zog einen mächtigen Schlüsselbund heraus. Nach einigem Suchen hatte er den richtigen Schlüssel gefunden und die Türe gab knarrend nach. Fünf hohe Stufen tauchten vor ihnen auf, dahinter war ein runder Raum zu erkennen.

„Das ist der Eingang zur Bibliothek!", raunte Herrmann den beiden Jungen zu. „Sie liegt oberhalb der Erde in einem in den Felsen gehauenen Turm, damit die kostbaren Bücher nicht feucht werden. Diese Sammlung ist mit keiner anderen zu vergleichen und unersetzbar. Roland ist der Einzige, der einen Schlüssel hat."

„Und hier befindet sich die zweite Fibel?" Polkis Augen weiteten sich vor Staunen. Die Bibliothek war eigentlich nicht sehr groß und durch die unzähligen Regale wirkte die Atmosphäre eher beengend, aber nur so lange, bis der Zwergen-Junge seinen Blick nach oben schweifen ließ.

Die Decke war nicht zu erkennen. Sie verlief spitz zulaufend und schien sich in der Unendlichkeit zu verlieren. Immer enger werdend wanden sich die dunklen Bretter nach oben, dicht beladen mit Büchern in den unterschiedlichsten Ausfertigungen. Mal waren es kleine Bücher ohne Schnörkel und dann wieder große und schwere, in Samt gehüllt oder mit Gold bestickt. Irgendeine Ordnung konnte Polkis nicht erkennen, doch Roland holte eine kleine Stehleiter aus einer Nische hervor und stellte sie zielstrebig vor ein bestimmtes Regal. Er stieg ein paar Tritte hinauf und griff nach einem großen Gegenstand, der in ein rotes Tuch eingewickelt war. Vorsichtig kletterte er die Leiter wieder hinunter und legte das Buch behutsam auf einen kleinen Tisch, der in der Mitte des Raumes stand. Dann sah er Kilpa auffordernd an. Dieser trat gespannt näher und faltete den Stoff, von Rolands Haltung angesteckt, fast feierlich zur Seite. Die Fibel sah eigentlich kaum anders aus als die von Alfred, vielleicht nicht ganz so abgegriffen.

„Seite 745!" Polkis stand dicht hinter Kilpa und blickte ihm eifrig über die Schulter. „Ich habe mir die Seite gemerkt, damit ich das Papier wieder richtig reinlegen kann."

„Na, das hat ja auch prima geklappt!", spöttelte Kilpa. Er zog die eingesteckte Buchseite hervor und legte sie zum Vergleich daneben, dann schlug er an der Stelle auf, die ihm Polkis genannt hatte. Die beiden Seiten waren identisch, bis auf den desolaten Zustand des Blattes aus Alfreds Fibel. Kilpa blätterte eine Seite zurück und begann zu lesen.

„*Er schnappte sich mit Elias zwei Pferde und sie machten sich auf den Weg!*" Kilpa blickte erklärend in die Runde. „Da mussten wir aufhören bei Polkis Vater. Und jetzt geht es auf der nächsten Seite endlich weiter!" Der Moosfliegerjunge genoss die allgemeine Aufmerksamkeit und blätterte langsam und sehr vorsichtig um. Seine Augen flogen über den Text und er murmelte vereinzelte Wörter vor sich hin.

„Und?" Polkis drängelte.

„So schnell geht das nicht. Das ist sehr klein geschrieben und die Seite ist sehr groß. Deshalb hast du sie doch genommen, damit dein Flieger sich gut falten lässt!" Kilpa konnte sich diese Bemerkung nicht verkneifen. Polkis bekam einen hochroten Kopf und sagte nichts mehr, da tat er Kilpa schon fast wieder leid.

„Jetzt wird es interessant. Also Elias hat Aila zu Aron gebracht und beide sind krank. Aron ist noch immer eingesperrt. Elias schleppt Aila ans vergitterte Fenster und Aron greift nach ihrem Rüssel. Jetzt kommt es." Kilpas Kopf glühte schon vor Aufregung.

„Willst du uns die Stelle nicht vorlesen?" Hermann war von hinten an ihn herangetreten und hatte ihm die Hand auf die Schulter gelegt.

Kilpa begann: „*Sogleich erfasste die beiden das Kribbeln ihrer ersten Berührung nur in einem vielfach verstärkten Maße. Alles wurde in ein rotes Licht getaucht und pure Energie floss zwischen den beiden hin und her.*"

„Wow!" Kilpa war beindruckt.

„Ja und weiter?" Polkis musste einfach fragen.

Kilpa vertiefte sich wieder in das Buch. „Den beiden ging es sofort besser und sie haben Aron befreit." Kilpa wurden die Knie weich und er taumelte nach hinten. Hermann konnte ihn gerade noch auffangen.

„Holla, kleiner Flieger! Was ist los?", fragte er sorgenvoll.

„Geht schon wieder!" Kilpa rappelte sich hoch. „Ich muss los, die Zeit wird knapp, wie bei Aron."

„Und die Geschichte? Willst du sie denn nicht zu Ende lesen?", fragte Polkis.

„Dafür ist jetzt keine Zeit, was ich wissen muss, habe ich gefunden! Es sind bereits zwei Nächte vergangen, seit ich Philine das erste Mal berührt habe und ich spüre, dass auch unser Bund noch nicht abgeschlossen ist!" Kilpa klang verzweifelt. „Es wird höchste Zeit, dass ich Philine finde, sonst passiert was ganz Schreckliches. Wenn ich nur wüsste, wo ich anfangen soll zu suchen! Ich muss diese Felswand wieder hoch, Osta und Philine sind dort oben. Sie haben ja gar keine Ahnung, was am Fluss passiert ist."

„Nun, es könnte sein, dass du dich da irrst, ich kann euch vielleicht einen Hinweis geben", begann Roland. „Wie ich gestern gehört habe, sind noch zwei von oben angekommen. Einer mit Schuppen und ein Tier. Die wurden in die Pelikanpost verfrachtet, weil sie sonst den Fischern vom Dorf ins Netz gegangen wären. Die Patrouille konnte sie gerade noch in Esmeralda bugsieren, ehe sie auftauchten."

„Das sind sie, Osta und Philine. Was bin ich froh, sie sind auch hier!" Kilpa jubelte. „Hoffentlich geht es ihnen gut. Aber was ist eine Pelikanpost?"

„Esmeralda ist eine Pelikandame, die sich wieder am Pelikanmeer angesiedelt hat", erklärte Herrmann. „Sie fliegt bei Bedarf Botschaften oder auch mal Lebewesen über den See. Sie langweilt sich sonst so, weil sie bisher die Einzige ist, die zurückgekehrt ist und das auch nicht so ganz freiwillig. Seit Jahrzehnten ziehen die Vögel nur noch hier durch. Sie bleiben zwei, drei Tage, weil es im See viel Fisch gibt und fliegen dann weiter. Esmeralda hatte sich letztes Jahr den Flügel gebrochen und konnte die anderen nicht mehr auf ihrer Reise begleiten. Wenn Bertram, der Forscher sie nicht gerettet hätte, dann würde sie jetzt nicht mehr leben. Er hat ihren Flügel geschient und sie wochenlang gepflegt. Jetzt wartet sie auf ihre Familie, die im Oktober wieder vorbeizieht. Die Frage ist nur, ob die Familie hierbleibt, oder ob Esmeralda mitfliegt."

„Ich schätze, sie hat eure Begleiter zu Bertram gebracht", sagte Roland. „Da solltet ihr mit dem Suchen anfangen! Ihr müsst jetzt gehen, schließlich habe ich hier zu arbeiten und auch ihr dürft keine Zeit verlieren. Ich bringe euch gleich zum Hinterausgang, dann geht es schneller."

„Halt!", rief Kilpa. „Ich habe meine Buchseite vergessen!"

„Lass sie hier!", erwiderte Roland. „In dem Zustand ist sie sowieso nicht mehr, zu gebrauchen. Ich bin Buchrestaurator, ich werde mal sehen, was sich machen lässt." Er schob die Gruppe aus der Bibliothek und schloss sorgfältig ab, dann ging er nach rechts und verschwand in einer Nische. Von dort aus führte ein schmaler Gang steil nach oben auf eine graue Wand zu. Der Wächter griff in eine kleine Öffnung im Felsen und zog an einem Hebel. Mit einem leisen Klick begann sich die Wand zu bewegen und eine halbrunde Öffnung wurde sichtbar. Kilpa staunte Bauklötze. Er wollte schon hindurchschlüpfen, besann sich dann aber und drehte sich zu Roland um, ehe sich die Türe wieder schließen würde.

„Vielen, vielen Dank Roland, für deine Hilfe. Ohne dich wäre ich verloren gewesen." Der Moosfliegerjunge schüttelte dem alten Zwerg dankbar die Hand.

Polkis schlüpfte scheu hinaus und murmelte ein schüchternes: „Danke, Roland!"

„Du warst uns eine große Hilfe, alter Knabe!" Herrmann klopfte Roland auf die Schulter. Dann war der Spalt in der Wand mitsamt dem Wächter des Königs verschwunden.

Kilpa sah sich um. Sie standen auf einem kleinen Felsvorsprung, der wie eine Aussichtsplattform wirkte. Rechts und links führten ein paar Treppenstufen ins Tal. Dieser Ausgang lag um einiges höher als das Loch im Boden, durch das sie vor kurzem die königliche Zwergen-Höhle betreten hatten.

„Wir müssen schnell weg von hier", erklärte Herrmann, „damit niemand durch uns diesen Zugang zum Zwergen-Reich entdeckt. Also seid leise und trödelt nicht!"

Polkis und Kilpa folgte Herrmann gehorsam, zuerst die Stufen hinab und dann auf einem schmalen Pfad, der in den Felsen gehauen war. Nach kürzester Zeit befanden sie sich wieder in der Nähe des anderen Eingangs. Inzwischen stand die Sonne hoch am Himmel. Es musste wohl um die Mittagszeit sein. Die dritte Nacht rückte bedrohlich näher! Sie würde über alles entscheiden, so hatte es in der Geschichte weiter hinten gestanden. Kilpa blieben noch ungefähr sieben Schatteneinheiten, um Philine zu finden oder sie würden beide sterben müssen. Bei dem Gedanken drehte sich Kilpa der Magen um.

„In welcher Richtung geht es denn zu diesem Bertram?", fragte er bei Herrmann nach.

„Wir müssen runter zum See", gab dieser Auskunft. „Weiter am Ufer entlang, bis zur Südseite, dann über die offene Ebene bis zur Forschungsstation. Das wäre zumindest der kürzere Weg und gut bis heute Abend zu schaffen, aber leider auch sehr gefährlich."

„Gefährlich?" Polkis sah Herrmann fragend an. „Warum das denn?"

„Wegen der Seeadler, die dort ihre Kreise ziehen, wenn kein Kaninchen in Sicht ist, dann sind auch wir als Beute gerade recht."

„Wäre doch nur der Moosblütenstaub nicht nass geworden, dann könnte ich mich unsichtbar machen und alles wäre kein Problem", dachte Kilpa und laut sagte er: „Und der andere Weg, wie lange würden wir auf diesem brauchen?"

„Der führt uns sicher durch den Wald", erklärte Herrmann. „Aber es ist ein ziemlicher Umweg, weil zwischendurch extrem viel abgeholzt wurde. Wir wären bis tief in die Nacht hinein unterwegs."

„Dann können wir diese Möglichkeit schon mal ausschließen!" Kilpa klang sehr entschlossen. „Ich werde allein gehen, dann bringe ich euch nicht in Gefahr!"

„Das kommt überhaupt nicht in Frage, dafür kennst du dich in dieser Gegend viel zu wenig aus. Du findest den Weg zu Bertram niemals ohne meine Hilfe!" Herrmanns Tonfall duldete keinen Widerspruch.

„Ich komme auch mit!", rief Polkis voller Eifer.

„Nein, das wirst du nicht, das ist zu gefährlich", entgegnete Kilpa. „Außerdem bist du langsam. Wir bringen dich zu deinem Bruder Alfred."

Polkis war den Tränen nahe, doch er fügte sich. Er wusste natürlich, dass er mit seinen kurzen Kinderbeinen langsamer war als die anderen. Außerdem war die Aussicht, seinen großen Bruder näher kennenzulernen, durchaus verlockend.

Also begaben sie sich eilig zu Alfreds Zwergen-Höhle, lieferten Polkis ab, packten etwas Proviant ein und machten sich auf den Weg.

Herrmann ging ungefähr den Weg, den sie am Vortag gekommen waren. Kilpa trottete hinterher, tief in Gedanken versunken. Er spürte, dass es Philine, genau wie ihm, zunehmend schlechter ging und sie dringend seine Anwesenheit benötige. Einerseits wollte er schnell zu ihr, andererseits hatte er auch Angst vor dem, was ihn erwarten würde. Er konnte gar nicht begreifen, wieso ausgerechnet er für so einen Bund ausgewählt worden war. Würde er denn stark genug für diese Aufgabe sein?

Seine Mama sagte immer: „Der Geist der Zeiten irrt sich nie!"

Kilpa war überzeugt, dass er ihm den Wind und die Melodie geschickt hatte. Und er wollte nur zu gern den Worten Waldtrauds Glauben schenken, dass er die Kraft für seine Taten unterwegs bekommen würde. Nun, dafür wurde die Zeit langsam echt knapp. Er sah sich keinesfalls in der Lage große Heldentaten zu vollbringen. Er fühlte sich elend und hatte Angst vor dem was da auf ihn zukommen sollte. Wenn nur Osta an seiner Seite gewesen wäre, dann hätte er einen Freund zum Reden gehabt.

„Wir verlassen jetzt den Wald", unterbrach Herrmann Kilpas Gedanken. „Durch die letzten Bäume hindurch kannst du den See schon sehen. Wir gehen am Ufer entlang, weil es hier ab und zu Gesteinsbrocken gibt, hinter denen wir uns notfalls verstecken können."

„Ich kann gar keine Seeadler entdecken!" Kilpa sah sich suchend um, als sie die Baumgrenze passierten.

„Da täusche dich mal besser nicht. Sie tauchen urplötzlich aus den Schatten der Felswand auf und wenn sie dich im Visier haben, dann gibt es kein Entrinnen!"

Herrmann überprüfte die Gegend und lief dann los zum Pelikanmeer.

Kilpa folgte ihm, war jedoch schnell wieder in Gedanken bei der Prophezeiung. Sein Kopf begann zu schmerzen, weshalb er einfach zu spät auf Herrmanns Warnung reagierte.

Der Zwerg sprang hinter einen Felsen und sah sich suchend nach Kilpa um. Der Moosfliegerjunge stolperte über ein Grasbüschel und fiel der Länge nach hin. Herrmann fuhr hoch, griff nach einem Stock und versuchte die Aufmerksamkeit des sich nahenden Seeadlers auf sich zu lenken. Kilpa rappelte sich auf und bemühte sich verzweifelt den Felsen zu erreichen, doch es war zu spät!

Der Raubvogel packte ihn mit seinen riesigen Krallen und riss ihn nach oben. Kilpa rang mit dem hartnäckigen Vieh und versuchte sich zu befreien. Er schlug und trat um sich, doch nichts half. Immer weiter trug ihn der Vogel nach oben.

Ganz prima, kein Bund, keine großartige Mission, nein als Vogelfutter sollte er enden. Und Philine, sie hatte ohne ihn keine Chance.

Das Felsmassiv kam immer näher und mit ihm auch ein kleiner Vorsprung. In Kilpa bäumte sich sein ganzer Lebenswille auf, er packte die Krallen des Adlers und zog mit ganzer Kraft daran. Der Vogel kam aus dem Gleichgewicht und lockerte seinen Griff. Das nutzte Kilpa und befreite sich. Er blieb allerdings mit dem rechten Flügel in einer der scharfen Krallen hängen und ritzte sich die Haut auf. Doch nicht genug damit, ein schmerzhaftes, knackendes Geräusch drang an sein Ohr. Als nächstes spürte er den harten Aufprall, zog sich mit letzter Kraft in die dahinterliegende Höhle zurück und verlor das Bewusstsein. Der Seeadler zog ärgerlich ein paar Kreise und flog dann davon.

Herrmann stand immer noch am gleichen Fleck, den Stock in der Hand und blickte ratlos nach oben. Ein Zwerg konnte zwar klettern, doch bis er Kilpas Zufluchtsort erreichen würde, wäre die Frist längst abgelaufen.

„Wenn der Knabe noch am Leben ist, dann braucht er schnell Hilfe!" Herrmann lief los, er hatte eine Idee.

20.

Osta schlug die Augen auf. Vorsichtig stieg er aus der Wanne, doch die Mühe hätte er sich sparen können. Philine rührte sich nicht. Sie atmete schwer und war ganz heiß und... Osta verharrte einen Augenblick. Diesmal bildete er es sich bestimmt nicht ein. Sie war schon wieder gewachsen. Sie war jetzt fast so groß, wie er.

Osta rannte aus dem Zelt.

„Julijana, Bertram, kommt schnell! Mit Philine stimmt etwas nicht!"

Osta brauchte nicht lange zu warten. Die beiden kamen sofort herbeigeeilt und stürmten ins Zelt. Julijana griff an Philines Stirn und untersuchte dann ihren ganzen Körper.

„Ich weiß nicht, so ganz typisch sind die Anzeichen nicht! Trotzdem Bertram, ihr müsst schleunigst den Impfstoff besorgen und ich denke ihr solltet sie mitnehmen, obwohl sie eigentlich gar nicht transportfähig ist."

„Von was redet ihr denn da bloß?" Osta war jetzt sehr nervös. „Was hat sie denn? Sie wird doch nicht sterben?"

„Ich hoffe nicht!", sagte Bertram. „Ist sie denn mit den Grauhörnchen in Berührung gekommen?"

„Grauhörnchen?" Osta runzelte ungeduldig mit der Stirn. „Ich weiß nicht, wie sie aussehen, aber wir haben sonst niemanden getroffen."

„Dann verstehe ich nicht, wo sie sich angesteckt haben könnte!" Bertram strich sich nachdenklich durch die Haare. „In der Hochebene gibt es keine Grauhörnchen!"

„Bei was angesteckt? Kannst du mir jetzt endlich erklären, von was ihr die ganze Zeit redet?" Osta war wütend und kam sich dabei sehr dumm und hilflos vor.

„Wir sprechen von den Eichhörnchen-Pocken!", erklärte Julijana. „Die Grauhörnchen tragen dieses Virus in sich, ohne dabei selbst krank zu werden. Die Eichhörnchen stecken sich an und sterben daran, weil es für sie keine Heilung gibt und bis vor kurzem auch keinen Impfstoff." Julijana holte kurz Luft und sprach dann mit Stolz in der Stimme weiter „Doch vor ein paar Wochen ist es Bertram endlich geglückt einen zu entwickeln."

„Doch was nützt der beste Impfstoff, wenn wir fast keine Eichhörnchen damit versorgen können, weil sie einfach zu scheu sind", unterbrach sie Bertram abwinkend.

„Und dieser Impfstoff wird Philine helfen?" Osta sah Bertram voller Hoffnung an.

„Wenn wir ihn in den nächsten Stunden verabreichen, dann hoffe ich ja." Bertram klang ziemlich zuversichtlich.

„Und natürlich nur, wenn es auch tatsächlich die Pocken sind", ergänzte Julijana. „Ich weiß nicht so recht! Bei ihr ist nichts, wie es ein soll. Sogar die Größe ist ziemlich ungewöhnlich."

Da konnte Osta ihr nur insgeheim zustimmen.

„Wir fahren gleich nach dem Frühstück ins Dorf, ich habe hier keinen Impfstoff mehr. Er ist sehr empfindlich und muss gut gekühlt werden, was im Lager nur für kurze Zeit möglich ist. Wir holen das Serum und machen eine Röntgenaufnahme von Philine. Vielleicht kann ich noch etwas anderes feststellen."

Bertram ging entschlossen aus dem Zelt. Osta folgte ihm und, ließ sich auf dem Weg erklären, was eine Röntgenaufnahme ist.

Nach einer kurzen Mahlzeit füllten sie Wasser in einen Kanister und stellten ihn in den Jeep. Philine wurde in ein Körbchen mit Moos gelegt und neben Osta auf die Rückbank gestellt. In den Käfig hätte sie ohnehin nicht mehr hineingepasst.

Osta wurde die Aufgabe zu Teil, ihre Körpertemperatur während der Fahrt möglichst niedrig zu halten. Dazu bekam er von Julijana feuchte Tücher und ein paar sorgfältige Erklärungen. Sie fuhren eilig los und Osta war froh darüber. Wenn Philine etwas passieren würde, nicht auszudenken. Wie sollte er dann Kilpa je wieder unter die Augen treten?

Vor dem Aufbruch hatte er noch eine Karte aus dem Zelt mitgenommen, auf der der Weg ins Dorf eingezeichnet war. So konnte er sich zumindest ein wenig orientieren und verfolgen, wohin die Fahrt ging. Das lenkte ihn ab, von Philines katastrophaler Verfassung. Sie wirkte so durchschimmernd und zerbrechlich und gab ständig irgendwelche Laute von sich, die sich anhörten wie: „Kilpa!".

Doch vermutlich bildete Osta sich das nur ein.

Der Jeep knatterte am Seeufer entlang. Bei diesem Lärm war an eine Unterhaltung mit Bertram gar nicht zu denken und so hing Osta seinen Gedanken nach. Immer wieder wechselte er die Tücher von Philine.

Mit einem Male tauchten in der Ferne die ersten Häuser auf. Obwohl er eigentlich hätte erleichtert sein sollen, kamen ihm jetzt doch Bedenken. Schließlich war er gerade auf dem Weg in ein Menschendorf. Wenn das nur gut ging. Osta verdrängte die Gedanken an den Fischer vom Heulensee und zog Philines Körbchen enger zu sich heran.

Pami war auf dem Weg ins Dorf ein Stück vorausgeflogen. Kara hatte ihr erklärt, dass nach dem Hochwald ein Dickicht aus Brennnesseln und Sträuchern kommen würde, dann vorbei an dem modrig riechenden Weiher, zum Holzstapel und hinter dem Bienenstand zur Lichtung. Pami flog über die abgeholzte Fläche und entdeckte den schmalen Pfad gegenüber, der laut Kara direkt zur Polizeiwache führte. Nach ein paar Kurven führte der Weg aus dem Wald heraus und schlängelte sich durch eine wunderschöne Blumenwiese, die in allen Farben erstrahlte und von Bienen bevölkert war. Ein Stück weiter unten ragten die ersten Dächer aus dem Grün hervor. Pami ging sicherheitshalber etwas tiefer, um ja nicht entdeckt zu werden. Schon kamen einige Gebäude in Sicht. Sie waren viereckig und aus Stein hergestellt. Pami staunte, so etwas hatte sie noch nie gesehen. Das Moosfliegermädchen versuchte sich wieder auf ihren Weg zu konzentrieren. Jetzt tauchte eine Brücke auf, die über einen gemächlich dahinplätschernden Bach führte. Pami landete vor dem Steg und suchte Deckung hinter einem Stein. Sie war ziemlich schnell geflogen, damit sie die Frau des Wachmanns ja nicht verpassen würde. Deshalb war sie jetzt auch leicht außer Atem und gönnte sich eine kurze Verschnaufpause. Sie nutze die Zeit und sah sie sich um. Auf der anderen Seite des Gewässers lag ein Dorfplatz ruhig in der späten Vormittagssonne. In der Ferne krähte ein Hahn, und eine Katze schlich auf ein kleines Häuschen zu, um dann über den Zaun hinter einer Hecke zu verschwinden. All diese Dinge gab es im Hocheichenwald nicht. Pami konnte sich gar nicht satt sehen und kam aus dem Staunen nicht mehr heraus, doch sie durfte sich jetzt nicht ablenken lassen. Sie kramte in ihrer Tasche und holte das kleine Säckchen hervor, dass ihr Kara gegeben hatte.

Pami empfand große Sympathie für das Menschenmädchen und bewunderte ihre Energie und Entschlossenheit. Zum ersten Mal in ihrem Leben war sie bereit, einem fremdartigen Wesen ihr Vertrauen zu schenken. Dabei fiel es ihr sogar um einiges leichter als bei Ruth-Anne, die immer noch unnahbar und verschlossen wirkte.

Während Pami in Gedanken war, wurde es laut auf dem Platz. Immer mehr Männer liefen zusammen und ihre Stimmen klangen sehr aufgeregt.

„Wir müssen sie schleunigst von hier wegbringen," tönte eine forsche Stimme aus der Menge heraus.

„Der Forscher vom Pelikanmeer ist hier, um Impfstoff zu holen, er darf das Wasserwesen auf keinen Fall entdecken!", rief jemand, der ein Stück entfernt vor einem Gebäude stand.

Das hörte sich gar nicht gut an. Pami blickte zurück zum Waldrand. Von den anderen war noch nichts zu sehen. Wenn sie die Moostaucherin wegbringen würden, wäre der ganze Plan gescheitert. Sie musste handeln! Kara hatte ihr erklärt, dass die Polizeiwache ein Bau mit rotem Dach und Gittern an den Fenstern war. Das konnte doch nicht so schwer zu finden sein. Die Männer debattierten eifrig weiter und keiner achtete auf die Umgebung, so wagte Pami den Flug zu einer dicht verzweigten Eiche am Rande des Platzes. Von der Baumkrone aus hatte sie den Überblick über alle Gebäude des Dorfes, auch die Wache hatte sie ziemlich schnell entdeckt. Das Haus lag, wie konnte es auch anders sein, genau auf der anderen Seite ein Stück abseits in einem Seitenweg. Pami blickte noch einmal über die Blumenwiese zurück und konnte in der Ferne Kalei entdecken. Doch wie sollte sie ihm klar machen, wo sie war und was inzwischen passiert war.

Als Kinder hatten sie sich immer mit dem Ruf der Amsel verständigt, doch würde er sich noch daran erinnern? Sie spitzte die Lippen und stieß mehrmals ein lautes „Giu" aus. Und tatsächlich, es funktionierte. Kalei flog höher und sah sich suchend um, konnte aber leider nichts erkennen. Auch einer der Männer bewegte sich neugierig und lauschend in Richtung der Eiche. Er verlor jedoch schnell wieder das Interesse, wollte er doch von der inzwischen hitzigen Diskussion nichts verpassen.

Ein weiterer Mann kam zu der Gruppe gelaufen. „Was ist hier los?", fragte er.

„Es geht um deine Gefangene, Hubert, wir müssen sie verschwinden lassen. Bertram ist da!" Ein kräftiger Mann mit dichtem schwarzem Haar und Bart erwies sich als Sprecher der Leute.

„Das wird schwierig, es geht ihr gar nicht gut, ich weiß nicht was los ist. Irgendetwas machen wir falsch! Ich habe ihr noch mehr Wasser gegeben, aber es nützt nichts!", erklärte der Mann namens Hubert. „Vielleicht sollten wir doch besser Bertram...", setzte er vorsichtig an, wurde aber sofort von dem großen Bärtigen unterbrochen.

„Nein, auf gar keinen Fall, ich lasse mir das Geschäft von diesem weichherzigen Spinner nicht kaputt machen. Wir warten auf die Wissenschaftler vom Institut der Stadt, sie werden in ein paar Tagen hier sein. Das bringt uns Geld in die Gemeindekasse und Ansehen."

Hubert ließ den Kopf hängen, wagte aber nicht mehr zu widersprechen. Dann redeten alle laut durcheinander und Pami nutzte den Moment. Sie stieß noch einmal den Amsel Ruf aus, flog über die Gruppe hinweg hin zur Wache und hoffte inständig, dass Kalei verstehen würde. Sie landete unbemerkt hinter dem Haus. In Sichtweite saß ein Mann und löffelte lustlos in einem Teller Suppe. Mist, an dem würde sie nicht vorbeikommen. „Vielleicht war das auch ein Wächter?", überlegte Pami. Eine Frau kam um die Ecke und sprach mit dem Mann.

„Wir machen noch ein paar Untersuchungen und dann kannst du sie gleich wieder mitnehmen.", sagte die Frau.

Nun das würde Pami zu verhindern wissen.

Der Mann hatte seinen Teller abgestellt und war ein Stück auf die Frau zugegangen. Pami nutzte ihre Chance. Sie nahm Karas Säckchen und streute etwas von dem Pulver in das Essen des Mannes. Schnell ging sie wieder in Deckung, gerade noch rechtzeitig. Der Mann hatte sich nur kurz bedankt und war gleich wieder zu seinem Platz zurückgegangen. Langsam löffelte er weiter und schien tief in Gedanken. Von drüben waren die Stimmen der

Männer zu hören. Pami hatte nicht die Zeit, um auf die Wirkung des Schlafmittels zu warten. Sie sah sich noch einmal um und entdeckte eine Reihe vergitterter Fenster in unmittelbarer Nähe. Die Stäbe standen dicht aneinander. Für Pami bestand keine Chance da hindurch zukommen, also suchte sie fieberhaft weiter. Ein schmaler Steinplattenweg führte ums Haus herum, dem folgte das Moosfliegermädchen. Endlich entdeckte sie ein kleines geöffnetes Fenster ohne Eisen, gerade groß genug für Pami, um hin durchzuklettern. Im Innern angelangt stand sie in einem kleinen Raum, der ziemlich vollgestellt war, mit Gerümpel. Blöderweise gab es keinen Ausgang.

„Mist!", dachte Pami. Da entdeckte sie ein metallenes Rechteck mit einem Griff. Eilig rüttelte sie an der Türklinke, doch nichts passierte. Irgendwie musste es doch hier rausgehen. Pami warf sich gegen die Tür, die jedoch keinen Millimeter nachgab. Dafür ertönte ein klirrendes Geräusch, als ob auf der anderen Seite etwas zu Boden gefallen wäre. Pami bückte sich und linste unter dem Türspalt hindurch. Licht drang von draußen herein und ein glänzender Gegenstand lag auf dem Boden. Pami griff durch den Spalt und zog das Ding herein. Sie wusste weder, dass es sich dabei um den Schlüssel handelte, noch überhaupt etwas über Türen und deren Bedeutung. Doch instinktiv steckte sie den Schlüssel ins Schloss. Als drücken nicht funktionierte begann sie das Teil hin und her zu bewegen.

Plötzlich sprang die Tür auf. Das war auch höchste Zeit gewesen. Sie befand sich nun gegenüber dem Eingang und konnte beobachten, wie die Männer sich auf den Weg zur Wache machten. Es blieb einfach keine Zeit mehr! Wo steckte bloß Lina? Pami hörte ein leises Platschen und schwaches Stöhnen. Sie rannte in die Richtung, aus der das Geräusch kam. Dann stand sie wieder vor einer Tür. Sie versuchte es mit dem Schlüssel, doch der passte nicht, so flog sie hoch zum eingelassenen Fenster. Lina kauerte in einer Ecke und zitterte. Ihre Haut war stark gerötet und rissig.

Am Rücken trug sie eine schuppenbesetzte Flosse, die grün-blau schillerte. Pami hielt fasziniert die Luft an und starrte durch das Fenster. Hinter sich vernahm sie das Aufstoßen einer Tür und laute Stimmen.

„Die Männer! Sie kommen!" Pami fiel aus ihrer Erstarrung und hatte den rettenden Einfall. Dies war schließlich ein extremer Notfall und sie hoffte, dass sie damit keinen Ärger bekommen würde.

„Lina!", rief sie. Das Mädchen blickte sich erschrocken um.

„Wo bist du?"

„Hier oben! Ich komme von deiner Tante Ruth-Anne! Wir werden dich befreien, aber wir müssen uns beeilen, sie sind gleich da. Hör mir jetzt genau zu." Pami erklärte in aller Eile ihren Plan, dann warf sie ein Säckchen durch das Fenster und ihren Seegrasarmreif hinterher. Das alles geschah keine Sekunde zu früh.

Eine Hand legte sich auf ihren Mund. Jemand zog sie energisch von der Tür weg und zerrte sie hinter einen Stützpfeiler. Pami blieb fast das Herz stehen, so war sie erschrocken.

„Sei still, sie kommen!"

Pami atmete erleichtert aus. Diese Stimme kannte sie nur allzu gut.

„Kalei, hast du mich erschreckt!", flüsterte sie und drehte sich zu Kalei um, der sie inzwischen losgelassen hatte.

„Pu, das war knapp! Was hast du dir nur dabei gedacht, so lange an diesem Guckloch zu bleiben?", schimpfte Kalei. Doch in seiner Stimme klang gewaltige Erleichterung und etwas Stolz mit. In letzter Sekunde hatte er es noch geschafft, sie in Sicherheit zu bringen.

„Du wirst schon sehen, was passiert!" Pami kicherte leise und sehr zufrieden vor sich hin. Kalei schaute sie nur schräg von der Seite an.

Die Männer waren im Anmarsch. Sie blieben vor Linas Tür stehen, zogen einen Schlüsselbund heraus und schlossen auf.

„Was ist das? Wo ist sie hin!", brüllte der Bärtige.

„Wie? Hast du Tomaten auf den Augen? Hinten in der Ecke muss sie doch sitzen!", gab Hubert unwirsch zur Antwort und drängelte sich nach vorne.

„Aber, aber, das ist doch gar nicht möglich! Du hast doch gerade selbst gesehen, dass abgeschlossen war. Durch die Tür kann sie nicht abgehauen sein!"

„Bleibt nur das Fenster, obwohl das eigentlich viel zu eng ist. Hier ist sie jedenfalls nicht. Kommt lasst uns draußen suchen! Weit kann sie ja nicht gekommen sein!", befahl der Bärtige. „Und wir sprechen uns noch später!", wandte er sich drohend an Hubert. Dann stürmte die Horde mit lautem Getrappel nach draußen.

Kalei sah Pami verständnislos an, doch die grinste nur.

„Komm! Wir werden mal nach ihr sehen! Und die Türe haben die Männer freundlicherweise auch gleich offengelassen!"

Pami lief in die leere Zelle und Kalei folgte ihr vollkommen perplex.

„Da liegt ja dein Armreif, den ich dir mal geschenkt habe! Wie kommt der denn hier her? Huch, er bewegt sich ja, wie von selbst. Das ist voll unheimlich!" Kalei zog die Atemluft pfeifend ein. Jetzt begriff er, was hier vor sich ging!

„Hast du etwa…? Nein? Oder?"

„Doch genau das habe ich getan! Hättest du eine bessere Idee gehabt?" Pami sah ihn unsicher und etwas trotzig an.

„Das ist genial! Unsichtbar machender Moosstaub!", schwärmte Kalei.

„Lina! Das ist Kalei, er tut dir nichts, hab keine Angst. Wir bringen dich jetzt raus zu deiner Tante, eh die Männer wiederkommen." Pamis Armreif bewegte sich langsam auf die beiden zu, dann stürzte er zu Boden. Entsetzt ging Pami an der Stelle vorsichtig in die Hocke.

„Sie ist krank, ich glaube wir müssen sie tragen. Komm hilf mir!"

Kalei tastete suchend den Boden ab und hob das kleine Moost-auchermädchen behutsam hoch.

„Sieh nach, ob die Luft rein ist!", wandte er sich an Pami. Pami schlich vorneweg, blickte vorsichtig um jede Ecke und winkte Kalei, wenn niemand zu sehen war. Der kam mit seiner unsichtbaren, jedoch, leise stöhnenden Fracht hinterher. Fliegen konnte Kalei so nicht, deswegen schlichen sie hinter einer Häuserfront entlang, bis die Brücke in Sicht kam, über die sie gekommen waren.

Pami zuckte zurück und gebot Kalei anzuhalten.

„Dort vorne ist das halbe Dorf versammelt, da geht es nicht weiter. Ich glaube, wir müssen zurück!"

„Mitten ins Zentrum?", flüsterte Kalei. „Das halte ich für keine gute Idee!"

Plötzlich ertönten hinter ihnen Stimmen. Erschrocken fuhren die beiden herum. Ein halbes Dutzend Dorfbewohner waren im Anmarsch, doch sie hatten sie noch nicht gesehen. Einige Meter von der Hauswand entfernt befand sich ein Holzstoß mit einem Fass daneben. In letzter Sekunde retteten sich Pami und Kalei dahinter. Kalei setzte Lina vorsichtig ab, behielt aber ihren Kopf in seinem Schoß, um sie ja nicht zu verlieren. Die Menschen kamen näher, doch sie waren viel zu intensiv in ihr Gespräch vertieft, um die drei zu bemerken.

„Sind die Holzfäller nochmal in den Wald hoch?", fragte eine junge Frau.

„Ja, mein Sohn ist auch dabei!", erzählte ein alter Mann, der am Stock ging. „Sie roden die Sträucher in der Nähe des Dorfes und streuen Sand, damit nichts mehr aufflammt."

„Bertram ist vor kurzem angekommen!" Eine rundlich gebaute Frau kam keuchend angerannt. „Er ist jetzt im Kühlhaus und holt den Impfstoff für seine Eichhörnchen!"

„Ja, und er hat auch schon gefragt was los ist. Er fand es eben auch ungewöhnlich, dass so viele auf den Beinen sind", gab der Mann, neben ihr, Antwort.

„Ich finde ja, dass die Kleine bei ihm besser aufgehoben wäre als bei den Forschern aus der Großstadt!" Die Frau hatte ihre Stimme gesenkt.

„Lass das bloß nicht unseren Bürgermeister hören!", grinste ihr Begleiter.

Ein anderer Mann drehte sich um.

„Ansehen und Geld ist ihm wichtig und dass er wiedergewählt wird, aber der einzelne Bürger ist ihm völlig egal. Ich wäre froh, wenn dieses Wasserwesen entkommen würde. Sie sah richtig krank aus."

„Mir blieb fast das Herz stehen, als der alte Fischer sie angeschleppt hat!" Eine weitere Frau mischte sich in das Gespräch ein.

„Dabei hätten sie ihn notwendig bei den Löscharbeiten gebraucht!"

„Wenn Kara dabei gewesen wäre, dann hätte sie es mit Sicherheit verhindert, aber sie hat ihrer Mutter heute Morgen geholfen, das Haus von dem restlichen Schlamm zu befreien", erwiderte die erste Frau.

Dann schlenderte die Gruppe tuschelnd weiter zum Dorfplatz.

Pami und Kalei sahen sich an. So schlecht waren die Menschen gar nicht, zumindest nicht alle. Doch man konnte nie wissen, mit welcher Sorte man es gerade zu tun bekommen würde.

Kalei packte Pami an der Schulter und deutete nach oben. „Sieh' mal!"

Auf dem Hausdach gegenüber saß Arpox und winkte sie zu sich herauf. Pami verneinte dies und bedeutete Arpox, dass er zu ihnen kommen müsse. Dieser schüttelte verständnislos den Kopf. So praktisch dieser Moosstaub auch war, er brachte auch immer diverse Schwierigkeiten mit sich. Schließlich gab Arpox nach und landete hinter ihnen.

„Was macht ihr denn hier, wir müssen weg, dahinten sind schon die nächsten Menschen in Sicht. Habt ihr diese Moostaucherin nicht gefunden?" Arpox klang ein wenig unwirsch.

„Doch!", sagte Pami. „Du stehst direkt neben ihr!" Arpox begriff und Pami fühlte stolz, wie beeindruckt er war.

„Sie ist nicht so ganz bei Bewusstsein!", erklärte Kalei. „Wenn du mir beim Tragen hilfst, dann könnten wir vielleicht fliegen!"

Arpox nickte. Gemeinsam hoben sie Lina hoch.

„Pamela sieh nach, ob jemand kommt!", wandte er sich an seine beste Schülerin. „Wenn alles ok ist, dann fliegen wir wieder auf das Dach. Von dort aus zeige ich euch wie es weiter geht. Wir waren nämlich auch nicht ganz untätig!"

21.

Pami sprang auf und flog voraus. Ohne weitere Vorkommnisse landeten sie auf dem Dach.

„Seht ihr dort hinten dieses rot-braune Teil? Das ist das Auto eines Forschers. Da drin werden wir uns verstecken!", erklärte Arpox.

„Bertram!", riefen Kalei und Pami wie aus einem Munde und kicherten.

Arpox sah sie mahnend an, dann flog er los mit Kalei und Lina im Schlepptau. Am Jeep war niemand zu entdecken und so landeten sie auf der Ladefläche und krochen eilig unter die Plane.

„Da seid ihr ja endlich, ich habe mir schon solche Sorgen gemacht!"

„Huch!" Pami fuhr erschrocken herum. Ihr Vater war unmittelbar neben ihr aufgetaucht und auch Ruth-Anne kam jetzt in Sicht.

„Wie geht es weiter?", fragte Pami.

„Wir müssen raus aus dieser Menschensiedlung, ohne dass irgendjemand überhaupt bemerkt, dass wir hier waren. Mit dem Auto dieses Forschers könnte das funktionieren", erklärte Arpox.

„Habt ihr Lina nicht retten können?" Ruth-Annes Stimme zitterte. Kalei legte ihr beruhigend eine Hand auf die Schulter, die sie jedoch sogleich unwirsch abschüttelte.

Pami runzelte die Stirn.

„Keine Sorge, sie ist hier. Du kannst sie nur nicht sehen."

„Moosstaub! Ich habe ihn schon gerochen! Pamela, du weißt, was das bedeutet!" Ihr Vater sah sie streng an.

„Ja, es wird eine Untersuchung geben, das ist mir klar! Aber es gab keine andere Möglichkeit!", erklärte Pami bestimmt. „Sie wollten sie wegbringen und irgendetwas ist nicht mit ihr in Ordnung."

„Kannst du mir das genauer erklären?", Ruth-Anne fing aufgeregt an nach Lina zu tasten und mit Kaleis Hilfe legte sie den glühend heißen Kopf des Moostauchermädchens auf ihre Beine.

„Nun ihre Haut war rissig und rot und sie war kaum noch bei Bewusstsein!", sagte Pami traurig.

„Haben die ihr etwa kein Wasser gegeben?" Ruth-Anne war zornig.

„Doch, schon! Dieser Hubert hat sogar noch Nachschub geholt, aber es hat nicht geholfen!", warf Kalei ein.

„Das ist seltsam!", Anne überlegte. „Vielleicht stimmt etwas mit dem Wasser nicht!"

„Pst! Seid still!" Sikko sah mahnend in die Runde. „Da kommt jemand."

„Hey! Ihr da, ihr könnt nicht einfach an meinen Jeep herumschnüffeln! Was sucht ihr denn überhaupt?" Bertrams aufgeregte Stimme klang bis zum Wagen.

„Du hast hier gar nichts zu melden!" dröhnte der Bärtige wütend. „Wir wollen nur sicherstellen, dass durch dein Fahrzeug nichts aus dem Ort kommt, was dir nicht gehört."

Pami und Kalei sahen sich erschrocken an. Wenn die Männer den Jeep durchsuchen würden, dann waren sie in der Falle.

„Hallo!" Kara kam angelaufen. „Habt ihr meinen Vater gesehen?"

Sie stellte sich vor die Männer und verhinderte so, dass sie sich dem Wagen weiter nähern konnten. Da packte Sikko Pami am Arm und zerrte sie eiligst aus dem Wagen.

„Flieg zu diesem Baum da und rühr dich nicht vom Fleck!"

Pami gehorchte. Nach kürzester Zeit trafen auch Kalei und Arpox mit Ruth-Anne im Schlepptau ein. Sikko folgte ihnen.

„Was habt ihr mit Lina gemacht?", wollte Pami wissen.

„Sie liegt dort hinter dem Stein", gab Ruth-Anne Auskunft.

„Ein Glück, dass sie unsichtbar ist. Das war eine brillante Idee von dir!", lobte sie Pami.

„Kara, geh aus dem Weg! Dein Vater ist nicht hier!", sagte der Bärtige unwirsch über die Störung.

„Still jetzt!", mahnte Sikko. „Sie kommen! Kara ist genial, wie sie uns die nötige Zeit verschafft hat, um aus dem Wagen zu kommen!"

Unten näherten sich die Männer mit großen Schritten und ein sehr zorniger Bertram eilte hinterher, in der einen Hand hielt er sorgsam einen Korb, indem etwas lag.

Pami schnaufte entsetzt ein. Das durfte jetzt nicht wahr sein.

„Was soll das eigentlich?", rief der Forscher. „Was wollt ihr denn finden? Glaubt ihr ich beklaue euch? Das ist doch unverschämt!"

„Nun beruhige dich doch!", versuchte einer der Männer ihn zu beschwichtigen. „Darum geht es doch gar nicht. Uns ist jemand entwischt und derjenige könnte sich bei dir im Jeep versteckt haben."

„Und wer soll das bitte sein?", fragte Bertram immer noch sehr ungehalten.

„Hier ist nichts!", rief jetzt der Bärtige. „Du kannst fahren!"

„Wie gnädig, das wurde auch Zeit, ich habe es eilig, das Eichhörnchen braucht Ruhe." Bertram stieg in seinen Wagen, stellte das Körbchen neben sich auf den Sitz und warf ein paar Papiere achtlos daneben.

Sikko und Arpox sahen sich an. Wenn er jetzt ohne sie fahren würde, dann wären sie in großen Schwierigkeiten.

Und wieder sprang ihnen Kara zur Seite.

„Oh, Bertram, wie schrecklich! Das Eichhörnchen sieht aber gar nicht gut aus." Obwohl Kara ihn eigentlich nur ablenken wollte, sprach doch ehrliche Anteilnahme aus ihrer Stimme. Bertram konnte das Mädchen gut leiden, und so ließ er sich bereitwillig einen Moment auf ein Gespräch mit ihr ein. Arpox nickte Sikko zu und dieser stieg an der abgewandten Seite des Baumes vorsichtig den Stamm hinunter und schlich geduckt zum Jeep. Die anderen kamen hinterher und im Nu waren wieder alle, einschließlich Lina, unbemerkt unter der Plane. Nur Kara hatte alles lächelnd beobachtet.

„Nun, dann will ich dich nicht länger aufhalten", sagte sie jetzt zu Bertram. „Hoffentlich kommt das Eichhörnchen durch. Ich wünsche euch eine gute Heimreise." Sie trat an die Seite und winkte.

Bertram winkte zurück, unwissend, dass das Mädchen mit ihren Worten nicht nur ihn, sondern auch seine Fracht auf der Laderampe gemeint hatte. Er musste schleunigst zurück zum oberen Ausläufer des Pelikanmeeres. Dieser lag ein paar Kilometer vom Dorf entfernt. Dort hatte er nämlich Osta aus Sicherheitsgründen abgesetzt.

Doch warum war er auf einmal so schrecklich müde.

Der Suchtrupp war erleichtert über die gelungene Flucht und freute sich über die erfolgreiche Befreiungsaktion, mit Ausnahme von Pami.

„Das wird nicht gut gehen!", flüsterte sie zu Kalei hin.

„Was meinst du?", fragte dieser irritiert.

„Ich glaube, ich habe einen schrecklichen Fehler gemacht!" Dann erzählte sie Kalei von dem Schlafpulver. Sie hatte in Bertram den Mann mit der Suppe wiedererkannt.

„Ich konnte doch nicht wissen, dass die Frau von dem Eichhörnchen gesprochen hat. Ich dachte sie meint Lina und wollte nur verhindern, dass er sie mitnimmt."

„Nun beruhige dich doch!", sagte Kalei. „Wird schon nicht so schlimm sein. Er sieht doch noch ganz fit aus, vielleicht hast du zu wenig von dem Pulver reingegeben."

So gut ihr auch Kaleis Worte taten, Pami teilte seinen Optimismus nicht. Sie ließ den Forscher nicht aus den Augen.

Ein gutes Stück lief die Fahrt glatt. Nach einer Weile jedoch begann Bertrams Kopf immer wieder nach unten zu sacken. Er versuchte sich zu konzentrieren.

Pami gab Kalei einen kleinen Schubser und deutete nach vorne. „Siehst du?"

Kalei nickte. Einen rettenden Einfall hatte er allerdings nicht.

In der Ferne spiegelte sich bereits das Wasser des Sees.

„Irgendetwas stimmt nicht mit mir!", dachte der Forscher. Doch Bertram hatte keine Vorstellung was mit ihm los war. „Ich muss doch Osta und Philine- ich bin so müde."

Sein Kopf sank endgültig aufs Lenkrad und es wurde dunkel.

Pami wurde nervös und schlug die Plane zur Seite. Auch in Kalei kam Bewegung.

Der Jeep fuhr Schlangenlinien auf das Pelikanmeer zu und holperte unruhig über die hohen Kiesel im Sand. Jetzt waren auch alle anderen aufmerksam geworden, doch keiner wusste was zu tun war.

Zum Glück wurde der Wagen langsamer, weil Bertrams Fuß schwer auf der Bremse lag. Aber reichen würde es nicht um eine Katastrophe zu verhindern! Der Jeep steuerte direkt aufs Wasser zu. Alle starrten wie gebannt nach vorne. Da kam Bewegung in Kalei. Er sprang an Pami vorbei und riss das Lenkrad herum. Dabei öffnete sich die Tür des Wagens und Bertram purzelte heraus. Das Körbchen mit Philine bekam Pami zu fassen und der Jeep stand endlich still. Erleichtertes Aufatmen war zu hören!

„Hey! Was macht ihr denn da?"

Alle blickten erschrocken Richtung Wasser. Ein Wesen in ihrer Größe kam auf sie zu gerannt.

„Wer seid ihr überhaupt?"

„Osta? Bist du das?" Ruth-Anne war ganz verblüfft ihren Cousin hier zu treffen.

„Anne?" Osta war erleichtert ein vertrautes Gesicht zu sehen. Er hatte sich gar nicht überlegt in welche Gefahr er sich begeben könnte, wenn er einfach so sein Versteck verließ. Er hatte den herannahenden Jeep schon eine Weile beobachtet und schnell erkannt, dass irgendetwas nicht stimmte. Was konnte da nur passiert sein? Warum fuhr Bertram so komisch. Philines Körbchen hatte gefährlich auf dem Sitz hin und her geschaukelt und der Forscher hatte gar nicht reagiert. Also war für Osta klar: Er musste eingreifen!

„Was ist denn los mit Bertram?" Osta war neben ihn getreten und rüttelte ihn.

„Das kannst du dir sparen!", grinste Kalei und Pami stand schuldbewusst hinter ihm.

„Du bist ein Moostaucher!", stellte sie verdattert fest.

„Ja, weiß ich!", gab Osta pampig zurück. „Und ihr seid Moosflieger!" Nun erst machte Osta sich die Mühe seine Gegenüber etwas genauer zu betrachten. Er blickte Pami irritiert an, sie kam ihm so vertraut vor. Dann funkelte er wütend zu Kalei rüber.

„Warum reagiert Bertram nicht?", fragte er vorwurfsvoll.

„Nun er schläft!", gab Kalei neunmalklug Auskunft.

„Das sehe ich auch! Aber warum?", Osta wurde wütend.

Pami schob Kalei beiseite. „Es tut mir leid, es war eine Verwechslung. Ich habe ihm ein Schlafmittel gegeben, aber Kara hat gesagt, es ist nicht gefährlich."

„Kara? Die ist auch hier?" Osta sah sich suchend um konnte sie allerdings nirgends entdecken. Also fragte er weiter. „Und wieso gibst du Bertram Schlafmittel?" Osta verstand überhaupt nichts mehr und schaute verzweifelt in die Runde. War denn hier jeder irre?

Pami tat er leid. Sie trat vor und erklärte ihr Missgeschick nochmal genauer. Osta akzeptiert ihre Erklärung fürs Erste, auch wenn er nichts kapiert hatte.

Da er für Bertram scheinbar im Augenblick nichts tun konnte, wandte er sich Philine zu und erneuerte die kühlen Tücher. Das Eichhörnchen lag nur noch da wie ein Schatten.

„Wenn bloß Kilpa hier wäre!", sagte er mehr zu sich selbst.

„Wie? Kilpa? Du kennst ihn?" Pami packte ihn an der Schulter und jetzt erkannte er die Ähnlichkeit.

„Du bist seine Schwester!" Osta war mit einem Mal ganz begeistert.

„Wo ist er?" Pami war nicht mehr zu bremsen und auch Sikko war eiligst neben sie getreten. Beide redeten auf ihn ein. Osta hatte Mühe bei dieser Aufregung noch zu Wort zu kommen und das sollte schon was heißen. Also schaltete sich Arpox in das Geschehen ein.

„Nun lasst ihn doch erzählen! Das ist bestimmt eine längere Geschichte und wir wollen schließlich alle wissen, was mit Kilpa ist!"

Seine Worte taten Wirkung. Alle Augen waren jetzt erwartungsvoll auf Osta gerichtet. Und dann erzählte er alles, was passiert war, seit Kilpa in dem Boot über den Heulensee geschippert war. Das schien eine Ewigkeit her zu sein.

Sikko kam aus dem Staunen nicht mehr heraus. Die Sache mit dem Boot konnte er noch kopfschüttelnd hinnehmen und war einfach nur erleichtert, dass sich Kilpa vor dem Feuer retten konnte. Aber als die Rede auf Philine kam, sprach er von Hokuspokus und Kinderfantasien. Auch Arpox hatte noch nie von so einem Bund zwischen Menschen und Tieren gehört. Doch jetzt kam Osta ja erst zu der unangenehmen Stelle seiner Erzählung. Er berichtete von Kilpas Sturz in den Fluss zur Rettung von Polkis und das alles nur wegen einer Buchseite, an deren Inhalt hier anscheinend niemand glauben wollte. Nun zumindest konnte er die Moosflieger etwas beruhigen, indem er von den Spuren erzählte, die er am Ufer des Pelikanmeeres entdeckt hatte.

Der Suchtrupp schöpfte Hoffnung, dass die Suche hier unten im Tal von Erfolg gekrönt sein könnte. Sie wollten Kilpa möglichst schnell finden.

Nun fasste Pami kurz ihre Suche und das Erlebte der letzten zwei Tage für Osta zusammen. Als sie mit ihrem Bericht bei Lina angekommen war, schrie Osta entsetzt auf.

„Dieser Mistkerl von einem Fischer, wenn ich den jemals in die Finger bekomme. Wo ist Lina? Wie geht es ihr?

„Es sieht gar nicht gut aus", mischte sich jetzt Ruth-Anne ein. „Sie hat trockene rissige Haut und ist kaum ansprechbar. Das Wasser im Dorf hat ihr nicht geholfen. Wir wissen nicht, was ihr fehlt."

„Was! Und das sagt ihr mir erst jetzt!" Ehe Osta zu weiteren Vorwürfen kam, hörten sie ein Geräusch, ziemlich in der Nähe. Zwei Fischer mit ihren Angelruten kamen direkt auf sie zu.

22.

Kilpa fuhr hoch und donnerte mit dem Kopf gegen einen Felsvorsprung.

„Autsch!" Er rieb sich die Stirn und sah sich noch etwas benommen um. Mit Entsetzen erinnerte er sich an seine missliche
Lage.

Überall rauschte und dröhnte es, doch das kam nicht aus seinem
schmerzenden Schädel. Vor dem Eingang der Höhle donnerte das
Wasser herunter und verbarg die Sicht nach draußen. Deshalb also
hatte der Adler so schnell aufgegeben. Kilpa versuchte aufzuste-
hen. Ein stechender Schmerz im Bein riss ihn jedoch sofort wieder
zu Boden. Auch der rechte Flügel hing lahm herab. So konnte er
weder klettern noch fliegen. Jetzt war alles verloren!

Wie sollte er jemals wieder aus diesem Loch herauskommen?
Der hintere Teil seines Gefängnisses verlor sich in der Dunkelheit.
Die Wände seitlich schillerten ähnlich wie die des Heulensteins.
Ach, wäre das jetzt schön, dort zu sein. Kilpa seufzte. Er starrte
traurig auf den Felsen, als ob er durch seinen Blick einen Ausweg
finden könnte, doch dort tanzten nur die Staubkörner. Sie schienen
immer wieder die Form eines Eichhörnchens annehmen zu wollen.

„Jetzt drehe ich völlig durch!" Kilpa schloss kurz die Augen,
aber das merkwürdige Schauspiel verschwand nicht. Zusätzlich erklang die ihm inzwischen bestens vertraute Melodie.

„Ich sitze hier fest, falls dir das noch nicht aufgefallen ist. Du
musst dir für deine Mission einen anderen suchen!", rief Kilpa verzweifelt, obwohl er gar nicht wusste an wen er diese Worte eigentlich richtete.

„Warum bittest du nicht einfach um einen Ausweg?", flüsterte
es sanft in seinem Kopf. Das war neu und Kilpa erschrak fürchterlich.

„Wer bist du?"

„Ich bin der Geist der Zeiten! Ich bin überall und immer. Ich bin von Anfang an bis zur Unendlichkeit."

„Oh!" Mehr fiel Kilpa im Moment nicht ein so verdattert war er. Hilfe konnte er allerdings dringend gebrauchen und ein besseres Angebot würde er wohl in absehbarer Zeit nicht kriegen. Unversucht wollte Kilpa nichts lassen, deshalb wandte er sich mutig an diesen Geist.

„Wenn ich dich jetzt um einen Ausweg bitte, dann zeigst du mir einen?"

„Glaubst du denn, dass ich das kann?", flüsterte die Stimme.

Kilpa überlegte. Es schien wohl keinen Sinn zu machen die Unwahrheit zu sagen. Der Geist würde das mit Sicherheit sofort bemerken, wahrscheinlich die Lüge erkennen, ehe er sie ausgesprochen hätte. Seine Mutter würde nicht zweifeln, für sie war der Geist real. Warum also nicht auch für ihn? Deshalb kam seine Antwort aus tiefster Überzeugung.

„Ja, ich glaub, dass du mir helfen kannst!"

„Mit wem sprichst du?"

Kilpa drehte sich erschrocken um, denn diese Stimme war jetzt nicht in seinem Kopf.

Herrmann stand vor ihm, pudelnass, aber strahlend über das ganze Gesicht.

„Ich glaube, ich spreche mit mir selbst!", sagte Kilpa verwundert. „Mein Kopf dröhnt!"

War das eben alles nur Einbildung gewesen? Hatte der Geist ihm Hilfe geschickt oder war es Zufall? Kilpa war ziemlich verwirrt und ließ sich nur allzu gern von Herrmann aufhelfen.

„Wir müssen uns beeilen, es wird schon bald Abend. Gut, dass ich dich doch noch gefunden habe. Das war gar nicht so einfach!" Herrmann sprach mit stolzer Stimme. „An dieser Felswand sieht alles gleich aus. Außerdem hast du richtig Glück gehabt! Der Adler hat Junge, die an dir die Jagd üben sollten, sonst hätte er dich auf der Stelle getötet."

„Dieser Herrmann hat einen eigenartigen Humor!", dachte Kilpa bei sich, doch ein anders Problem beschäftigte ihn bei weitem mehr.

„Wie kommen wir hier weg? Ich kann nicht fliegen!"

„Aber ich!" Herrmann lächelte verschmitzt. „Nun komm doch endlich! Schließlich hast du Großes vor und nur noch wenig Zeit."

„Oh ja! Damit hatte Herrmann sowas von Recht!", dachte Kilpa. Gehorsam ließ er sich durch den Wasserfall ziehen und stand jetzt etwas unsicher auf der Plattform, nur um erneut einen grausigen Schrecken zu bekommen.

„Hilfe, was ist das denn?", rief er entsetzt.

„Darf ich vorstellen? Das ist Esmeralda unsere Pelikandame. Sie übernimmt Transporte aller Art." Herrmann kicherte, als er in Kilpas entgeistertes Gesicht blickte.

„Nur die Ruhe! Sie ist ein Engel für alle Notlagen. Darf ich dich nun bitten einzusteigen!" Er deutete auf den gewaltigen Vogel, der fast die gesamte Fläche des Felsvorsprunges einnahm.

In diesem Augenblick klappte auch noch der riesige Schnabel nach unten und Kilpa begriff, was als nächstes kommen würde. Innerlich schüttelte er den Kopf, setzte jedoch humpelnd einen Fuß vor den anderen und ließ sich von Herrmann in das merkwürdige Transportmittel wuchten. Hilflos plumpste er in die Tasche des Schnabels. Sein lahmer Flügel verhinderte, dass er gerade sitzen konnte, die Wunde am Bein pochte und brannte. Doch den größten Schmerz verursachte das scharfe Ziehen in der Brust, wegen dem er kaum noch Luft bekam. Philine! Hoffentlich kam er nicht zu spät.

Herrmann blickte sorgenvoll Richtung Himmel, das könnte knapp werden. Nur noch eine Schatteneinheit bis zum Sonnenuntergang. Der Zwerg gab sein Bestes, um den Bund zwischen Kilpa und dem Eichhörnchen zu retten und damit letztendlich deren Leben. Für ihn gab es an der Dringlichkeit der Situation keinen Zweifel. Er war vertraut mit den Mythen und Sagen der alten Zeit und er hatte schon oft in der Fibel des Königs gelesen und kannte die Geschichten. Dabei war er natürlich stets unter der strengen Aufsicht von Roland gewesen. Dieser hütete seine Bücher wie seinen Augapfel, aber er respektierte Zwerge wie Herrmann, die die Bibliothek wertschätzten. Auch gegen ein kleines Schwätzchen mit kompetenten Leuten hatte er durchaus nichts einzuwenden. Deshalb wusste Herrmann sehr viel über den Bund zwischen dem Moosflieger und dem Eichhörnchen.

Er nahm auf Esmeraldas Rücken Platz, gab ihr ein Zeichen und sie flog los. Am Eingang zur Höhle spielte der Wind mit ein paar glitzernden Wassertropfen, wirbelte sie durch die Luft und entschwand.

23.

Der Jeep befand sich verlassen am Ufer des Pelikanmeeres. Die Fahrertür stand offen. Dicht daneben lag die Abdeckplane ziemlich schlampig herum und keine Spur von Bertram. So hatte es zumindest für die beiden Fischer ausgesehen, die inzwischen kopfschüttelnd, jedoch ohne jeden Verdacht weiter gegangen waren.

„Ihr könnt rauskommen!", rief Sikko. „es ist niemand mehr hier!"

„Au! Geh runter von mir!", schimpfte Pami.

„Würde ich ja gerne, doch dazu musst du erst mein Bein loslassen!", feixte Kalei. Beide wühlten sich aus dem Sand und krochen hinter einer Felsspalte hervor. Ruth-Anne und Osta standen tropfend vor ihnen und hielten Lina bei sich in der Mitte.

Sie waren eilig ins Pelikanmeer gesprungen, bevor die Fischer sie entdecken konnten. Die anderen hatten sich im Sand verkrochen, gerade noch rechtzeitig. Arpox hatte mit Sikko noch vorher die Plane über Bertram gezerrt, in der Hoffnung, dass die Männer schnell weiter gehen würden. Und der Plan war aufgegangen. Die beiden Fischer waren neugierig um den Jeep gestrichen, hatten die Unordnung bemängelt, etwas über Bertram gespöttelt und schließlich das Eichhörnchen ins Visier genommen. Einer der beiden machte eine Bemerkung, dass das Tier ohnehin verrecken würde. Anne konnte Osta gerade noch zurückhalten wutentbrannt aus dem See zu rennen.

„So wie das hier aussieht kann dieser Bertram die Forschungsstation eh bald schließen. Sie wirft ja ohnehin nichts ab und seine Studien sind einfach lächerlich", sagte einer. Dann suchten sie heiter plaudernd das Weite.

Osta legte seine Schwester auf einem Grasbüschel ab und strich ihr liebevoll über die Wange.

„Sie wäre gestorben, an diesem Wasser aus dem Dorf. Hast du das denn nicht gewusst?" Osta sah Ruth-Anne fragend an.

„Nein, tut mir leid. Ihr Wasserwesen vertraut mir nicht. So ist das nun mal, aber du hast sie gerettet."

„Nur das Wasser der ewigen Quelle und alle Seen und Bäche, die von ihr gespeist werden, enthalten die Mineralien, die wir zum Überleben brauchen", erklärte Osta. „Also auch das Pelikanmeer!"

„Woher wusstest du eigentlich, dass die Leute aus dem Dorf eine Leitung aus der Stadt für ihre Wasserversorgung haben?", wandte Pami sich an Osta.

„Ich habe Kara einmal mit ihrem Vater darüber sprechen hören, als die Leitungsrohre kaputt waren und sie deshalb aus dem Heulensee Wasser abgefüllt haben", erklärte Osta.

„Was machen wir jetzt ohne Bertram?" Arpox hatte die Plane vorsichtig zur Seite gehoben und festgestellt, dass der Forscher immer noch tief und fest schlief.

„Lina ist hoffentlich bald wieder auf dem Damm. Wir sollten jetzt zügig die Suche nach Kilpa fortsetzen", meinte Sikko. Das Team beriet sich wie es nun weiter gehen sollte.

„Nun redet nicht so viel, beeilt euch lieber auch Philine braucht Kilpa, ob ihr das für Quatsch haltet oder nicht ist mir doch egal." Osta war sauer und ungeduldig, es ging einfach nichts vorwärts. „Wir haben immer noch kein Heilmittel für sie gefunden. Bertram ist sich sicher, dass es nicht diese Pocken sind. So steht es hier auf diesen Zetteln, auch wenn ich nur die Hälfte verstehe. Er hat es irgendwie an ihrem Blut gesehen. Die Impfung war also umsonst und damit auch die Fahrt ins Dorf!", jammerte Osta. Er war inzwischen in den Jeep geklettert und studierte eifrig ein paar Unterlagen, die Bertram mitgebracht hatte.

„Wir haben nur wertvolle Zeit verloren, in der wir Kilpa hätten finden können. Nur er kann Philine helfen, warum glaubt mir denn keiner?"

„Nun, umsonst war die Fahrt sicherlich nicht", versuchte Sikko ihn zu beruhigen. Auch wenn er an die Geschichte mit dem Bund immer noch nicht glauben konnte, so hatten sie doch das gleiche Ziel. Sie wollten alle Kilpa finden.

„Wir haben deine Schwester befreit und ihr habt uns zur Flucht verholfen. Und jetzt suchen wir gemeinsam nach meinem Sohn." Sikko erntete für diese Zusammenfassung allgemeine Zustimmung, nur Pami war abgelenkt.

„Sie flackert wieder so komisch, sieht irgendwie durchsichtig aus und murmelt etwas, was sich fast wie Kilpa anhört!" Pami war zum Wagen gegangen und betrachtete Philine aufgeregt. „Es wird mit jedem Mal schlimmer! Wir müssen uns beeilen."

„Und Kilpa scheint der Schlüssel zu sein! Auch wenn ich das überhaupt nicht verstehe." Ruth-Anne stand ratlos hinter Pami.

„Das ist ja alles schön und gut, doch ihr habt übersehen, dass wir hier festsitzen!" Kalei stampfte zornig mit dem Fuß auf.

„Wir haben da noch den Jeep!", überlegte Osta.

Die anderen sahen ihn an, als ob er verrückt geworden wäre.

„Ich habe Bertram beim Fahren zugesehen. Das ist gar nicht so schwer!", grinste Osta und sprang auf den Fahrersitz. Vom Rücksitz holte er die Karte, die er heute Morgen mitgenommen hatte. Jetzt sollte sie ihm gute Dienste leisten. Er studierte kurz darin und blickte dann wissend hoch.

„Alles Einsteigen!", kommandierte er großzügig. „Wir fahren ins Forschungscamp, das ist nicht weit."

„Halt!", rief Arpox. „Was ist mit Bertram? Wir können ihn hier nicht einfach so liegen lassen!"

„Ach so, ja, klar!", sagte Osta zerknirscht.

„Nun, er ist ziemlich schwer", meinte Sikko. „Ins Auto bekommen wir ihn nicht. Kommt, fasst mit an! Wir ziehen ihn da hinter den Felsen, da findet ihn so leicht keiner."

Mit vereinten Kräften zerrten sie an dem Forscher und legte ihn vorsichtig im Gras ab. Pami hatte noch eine Decke im Wagen gefunden, die sie sorgfältig über ihn rüber legte.

„Es wird ihm doch nichts passieren, wenn wir ihn hier so allein lassen?", äußerte Osta seine Bedenken.

„Ich glaube nicht, dass er in Gefahr ist. Er ist zu groß um als Beutetier für Raubvögel in Frage zu kommen", beruhigte ihn Sikko. „Aber wenn es dich beruhigt, dann bleibe ich so lange bei ihm bis ihr jemanden schickt uns zu holen."

„Nein, das wird nicht nötig sein. Du könntest Bertram sowieso nicht helfen. Es wird schon gut gehen", meinte Arpox mit einem Blick zu Osta.

Ruth-Anne holte Lina und jeder sprang eiligst ins Auto. Osta drehte den Zündschlüssel. Der Jeep jaulte auf und machte einen ordentlichen Hupf nach vorne, so dass alle durcheinanderkullerten. Dann stand er wieder und rührte sich nicht.

„Das war wohl nichts!", kommentierte Kalei und erntete dafür einen rügenden Blick von Arpox.

„Nun lasst uns mal überlegen!", sagte er. „Wozu sind die Hebel da unter deinen Füssen gut, Osta?"

„Oh, Mist an die habe ich nicht mehr gedacht. Wenn man auf den mittleren steigt, dann wird er schneller und der rechte bremst", fiel Osta jetzt ein.

„Und wozu braucht man den linken?", fragte Kalei.

„Nun vielleicht zum Starten!", riet Sikko. „Lasst es uns doch einfach ausprobieren. Osta deine Beine sind zu kurz, also muss einer von uns da runterkriechen und die Hebel drücken." Sikko sah Kalei auffordernd an.

„Ich?", fragte dieser wenig begeistert.

„Du bist kräftig und der kleinste von uns Männern!", erklärte Sikko.

Missmutig und ein wenig umständlich kroch Kalei nach unten. Pami grinste, verkniff sich jedoch eine gehässige Bemerkung, schließlich wollten sie alle so schnell wie möglich weg von hier.

Dann versuchten sie es noch einmal. Osta drehte den Zündschlüssel und Kalei trat auf das linke Pedal. Jetzt lief der Motor, jedoch das Auto nicht. Ruth-Anne entdeckte einen Knüppel zwischen den Sitzen und stellte ihn auf eins.

„Jetzt den Hebel langsam loslassen und auf den Mittleren drücken!", schrie Osta. Der Wagen hüpfte wie ein Frosch, aber sie kamen vorwärts, wenn auch nur langsam.

„Kalei, drücke doch noch einmal auf den linken Hebel!", rief Ruth-Anne. Kalei gehorchte und Ruth-Anne rüttelte am Knüppel, bis er bei der zwei einrastete. Schon lief das Fahrzeug etwas schneller. Sie kamen immer besser vorwärts. Als sie bei Stufe vier angelangt waren, wäre der Jeep fast gekippt, weil Osta nicht mehr mit dem Lenken nachkam. Sikko griff ins Lenkrad und half ein bisschen.

„Bist du sicher, dass das der richtige Weg ist?", fragte Ruth-Anne.

„Klar doch!", gab Osta großspurig zurück. „Die Karte liegt neben dir, sieh doch selbst nach. Wir müssen immer am See entlang, bis zu der Stelle, wo wir gestern gelandet sind."

„Gelandet?" Kalei streckte seinen inzwischen hochroten Kopf Richtung Lenkrad.

„Ja, mit der Pelikanpost!" Osta grinste stolz. „Das erkläre ich euch später. Ich muss jetzt die Stelle wiederfinden, an der wir gestern Bertram getroffen haben. Von dort aus ist es nicht mehr weit bis zum Lager."

Pami hätte sich normalerweise ziemlich über Kaleis unvorteilhafte Stellung amüsiert. Der Moosfliegerjunge rechnete schon mit einem passenden Kommentar. Doch der blieb aus.

Pami hatte entdeckt, dass das Eichhörnchen in ihrer Nähe bedeutend ruhiger war. Deshalb hatte sie Philine zärtlich in den Arm genommen. Vielleicht war sie ihrem Bruder ja um vieles ähnlicher, als sie immer gedacht hatte.

„Da ist es!", schrie Osta aufgeregt. Irgendwie hatte er selbst nicht so recht daran geglaubt, die Stelle vom Vortag wieder erkennen zu können, doch das sollte lieber unerwähnt bleiben. Der Uferstreifen des Pelikanmeeres sah überall gleich aus, aber der Fels, in dem sich Philine verkrochen hatte, stach hervor, außerdem hatte der Wind Bertrams Reifenspur noch nicht ganz verweht. Vom See zum Camp war es nicht mehr weit. Alsbald kam die Forschungsstation in Sicht.

„Sollten wir jetzt nicht etwas langsamer werden!" Arpox klang leicht nervös. Kalei betätigte den Hebel, erwischte jedoch den falschen, weshalb sie umso schneller wurden.

„Uah! Kalei, das war der falsche!", schrie Pami erschrocken und versuchte das Eichhörnchen vor dem wilden Fahrstil zu schützen.

„Oh!", kam es von unten. Schnell bediente er den anderen Hebel, allerdings ziemlich abrupt und der Wagen kam ins Schleudern.

„Festhalten!", brüllte Osta, der krampfhaft das Lenkrad hielt. Er versuchte eine Kurve zu fahren, denn sie steuerten direkt auf ein Zelt zu. Der Jeep donnerte durch das Vorzelt und kam zum Stehen. Dann wurde es dunkel.

„Was ist jetzt?" Kalei kroch unter dem Sitz hervor. Osta kicherte. „Tut mir leid! Inzwischen wird wohl jeder im Lager mitbekommen haben, dass wir hier sind."

Sie waren mit dem Seitenspiegel an der Spannleine hängen geblieben. Das hatte der Zeltvorbau nicht ausgehalten, weshalb er nun Bertrams Wagen komplett umhüllte.

„Papa, was machst du denn?" Gisa zog an der Plane und fuhr erschrocken zurück, als sie die vielen fremden Wesen erblickte. Dann wurde auf einmal von allen Seiten gezogen und geschoben und in Kürze war das Auto frei. Alle starrte fasziniert auf die merkwürdige Fracht, die der Jeep enthielt.

Die Moosflieger blickten sich ängstlich um. In so unmittelbarer Nähe von Menschen waren sie noch nie gewesen und an Verstecken oder Flucht war nicht zu denken. Sikko schob Pami sicherheitshalber hinter sich, was diese sich nicht so recht gefallen lassen wollte, zumal sie ja immer noch Philine hielt.

Doch da sprang Osta schon aus dem Wagen und begrüßte alle wie alte Bekannte.

„Wo habt ihr denn meinen Mann gelassen?", wandte sich Julijana verwundert an Osta

„Der schläft am Ufer der Pelikanmeeres", erklärte Osta ziemlich verlegen. „Keine Angst es geht ihm gut! Das Schlafmittel hat keine Nebenwirkungen und wenn ihn keiner findet, dann passiert ihm auch nichts!"

„Na großartig!", dachte Pami. Sie blickte in Julijanas Gesicht und konnte sich gut vorstellen, was in deren Kopf gerade vor sich ging.

„Was sagst du da?" Julijana packte Osta energisch und verlangte eine Erklärung.

Da trat Arpox nach vorne und erzählte die ganze Geschichte in Ruhe. Bertrams Frau entspannte sich etwas und konnte sich ein kleines Grinsen nicht verkneifen. Sie schickte eilig die anderen zwei Forscher aus dem Camp mit dem Jeep los, damit sie ihren Mann schleunigst in Sicherheit bringen konnten. Pami setzte zu einer Entschuldigung an wurde aber von Julijana unterbrochen, als diese das Eichhörnchen erblickte.

„Ja, ist schon gut, meine Liebe. Du konntest ja nicht wissen, wen du da betäubst, und meinem Mann tut ein wenig zusätzliche Schlaf auch mal gut. Doch jetzt müssen wir uns um Philine kümmern, sie sieht schrecklich aus." Sie ließ Philine sofort ins Zelt bringen und begann mit Pamis Hilfe kühlende Umschläge um ihre Brust anzubringen.

Gisa brachte zusammen mit Paul den Rest der Truppe in ein anderes Zelt und Lina wurde mit einem bunten Tuch umhüllt, damit sie nicht verloren ging. Sie hatte sich erstaunlich schnell erholt und erzählte alle Details von ihrer Entführung nun schon zum wiederholten Male.

Es begann bereits zu dämmern. Osta und Pami wichen nicht mehr von Philines Seite. Selbst Julijana wusste inzwischen keinen Rat mehr. „Das sind nicht die Pocken! So etwas habe ich noch nie gesehen. Es wirkt, als ob sie durchsichtig wird." Die Forscherfrau schüttelte den Kopf.

„Du kannst es auch sehen!", rief Osta. „Und ich dachte, ich werde langsam verrückt. Dann flackert es irgendwie und ich sehe sie unscharf. So geht das schon den ganzen Tag heute und ich habe das Gefühl, sie ruft nach Kilpa."

„Ja, ich glaube wir müssen deinen Freund ganz dringend finden. Wenn Günther und Thomas wieder zurück sind, dann schicke ich sie mal Richtung Zwerge los. Vielleicht ist er dort." Julijana verließ das Zelt, um auf die Ankunft ihres Mannes zu warten.

„Hallo, hier sind wir!" Gisas begeisterte Rufe drangen zu Osta ins Zelt. „Was ist denn nun schon wieder los?", dachte Osta und lief neugierig hinaus.

Mit offenem Mund und angehaltenem Atem starrte er in den Himmel. Die untergehende Sonne blendete ihn.

Alle anderen hatten sich inzwischen auch versammelt und Gisa ruderte aufgeregt mit den Armen. Paul hüpfte übermütig im Kreis und lachte.

Osta erkannte Esmeralda sofort und sein Herz begann aufgeregt zu klopfen. Was mochte sie wohl diesmal im Schnabel haben? Könnte das tatsächlich Kilpa sein?

Aus dem Zelt drangen ein entsetzliches Stöhnen und ein hoher gefiepster Ton. Osta rannte erschrocken zurück. Philine hatte sich kurz aufgerichtet und war dann bewusstlos zusammengesackt. Pami saß hilflos daneben.

Osta spürte keine Atmung mehr.

„Halte durch bitte! Meine kleine Freundin, nur noch ein kleines bisschen. Kilpa kommt gleich!" Er rüttelte energisch an dem Eichhörnchen, doch es rührte sich nicht mehr.

Von draußen waren aufgeregte Stimmen zu hören, teils freudig, teils äußerst besorgt und immer wieder drang Kilpas Name durch. Pami horchte auf.

„Ist das Kilpa?", sie sah Osta fragend an.

„Glaube schon!" Osta war hin und her gerissen. Sollte er nach Kilpa sehen oder hier bei Philine bleiben. Pami nahm ihm die Entscheidung ab.

„Bleib du hier! Ich sehe nach was da draußen los ist!" Pami rannte aus dem Zelt.

Inzwischen war Esmeralda gelandet. Herrmann hatte die kostbare Fracht aus ihrem Schnabel an Sikko übergeben und blickte sorgenvoll gen Himmel.

„Ich hoffe ihr habt das Eichhörnchen bei euch, sonst war alles umsonst!", sagte Herrmann, doch niemand schenkte seinen Worten Beachtung.

Sikko hatte nur Augen für seinen Sohn und kramte eilig in seiner Jackentasche nach dem Ledersäckchen.

„Kilpa!", Pamis Stimme zitterte. Sie war so froh ihn endlich wieder zu sehen. Jedoch schien der Zustand, in dem er sich befand, äußerst kritisch. Sie schwankte leicht und Kalei sprang ihr sofort zur Seite.

„Sie kriegen deinen Bruder bestimmt wieder hin! Dein Vater hat ihm schon was von dem Eichenrindenmehl gegeben und Bertram hat auch ein paar Mittel auf Lager", versuchte Kalei sie zu trösten.

„Aber nein!", fuhr Pami auf. Sikko drehte sich kurz um, ungehalten über die Störung, wandte sich dann aber gleich wieder seinem Sohn zu.

„Wir müssen ihn unbedingt schnellstens ins Zelt zu dem Eichhörnchen bringen!", wandte sie sich eindringlich an Kalei. Herrmann trat neben sie und pflichtete ihr eifrig bei, froh endlich jemand gefunden zu haben, der die Situation richtig einschätzte.

„Welch glückliche Fügung, dass diese Philine bei euch ist!"

„Ja, seid ihr dann jetzt alle verrückt geworden!", schimpfte Kalei. „Glaubt ihr wirklich an diesen merkwürdigen Bund?"

„Auf jeden Fall, du hättest Philines Reaktion vorhin sehen sollen als Kilpa ankam! Das ist kein normales Eichhörnchen und sie steht auf jeden Fall in Verbindung mit Kilpa."

„Nun, wenn du meinst! In irgendein Zelt müssen sie Kilpa sowieso bringen, dann kann es auch gleich das hier sein!"

Kalei lief zu Sikko und deutete auf das Zelt in dem Philine lag.

„Schnell bringt Kilpa doch endlich rein, es eilt, wenn es noch nicht zu spät ist!", war Ostas verzweifelte Stimme zu hören. Philine war nicht mehr wach zu bekommen, so sehr Osta sich auch um sie bemühte.

Sikko und Kalei trugen Kilpa ins Zelt. Er schien gerade wieder das Bewusstsein erlangt zu haben. Er sah gar nicht gut aus, leichenblass hielt er sich den Bauch und ein Flügel hing leblos herunter.

Pami drängelte sich neben Kilpa mit Tränen in den Augen. Sie drückte ihm sanft die Hand und trat zur Seite.

Kilpa lächelte Osta kurz an, dann wandte er sich an seinen Vater.

„Schnell Papa! Setz mich direkt neben Philine ab, es eilt!"

„Du brauchst jetzt Ruhe und Medizin, Kilpa! Nach dem Tier kannst du später auch noch sehen!", antwortete sein Vater sehr bestimmt und wollte ihn auf eine Liege in der anderen Ecke des Zeltes legen. Doch Kilpa wehrte sich energisch.

„Bitte Papa, du musst mir glauben. Es ist sehr wichtig, dass du mir jetzt vertraust!"

„Also gut, wenn du meinst", gab sein Vater nach und setzte ihn direkt neben Philine ab.

Kaum war das geschehen, fuhr ein merkwürdiger Wind mitten durch das Zelt, blies die ganzen Karten von Tisch und wirbelte eine Feder auf, die wohl einer der Moosflieger verloren hatte.

„Habt ihr das gesehen? Diesen Windstoß, er kam angedonnert und ist dann direkt in dieses Zelt geflogen!" Herrmann der Zwerg war ganz aufgeregt hereingestolpert. Er wollte ja nichts verpassen!

Inzwischen blickten alle Richtung Zeltdach, wo sich die Feder hartnäckig hielt und nach einer, unendlich lange scheinenden Weile langsam auf Kilpas Hand herabsank.

„Diese Melodie, könnt ihr sie hören?" Kilpa lächelte. Er kannte die Antwort noch ehe er in all die verständnislosen Gesichter, um ihn herum, blickte. Auch diesmal war sie nur für ihn bestimmt und für Philine. Obwohl, seine Schwester sah sich so suchend um. Wie auch immer, Kilpa war glücklich und erleichtert.

„Das war ganz schön knapp, aber wir haben es geschafft!", sagte er dankend zu Herrmann.

Der Zwerg nahm verlegen seine Mütze ab, dann lächelte er zufrieden.

„Ja, wir haben es geschafft!"

Die vielen Stunden seines Lebens, die er in der Bibliothek verbracht hatte erwiesen sich jetzt als äußerst wertvoll. Er kniete sich vor das Eichhörnchen und legte dessen Pfote in Kilpas Hand.

Alle im Raum blickten sich ratlos an, nur Pami und Osta begriffen, dass hier etwas Einmaliges passierte.

„Es wird alles gut, ich bin ja da!", flüsterte Kilpa und blickte das braune durchscheinende Wesen neben ihm liebevoll an.

Mit einem Mal schien das ganze Zelt in rotes Licht getaucht. Kilpa und Philine glühten und alle traten ehrfurchtsvoll einen Schritt zurück.

Die Sonne versank, vollkommen unbemerkt im Pelikanmeer.

„Was passiert jetzt?", fragte Pami aufgeregt in die lähmende Stille, die sich auf alle gelegt hatte.

„Der Bund ist geschlossen!" Herrmann sprach mit feierlicher und zufriedener Stimme.

Das war das Letzte, was Osta hörte, dann wurde alles schwarz.

Als er wieder zu sich kam, saß er in der ihm bereits vertrauten Wanne. Vor ihm stand ein buntes Tuch, schob die Hände in die Hüfte und sprach mit vorwurfsvoller Stimme.

„Du musst schon besser auf dich aufpassen, großer Bruder! Trockene, runzlige Füße, wenn das unser Vater wüsste!"

Osta blinzelte. An Linas Anblick musste er sich wohl erst noch gewöhnen.

„Alles ok! Das war nur die ganze Aufregung!", antwortete er.

Paul kam fröhlich angesprungen, hüpfte um die Wanne herum und rief in singendem Ton: „Hurra, hurra, wir brauchen heute schon wieder nicht spülen!"

„Sei doch mal leise, wenn wir Großen etwas zu besprechen haben!", mahnte Gisa ihn, worauf er ihr die Zunge herausstreckte. Sie war ihrem Bruder hinterhergelaufen, um nach Osta zu sehen.

„Was habe ich verpasst? Wie geht es Kilpa und Philine!", fragte dieser.

„Den beiden geht es gut", gab Gisa Auskunft.

„Mega! Bombe! Das war ein Ding alles rot!", plapperte Paul dazwischen.

„Da seid ihr ja! Mama sucht euch schon überall!", klang Bertrams Stimme an Ostas Ohr. Der Moostaucher wuchtete sich aus der Wanne und sah sich suchend um.

„Du bist ja scheinbar wirklich im interessantesten Augenblick weggekippt! Also ist es dir im Endeffekt nicht besser ergangen als mir." Bertram tauchte neben Osta auf.

„Da passiert mal was wirklich Interessantes und wir zwei verschlafen." Der Forscher klopfte Osta auf die Schulter und lächelte. Osta war froh, ihn wohlauf zu sehen.

„Schön, dass es dir wieder gut geht. Es tut mir leid, dass wir dich alleine am See zurückgelassen haben, aber wir wollten schnell Hilfe für Philine", sagte Osta.

„Schon gut! Ihr habt vollkommen richtig gehandelt!"

Dann tauchten Kilpa und Philine auf. Philine lief neben Kilpa her und schnatterte aufgeregt. Sie richtete sich kurz auf und Osta bemerkte, dass sie Kilpa fast bis zur Schulter ging. Was ihr Wachstum anbelangt, hatte er sich also wirklich nicht getäuscht. Er war so froh die beiden zu sehen, dass er Kilpa spontan umarmte. Bei Philine stieß er allerdings auf Widerstand, sie wich angesichts der Nässe keckernd zurück. Da wusste Osta, dass mit ihr wieder alles in Ordnung war.

Kilpa und Osta hatten sich viel zu erzählen. Natürlich wollte Osta als erstes wissen, was denn nun passiert war, als er wegge-kippt war. Doch da hielt sich Kilpa erstaunlich bedeckt. Dafür be-richtete er ausführlich von seiner Rutschpartie mit Polkis und dem Aufenthalt bei den Zwergen. Er erzählte von der Bibliothek, fasste die Geschichte von Aila und Elias kurz zusammen und erklärte, dass es ihm und Philine im Zelt genauso ergangen wäre. Osta spür-te jedoch die ganze Zeit, dass sein Freund ihm etwas verschwieg und beschloss, zu einem späteren Zeitpunkt noch einmal genau nachzuhaken. Viel Zeit zu reden war ohnehin nicht, da Kilpa von seiner Familie beansprucht wurde.

Pami und ihr Vater waren ganz außer sich vor Freude und sie umarmten ihn immer wieder.

Es war schon weit nach Mitternacht und so bestand Julijana darauf, dass sie sich wenigstens bis zum Morgengrauen noch etwas hinlegten und richtete für alle ein Lager.

Kilpa flüchtete sich dankbar ins Zelt, das er sich mit Osta und Philine teilte.

Osta setzte sich schweigend neben Philine. Sie keckerte leise vor sich hin und sah ihn lange mit ihren großen Augen an. Sie hatten viel gemeinsam erlebt und fast tat es Osta ein wenig leid, sie jetzt wieder an Kilpa abgeben zu müssen.

24.

Als die Vögel ihr Morgenkonzert begannen, schreckte Kilpa hoch und humpelte nach draußen. Sein Bein war deutlich besser und auch der Flügel tat weniger weh.

Osta hatte ihn in der Nacht noch mit der Spezialsalbe seines Vaters verbunden und ihm befohlen ein paar von den Energiealgen zu essen. Sie hatten scheußlich geschmeckt, aber offensichtlich ihre Wirkung nicht verfehlt.

Philine folgte Kilpa. In der Ferne waren schon die Stimmen der anderen zu hören, doch Kilpa wollte keine Gesellschaft. Natürlich freute er sich wahnsinnig, seine Familie wieder zu haben. Das Erlebte jedoch war einfach zu viel gewesen. Eine Menge unklarer Gedanken schwirrten in seinem Kopf herum. Er ging zurück ins Zelt, setzte sich auf sein Bett und starrte vor sich hin. Philine war draußen geblieben und er hörte ihr fröhliches Schnattern in einem fort. Machte sie sich denn gar keine Gedanken über die Dinge, die da gestern Nacht passiert waren, oder war es einfach ihre Art, damit umzugehen? Kilpa fühlte sich mit einem Male sehr allein. Außerdem hatte er wieder einen merkwürdigen Traum gehabt von dem blonden Mädchen. Es war nur still dagesessen und hatte gelächelt. Ehe er sie etwas fragen konnte, war er ärgerlicherweise aufgewacht. Was sollte das nur wieder bedeuten.

Osta rekelte sich in seiner Wanne, schlug die Augen auf und hob den Kopf. Da entdeckte er Kilpa. Dieser saß mit gesenktem Kopf auf seiner Liege und murmelte vor sich hin. Genau konnte Osta nicht verstehen, was er sagte, nur ein paar Worte, die für Osta keinen Sinn ergaben.

„Philine kann es nicht sein, sie sieht ganz anders aus und hat braune Haare. Wer ist bloß dieses blonde Mädchen? Was will sie von mir?" Kilpa war immer noch gedanklich in seinem Traum verfangen und bei den gestrigen Ereignissen, die er auch nicht sortieren konnte.

„Alles klar bei dir?", fragte der Moostaucherjunge zaghaft.

Kilpa schreckte aus seinen Gedanken hoch und zuckte ertappt zusammen. „Geht schon!", brummelte er.

Osta fühlte sich zurückgewiesen, doch ehe er weiter fragen konnte, kam Bertram mit Philine ins Zelt.

„Ich habe noch eine große Bitte an euch Philine und Kilpa!", begann Bertram.

„Aha! Er wurde also nicht gebraucht!" Osta schmollte und blieb beleidigt in seiner Wanne sitzen. Verpassen wollte er natürlich nicht, was Bertram brauchte, obwohl er eigentlich schon wusste um was es ging.

Bertram schilderte die ganze Geschichte über die Grauhörnchen und die Pocken und dass die Eichhörnchen zu scheu wären, um sich impfen zu lassen. Die beiden hörten aufmerksam zu. Kilpa hatte Philine bei der Pfote genommen, obwohl das, seit der Bund abgeschlossen war, gar nicht mehr nötig war. Philine verstand auch so jedes Wort. Doch die beiden hatten beschlossen das erst einmal für sich zu behalten.

„Das ist bestimmt die Seuche, von der uns Alfred erzählt hat und Dank deiner Forschungen kennen wir jetzt auch die Ursache", sagte Kilpa erfreut. „Natürlich helfen wir dir. Ich glaube, das ist überhaupt der Grund, warum wir hier gelandet sind", überlegte er weiter. Philine nickte zaghaft. Aller Übermut war von ihr abgefallen und sie wirkte mit einem Male sehr nachdenklich.

„Dann lernst du endlich deine Familie kennen!", sagte Kilpa und leise murmelte er: „Wenn es überhaupt deine Familie ist."

„Was meinst du damit?", fragte Osta.

„Erzähle ich dir später, wir müssen los, die Eichhörnchen retten!", sagte Kilpa und lief mit Philine hinter Bertram her hinaus aus dem Zelt.

„Ich könnte euch doch helfen!", rief Osta, aber niemand hörte ihn. „Na gut!", dachte er. „Dann eben nicht!" Er beschloss erst einmal, nach etwas Essbarem zu suchen und dann nach Lina zu sehen.

Pami spazierte durch das Forschungscamp und sah sich neugierig um. Sie entdeckte ein ruhiges Plätzchen zwischen zwei Zelten und setzte sich. Was war das gestern nur für ein Tag gewesen. Zuerst die Befreiungsaktion, dann die Fahrt mit dem Jeep und schließlich Kilpa. Sie hatte ihren kleinen Bruder endlich wieder. Ganz verstand sie die Sache mit diesem merkwürdigen Bund ja immer noch nicht. Aber ihr war nicht entgangen, dass das eine ganz knappe Sache gewesen war. Wie elend und klein hatte Kilpa ausgesehen, als sie ihn ins Zelt trugen, dieses rote Licht, das Eichhörnchen, das wie mit ihm verschmolzen war. Auf einmal war dann Kilpa weg und ein Mädchen mit braunen Haaren zu sehen. Oder hatte sie sich das nur eingebildet?

„Ach hier bist du!" Pami wurde aus ihren Gedanken gerissen, Ruth-Anne stand vor ihr. „Darf ich mich zu dir setzen?"

Pami rutschte ein Stück zur Seite und nickte.

„Danke, dass du Lena befreit hast. Eine Fliegerin rettet eine Schwimmerin. Ich hätte nie gedacht, dass so etwas möglich ist." Ruth-Annes Stimme zitterte leicht.

„Du hast für uns doch das Gleiche getan!", erwiderte Pami. „Eigentlich ist es egal, aus welchem Volk wir stammen. Das habe ich während dieser Suche gelernt. Kara, du, die Zwerge, ja sogar dieses Eichhörnchen. Nur gemeinsam haben wir es geschafft alle wohlbehalten hier zu sein. Und bei Kara konnte ich mich nicht einmal bedanken", bedauerte Pami.

„Du hast ja so recht mit allem, was du da sagst! Wenn nur alle so wären wie ihr!", seufzte Ruth-Anne. „Es tut mir leid, dass ich meistens so abweisend war. Ich weiß schon, dass ich dir damit ziemlich auf die Nerven gegangen bin."

„Du hattest ja die ganze Zeit recht mit dem, was du gesagt hast. Wahrscheinlich hat mich gerade das geärgert und dass Kalei so hinter dir her war. Was aber alles kein Grund war, so pampig zu dir zu sein." Pami blickte Ruth-Anne scheu von der Seite an. Eigentlich wollte sie gar nicht so offen sein und das mit Kalei war ihr wirklich nur so herausgerutscht.

„Vielleicht fangen wir einfach noch einmal neu an!" Ruth-Anne war aufgestanden und hielt Pami die Hand hin. Pami schlug ein und wusste mit einem Male, dass sie eine verlässliche und ehrliche Freundin gewonnen hatte.

„Und wegen Kalei brauchst du dir wirklich keine Sorgen zu machen, er hat ohnehin nur Augen für dich und wollte dich höchstens ein wenig eifersüchtig machen", lachte Ruth-Anne.

„Außerdem bist du ja eh mit Arpox zusammen!", konterte Pami und lachte.

„Arpox und ich…" Ruth-Anne hatte sich wieder hingesetzt. „Wir haben eine Tochter."

Pami atmete hörbar ein. „Eine Tochter? Deshalb war Arpox auch in den letzten Jahren so viel unterwegs. Er hat eine Familie, das ist einfach wunderbar."

„Findest du?" Ruth-Anne strahlte. „Ja, ich finde das auch. Aber so viele andere aus meinem Volk verachten und verfolgen uns deshalb. Es ist immer gefährlich für uns, jemandem zu vertrauen."

„Mir kannst du vertrauen", sagte Pami.

„Ja, ich weiß! Ich habe keine Ahnung was werden wird, aber seit ich euch kenne, hat sich so viel in mir verändert. Es wäre so schön, wenn Luisa unter Freunden aufwachsen könnte. Sie trägt drei Gene in sich, Schwimmer, Flieger und das der Hochländer. Dadurch hat sie viele Gaben, was noch mehr Neid hervorruft, zumindest in meinem Heimatvolk. Sie sind nicht so aufgeschlossen wie ihr. Sie werden von Angst und Misstrauen beherrscht. Deshalb bin ich weggegangen. Ich habe es einfach nicht mehr ausgehalten. Meine Mutter war ohnehin besser dran ohne mich. Die Hochländer haben ihr das Verhältnis mit meinem Vater nie verziehen und ich habe sie immer wieder daran erinnert.

Von meinem Versteck in den Wäldern wussten nur meine beiden Großmütter."

„Ruth und Anne!", warf Pami dazwischen.

„Ja, Anne ist gestorben und damit schien meine Verbindung zur Wasserwelt endgültig abgebrochen zu sein. Doch dann begegnete ich durch einen merkwürdigen Zufall Ostas Familie. Linas Mama hat mich einmal an Land gezogen, als mir beim Tauchen die Luft ausging. Ich hatte die neue Familie meines Vaters beobachtet und musste mich deshalb verstecken. Sie hat mich gerettet. Deshalb bin ich froh, dass wir jetzt auch etwas für Lina tun konnten. Bei Zacharias wurde ich aufgenommen wie eine Tochter, obwohl ich ja höchstens eine Nichte bin. Und mein Vater ignoriert mich!" Ruth-Annes Stimme erstarb und die beiden Mädchen schwiegen eine kurze Weile. Dann wechselte Ruth-Anne das Thema und fuhr mit fester Stimme fort.

„Ruth besucht mich sehr häufig, auch wenn es für sie immer beschwerlicher wird. Sie ist jetzt auch dort bei Luisa. Sie ist ein bisschen, wie eure Nora, stur und lässt sich von niemandem etwas sagen. Sie hat mich immer verteidigt und zu mir gehalten, mehr als meine Mutter!"

„Das ist schön, dass du noch jemanden hast aus deiner Familie, der zu dir hält. Und durch deinen Namen hast du es doch ein bisschen geschafft, das Wasservolk mit den Hochländern zu verbinden." Pami wollte Ruth-Anne Mut machen, doch die schaute nur zweifelnd.

„Eines Tages kam dann Arpox." Ruth-Annes Stimme gewann an Festigkeit. „Von dem Zeitpunkt an war alles anders. Er hat mir seine Welt gezeigt und ich ihm meine." Ruth-Anne stockte wieder kurz. Es fiel ihr sichtlich schwer weiterzusprechen.

„Ich glaube, dass die Hochländer das Feuer gelegt haben. Sie waren schon immer ganz verrückt auf die Wildpferde. Unser Dorf

246

liegt nicht weit weg von der Stelle, an der das Feuer ausgebrochen ist. Es tut mir so leid!" Ihr liefen ein paar Tränen die Wange hinunter.

„Du bist nicht für die Taten deines Volkes verantwortlich! Mach dir keine Vorwürfe!", versuchte Pami zu trösten. „Und außerdem kannst du ja nicht mit Sicherheit sagen, wer schuld war!"

„Trotzdem fühlt es sich ein wenig so an, als ob ich das Feuer gelegt hätte. Das war auch am Anfang der Grund, euch bei der Suche nach Kilpa zu helfen. Aber dann hat mir das alles mit euch viel mehr bedeutet und ich bin so froh, dass ich euch unterstützen konnte."

Die Stimmen von Kalei und Arpox drangen zu ihnen herüber und so machten sie sich auf den Weg zu den anderen.

„Du musst mir noch viel über deine Tochter erzählen", sagte Pami.

„Vielleicht wirst du sie bald kennenlernen", lächelte Ruth-Anne.

Kilpa, Bertram und Philine liefen gemeinsam bis zum Waldrand. Kilpa begleitete Philine noch ein Stück bis zu einer Tanne unter der verdächtig viele angenagte Zapfen lagen. Philine war ganz aufgeregt. Würde sie gleich zum ersten Mal in ihrem Leben andere Artgenossen treffen? Würde sie bei ihnen bleiben? Oder gehörte sie jetzt an Kilpas Seite?

Schluss jetzt, ermahnte sich Philine. Sie musste sich auf ihre Aufgabe konzentrieren. Das Überleben der Eichhörnchen hing ja schließlich von ihr ab. Kilpa nickte ihr aufmunternd zu und sie begann nach oben zu klettern.

Kilpa lehnte sich an einen Baumstamm und wartete. Von oben waren die vertrauten schnatternden Stimmen zu hören, nur dass es diesmal viele und alle durcheinander waren. Philine würde das sicher hinbekommen, davon war er überzeugt. Gleichzeitig kroch aber die Angst in ihm hoch, dass sie sich für die Eichhörnchen entscheiden könnte. Sie war längst ein Teil von ihm geworden und es würde ihn innerlich zerreißen, wenn er ohne sie in den Eichenwald zurückkehren müsste. Sie war nicht nur Eichhörnchen, das hatte er gesehen, auch wenn er es noch nicht verstand und sie war ja viel größer als die anderen. Das fiel ihm gerade mit Entsetzen ein. Hoffentlich entstand da oben keine Panik, ehe sie ihre Warnung vor den Grauhörnchen und die Ursache der Seuche weitergeben konnte.

Während Kilpa noch nachdachte, tauchte Philine schon wieder neben ihm auf.

„Du kannst Bertram jetzt holen, sie sind bereit!", sagte sie.

Kilpa lief los und kam gleich mit Bertram und seiner großen Tasche zurück. Zögernd kletterte das erste Eichhörnchen den Stamm hinunter und ließ sich impfen. Es zuckte beim Stich der Spritze kurz zusammen, schüttelte sich und sprang dann übermütig weg, so als wollte es den anderen zeigen, dass alles gut war. Mindestens zwanzig Tiere kamen einer nach dem anderen zu Bertram und verschwanden dann wieder.

„Sie geben allen Eichhörnchen des Waldes Bescheid!", flüsterte Philine Kilpa zu.

„So, das war's für heute!", sagte Bertram und ließ die Schnalle seiner Tasche lauthals einschnappen. „Du hast ihnen gesagt, dass ich morgen um die gleiche Zeit wieder hier sein werde?", wandte er sich an Philine. Sie nickte zustimmend. Dann liefen die drei schweigend zurück ins Lager.

„Denk doch an Mama! Sie ist bestimmt schon ganz krank vor Sorge. Wir sollten gleich aufbrechen!" Pami baute sich wütend und vorwurfsvoll vor Kilpa auf. Dieser hatte gerade seiner Familie unterbreitet, dass er gedachte noch eine Woche bei Bertram im Lager zu bleiben, bis auch wirklich das letzte Eichhörnchen geimpft war. Außerdem wollte Philine einen Versuch starten und mit den Grauhörnchen reden.

Nur widerwillig und schweren Herzens gab Sikko schließlich nach und ließ sich von der Wichtigkeit der Mission überzeugen. Herrmann hatte diesbezüglich gute Vorarbeit geleistet, indem er ihm alles über den Bund erzählt hatte, was er wusste. Solche merkwürdigen Dinge zwischen Himmel und Erde waren normalerweise Jolas Sache. Sie hätte wohl besser verstanden, was ihm der Zwerg da erklärt hatte. Doch eines wusste Sikko genau: So sehr sich seine Frau auch nach Kilpa sehnte, sie wäre stinksauer, wenn er verhindern würde, dass sein Sohn eine Mission des „Geistes der Zeiten" zu Ende brachte. Also blieb ihm wohl nichts anderes übrig als ihn schweren Herzens bei Bertram zurückzulassen.

Er würde mit Pami und Kalei in einer Stunde aufbrechen. So packten sie ein wenig wehmütig ihre Sachen.

Kilpa schien noch immer ziemlich abwesend. Philine dagegen sprang überall im Lager herum. Alle waren fasziniert von ihrer neu gewonnen Größe und der schnellen Genesung. Sie saß jetzt gerne auf Gisas Schulter. Sie verstand jedes Wort, was die anderen miteinander redeten. Manchmal hatte sie deswegen schon ein schlechtes Gewissen. Doch wenn herauskam, dass Kilpa nicht mehr als Übersetzer benötigt würde, könnte sein Vater vielleicht doch noch auf die Idee kommen ihn gleich mitzunehmen. Und das wollten beide unbedingt vermeiden. Die letzte Trennung hatte zu sehr weh getan und wer weiß schon was diesmal passieren würde. Noch war den beiden so vieles unklar.

Osta betrachtete seinen Freund traurig, doch er wagte nicht zu fragen, was ihn so sehr beschäftigte.

„Osta?", Kilpa schien die Unruhe seines Freundes gespürt zu haben. „Wirst du noch bleiben?"

„Würde ich wahnsinnig gerne!", gab Osta bereitwillig Auskunft. „Doch ich muss mich darum kümmern, dass Polkis und Lina heil nach Hause kommen."

„Ja, das verstehe ich! Da hast du sowieso eine anstrengende Aufgabe vor dir!", lachte Kilpa und seine Fröhlichkeit steckte auch Osta an.

Voller Energie befahl er Lina, sich von allen im Camp zu verabschieden. Sie war nun wieder sichtbar und freute sich auf die Heimreise.

Ruth-Anne und Arpox ließen sich von Bertrams Kollegen in die Nähe des Menschendorfes bringen. Sie wollten die Brandschäden genauer begutachten. Pami wusste jedoch, dass dies nicht der einzige Grund für die beiden war, diese Richtung einzuschlagen.

Kilpa trat mit Osta vor das Zelt, um den beiden hinterher zu winken. Philine gesellte sich wie selbstverständlich zu ihnen. Und da war sie wieder, die schon als verloren geglaubte Einigkeit der Freundschaft, die die drei verband.

Kilpa lächelte und sah Osta an. „Ich habe dir ganz viel zu erzählen, aber ich brauche noch etwas Zeit."

„Wir können uns zuhause treffen! Ich bin schon gespannt!", jubelte Osta. „Dort wo der Grashügeldamm endet, am Ufer des Heulensees werde ich warten. Immer um die Mittagszeit schwimme ich an Land und schaue, ob du schon da bist!"

Kilpa nickte zustimmend. Der Abschied von seinem Freund und seiner Familie fiel ihm jetzt doch schwer. Seine Entscheidung bereute er aber nicht.

Nach unzähligen Umarmungen und ein paar Tränen, machten sich die Heimkehrer unter Herrmanns Führung auf den Weg zu den Zwergen. Dort holten sie Polkis ab. Dieser zeigte Osta seine neu erworbene Buchseite, die ihm Roland höchstpersönlich am frühen Morgen vorbeigebracht hatte. Der Goldrand glänzte in der

Sonne und die Schrift war fast noch schöner als beim Original. Auch an Kilpa hatte Roland gedacht und die Geschichte von Aron und Elias für ihn abgeschrieben. Polkis reichte sie an Osta weiter. Das Zwergen-Kind war mächtig stolz, dass er es diesmal geschafft hatte, gut darauf aufzupassen. Auf der anderen Seite war er auch froh, diese Verantwortung jetzt auf Osta übertragen zu können. Er war schon ein bisschen enttäuscht, dass Kilpa und Philine nicht mitgekommen waren.

Alfred der Zweite wollte es sich nicht nehmen lassen, die Gruppe ebenfalls zu den Felsen zu begleiten. Er zeigte ihnen jenen geheimen Weg, der die Moosflieger einst nach Moosland geführt hatte.

Dicht neben dem Wasserfall, der Polkis und Kilpa in die Tiefe gerissen hatte, fand sich unscheinbares Strauchwerk. Zielsicher bog Alfred an einer bestimmten Stelle die wilden Zweige auseinander und legte den Blick auf einen eigentümlich geformten Steinbrocken frei.

„Dahinter befindet sich ein Spalt. Von dort aus könnt ihr die Treppe sehen. Sie führt bis in die Hochebene. Dann findet ihr nach Hause."

Wieder war ein Abschied nötig und diesmal traf es Polkis besonders hart, denn er hatte seinen großen Bruder und die anderen Zwerge inzwischen richtig liebgewonnen. Ein kleiner Trost war, dass seine Nichte und sein Neffe schon längst bei seinem Vater eingetroffen sein mussten und auf die war er schon sehr gespannt. Gemeinsam würden sie dann seinen Vater bestimmt überzeugen, dass er unbedingt einen Besuch beim Zwergenkönig machen musste.

Oben angelangt liefen sie bis zu jener Flussmündung, von der Alfred der Flusswächter gesprochen hatte, als er Kilpa und Osta auf den Weg geschickt hatte. Dort teilten sie sich auf.

Sikko, Pami und Kalei machten sich auf den Weg Richtung Eichenwald.

Osta ging mit Lina und Polkis am Fluss entlang.

Polkis konnte schon von weitem das fröhliche Gelächter seiner Geschwister hören. Sie spielten mit dem Laub, das der Wind in unendlichen Mengen angeweht hatte. Aus dem Kamin der Zwergen-Höhle quoll der Rauch in lustigen kleinen Ringen. Da hielt Polkis nichts mehr, er rannte, was das Zeug hielt, und stürzte in kürzester Zeit in die Stube. Das gab ein „Hallo" und viele Begeisterungsrufe, die zeitweise sogar das Rauschen des Flusses übertönten. Natürlich wurde die neue Buchseite von allen gebührend bewundert. Waldtraud ermahnte ihr vorwitziges Zwergen-Kind, so etwas nie wieder zu tun und Polkis versprach das nur allzu gerne. Osta und Lina ließen sich sogleich von der allgemeinen Wiedersehensfreude der Zwerge anstecken. Sie hielten sich jedoch nur kurz auf, denn die beiden trieb das Heimweh zur Eile an. Zacharias war bestimmt inzwischen krank vor Sorge um seine beiden Kinder.

25.

Die Moosflieger hatten in der Woche, in der Kilpa weg war, schon viel geleistet. Schließlich standen die Herbststürme vor der Tür und bis dahin brauchte jede Familie eine neue Behausung, bzw. musste die alte repariert sein. Den östlichen Teil des Eichenwaldes hatte es ziemlich übel erwischt. Für die Moosflieger, die dort gewohnt hatten, mussten dringend neue geeignete Bäume gefunden werden. So war reger Betrieb rund um die Eiche. Jeder hatte seine Aufgaben.

Pami war mit Kalei mal wieder in ein Streitgespräch verwickelt, weil Kalei sich von hinten angeschlichen hatte und Pami in einer unvorteilhaften Pose überrascht hatte. Jola lauschte dem Ganzen eine Weile und schritt dann wütend ein.

„Habt ihr nichts Besseres zu tun, als euch hier über Belanglosigkeiten zu streiten? Es gibt noch viel Arbeit!"

Pami schaute ihre Mutter beschämt an.

„Wir wollten eigentlich die Schäden an unserer Mooskugel untersuchen und dann alles besorgen, was zur Reparatur nötig ist."

„Worauf wartet ihr dann noch?", fragte Jola.

Pami und Kalei ließen sich das nicht zweimal sagen und rannten los.

Jola sah den beiden glücklich hinterher. Sie war so unendlich erleichtert Pami und Sikko wieder wohlbehalten bei sich zu haben. Natürlich war sie enttäuscht und erst einmal in Panik gewesen, als der Trupp ohne Kilpa ankam. Sikko hatte sie jedoch sofort beruhigt und als sie begriff, dass es Kilpa gut ging, war sie mächtig stolz von der Sache mit dem Bund zu hören.

In kürzester Zeit waren Pami und Kalei bei der Familieneiche angekommen.

Die Mooskugel sah ziemlich intakt aus, zumindest von außen betrachtet. Der Sturm hatte sie vom Baum geweht, doch sie war auf weichem Boden gelandet. Der Baum war nahezu unversehrt. Dem Feuer waren nur zwei Äste zum Opfer gefallen.

Pami ging mit Kalei ins Innere der Mooskugel. Die Betten und Seile, Geschirr und Vorräte alles lag in heillosem Durcheinander verstreut. Inmitten des ganzen Chaos stand, als ob nie etwas gewesen wäre, der Tonkrug vollkommen unversehrt in der Mitte des Küchenbodens. Pami lief eine Träne die Wange hinunter, die Kalei ihr sanft aus dem Gesicht wischte.

„Osta!" Kilpa konnte ihn schon von weitem sehen und lief jetzt noch schneller über den Grashügeldamm Richtung Heulensee. Es war alles noch kahl und die verkohlten Flächen zeugten von jenem schicksalhaften Tag des großen Feuers. Das Gras würde wieder wachsen bis zum nächsten Frühjahr. Die schmerzhafte Erinnerung jedoch würde noch lange in den Köpfen der Bewohner Mooslands eingebrannt bleiben. Die Energie und Leichtigkeit der Jugend, gab den Alten die Zuversicht, dass sich das Leben hier in der Hochebene trotz aller Gefahren lohnte.

Osta und Kilpa umarmten sich voller Begeisterung. Sie hatten etwas Einzigartiges und Kostbares gewonnen und gelernt, wie wichtig es ist, dass einer dem anderen in Notzeiten beisteht.

„Endlich!" Osta klang ein wenig vorwurfsvoll. „Ich warte schon eine ganze Woche auf dich!"

„Wir sind noch so lange bei Bertram geblieben, bis auch das letzte Eichhörnchen geimpft war. Die Seuche ist besiegt und wird auch nicht mehr aufflammen, denn die Grauhörnchen sind weitergezogen, dank Philines Überzeugungskraft. Sie hat angedeutet, dass die Eichhörnchen in Zukunft alle so groß werden wie sie. Das war ihnen dann einfach zu unheimlich", lachte Kilpa.

„Und? Ist sie mit dir mitgekommen?", Osta wagte kaum zu fragen.

„Klar doch!", antwortete Kilpa überglücklich. „Die Eichhörnchen sind zwar jetzt ihre Freunde, aber irgendwie gehört sie nicht so ganz dazu. Und ihre Eltern hat sie nicht gefunden."

„Oh, die Ärmste!", meinte Osta bedauernd, aber er war trotzdem erleichtert. „Ist sie nicht bei dir?" Er sah sich suchend um.

„Nein!", meinte Kilpa ernst. „Sie ist bei der alten Nora, mit ihr versteht sie sich prächtig. Ich wollte heute mit dir alleine reden! Wir sind gestern erst angekommen. Stell dir vor, mit der Pelikanpost", schwärmte er jetzt.

„Gestern schon? Und da kommst du erst heute?", maulte Osta.

„Meine Mutter hat mich nicht mehr weggelassen. Es hat mich heute schon einige Überzeugungskraft gekostet. Sie hängt eh wie eine Glucke an mir", beschwerte sich Kilpa.

„Na, jetzt bist du ja da und ich will endlich wissen, was da genau geschehen ist in Bertrams Zelt."

Kilpa bekam einen hochroten Kopf. „Wenn du darauf bestehst, aber erzähle es ja keinem weiter!"

„Ich habe es doch geahnt, da ist noch mehr passiert als in der Geschichte aus der Fibel. Kannst du zum Heulenstein rüber fliegen?"

„Klar doch! Prima Idee, da sind wir ungestört. Wir treffen uns drüben." Kilpa flog los und war tatsächlich eine Spur schneller als Osta. Sie liefen zum Bootssteg, sprangen in das Boot des Alten und ruderten ein Stück hinaus.

Osta zog eine stabile Lederrolle hervor und öffnete sie feierlich, dabei sah er Kilpa lächelnd an.

„Was hast du da?", wollte Kilpa wissen.

„Das hat Roland für dich gemacht und ich dachte, vielleicht könnten wir es gemeinsam lesen?" Osta sah Kilpa fragend an und reichte ihm die Schriftrolle.

Kilpa öffnete sie neugierig und strahlte.

„Das ist ja die Geschichte von Aron und Elias! Super! Klasse! Und sie gehört jetzt mir?"

Osta nickte.

„Ich habe sie nicht angerührt!", betonte er.

„Natürlich werden wir sie gemeinsam lesen!", sagte Kilpa. „Du wirst staunen! Alle Achtung, dass du so lange warten konntest, bei deiner Neugierde!", grinste Kilpa und begann die ganze Geschichte zu lesen, ohne ein einziges Mal von Osta unterbrochen zu werden:

Die Geschichte von Aron und Elias

Vor gar nicht allzu langer Zeit lebten in einem kleinen Dorf, nahe des krummen Flusses zwei Jungen mit ihren Familien. Sie hießen Elias und Aron. Fast täglich waren sie gemeinsam im Dschungel unterwegs, was nur ganz selten gefährlich war, denn die Großen hatten ihnen alles beigebracht, was sie wissen mussten.

Eines Morgens passierte etwas äußerst Merkwürdiges. Das Steppengras bewegte sich an einer Stelle besonders heftig und das Rascheln der Halme hörte sich fast wie eine kleine Melodie an, zumindest für Aron. Die beiden Jungen entdeckten dann genau an dieser Stelle ein Elefantenjunges an einem Seitenarm des Flusses. Das Junge gab jämmerliche Laute von sich. Während Elias erschrocken stehen blieb, wurde Aron von dem Elefantenkind magisch angezogen und berührte ganz leicht ein Ohr des Tieres. Voller Schreck zog er die Hand wieder zurück. Er hatte ein Knistern gespürt und seine Hand war ganz heiß geworden. Auch der Elefant schien das gespürt zu haben und starrte Aron mit großen, erstaunten Augen an. Wieder gab er klagende Laute von sich, so klang es jedenfalls für Elias, doch Aron starrte fassungslos auf den Elefanten. „Ich weiß auch nicht, wo deine Familie ist, aber vor allem weiß ich nicht, warum ich jedes Wort von dem verstehe, was du sagst."

„Was redest du denn da bloß?", Elias begriff überhaupt nichts.

„Ich verstehe, was sie sagt, als ob sie unsere Sprache sprechen würde", sagte Aron.

„Es ist also eine Sie?", spöttelte Elias. „willst du mich verarschen?"

„Nein, das will ich nicht. Sie heißt Aila, falls dich das interessiert!" Nun war Aron wütend. „Hörst du denn nichts?"

„Doch natürlich, lautes Elefantengeschrei! Und ich finde, wir sollten hier schleunigst verschwinden, ehe Mama Elefant auftaucht!"

„Genau das wird eben nicht passieren, weil Aila hier verloren gegangen ist." Die Freunde stritten noch eine Weile, wobei Aron immer aufgeregter mit den Armen ruderte, dabei kam er dem Elefantenmädchen so nahe, dass er gegen ihren Rüssel schlug.

Aila stieß ein erbostes „Hey!" aus.

„Das habe ich jetzt auch verstanden!", rief Elias aufgeregt. Kaum war Aron erschrocken einen Schritt zurückgetreten, hörte er jedoch wieder nur Elefantenlaute. „Jetzt ist es wieder weg!", maulte er enttäuscht. „Nimm doch noch mal den Rüssel!", befahl er Aron.

Dieser entschuldigte sich bei Aila und berührte sie erneut, wenn auch etwas sanfter als vorher. Mit einem Male funktionierte es. Elias verstand alles, was der Elefant sagte. Aila erzählte von ihrer Herde. Sie hatte getrödelt und Schmetterlinge gejagt und dann waren auf einmal alle verschwunden gewesen.

„Wir werden dir helfen! Du kommst erst einmal mit uns", sagte Aron.

„Bist du wahnsinnig, einen Elefanten mit ins Dorf zu nehmen? Nachdem was die Herde letzte Woche angerichtet hat, würden die Ältesten sie glatt umbringen!", schimpfte Elias.

„Da hast du recht!", stimmte ihm Aron zu und wandte sich an Aila, die ihn ängstlich anstarrte. „Ihr habt die Hälfte unserer Häuser zum Einsturz gebracht und fast ein Drittel unserer Ernte zerstört. Was machen wir bloß?"

„Wenn ihr mir helft, meine Mama zu finden, dann kann ich ihr sicher erklären, dass sie euer Dorf in Ruhe lassen müssen!", sagte Aila und stolz fügte sie hinzu: „Sie ist schließlich die Anführerin der Herde und die anderen tun, was sie sagt!"

„Dann müssen wir jetzt also nur die Elefantenherde finden, die die Ältesten mit so viel Mühe verjagt haben", stöhnte Elias.

„Das könnte Ärger geben!", stimmte ihm Aron zu.

„Was könnte Ärger geben?" Aron und Elias zuckten zusammen. Diese Stimme gehörte Elfie, einem Mädchen aus dem Dorf. Eigentlich trauten sie ihr nicht so recht über den Weg, doch sie hatte den Elefanten bereits gesehen.

„Wir suchen die Mama von dem kleinen Elefanten", erklärte Elias.

„*Super, da helfe ich euch. In unserer Vorratshütte dort hinten ist momentan genug Platz, da verstecken wir sie. Ich passe auf und ihr macht euch auf die Suche.*" *Elfie war ganz eifrig und so ließen sich die beiden Jungen darauf ein. Von der merkwürdigen Sprachverbindung sagten sie ihr aber lieber nichts.*

„*Nehmt doch die Wildpferde, dann geht es schneller!*", *schlug sie jetzt auch noch vor.*

„*Du weißt doch genau, dass das verboten ist!*", *knurrte Elias, dem Elfies Freundlichkeit nicht geheuer war.*

„*Gerade waren ein paar Männer da und haben das Gatter überprüft, da kommt vor heute Nachmittag keiner mehr. Bis dahin seid ihr längst wieder da*", *erklärte Elfie.*

„*Warum hilfst du uns?*", *wollte Aron wissen.* „*Du kannst uns doch gar nicht leiden.*"

„*Man kann seine Meinung doch auch mal ändern!*", *sagte Elfie.* „*Und außerdem will ich dem Elefanten helfen.*"

Aila ließ sich nur mit viel Mühe in die Hütte sperren und auch Aron fiel es schwer, sie zurückzulassen, aber so würde die Suche einfach schneller gehen. Er schnappte sich mit Elias zwei Pferde und sie machten sich auf den Weg.

Elfie grinste den beiden schadenfroh hinterher. Dann rannte sie ins Dorf.

Die beiden Jungen ritten durch die Grassteppe, weiter am Fluss entlang, und schließlich auf das nahe Gebirge zu. Schon tauchten die ersten Hügel auf und das Gelände wurde unwegsam. Von den Elefanten fehlte jede Spur.

„*Das hat keinen Zweck, lass uns umdrehen, eh sie uns im Dorf noch vermissen. Dann kriegen wir richtig Ärger!*", *seufzte Aron.*

„*Ja, gleich, ich will nur noch schnell auf diesen Hügel rauf. Vielleicht kann ich die Elefanten von dort aus entdecken!*", *rief Elias und war schon vom Pferd gesprungen und den Berg halb rauf geklettert.* „*Dieses Biest!*", *rief er wütend.* „*Schnell komm rauf, wir sind erledigt!*"

Aron machte sich erschrocken auf den Weg und entdeckte bald, über was sich Elias so aufregte. „*Diese falsche Schlange!*" *In der Ferne war die Pferdekoppel zu erkennen und man konnte sehen, wie ein paar Männer das Gatter öffneten und losritten. Auf einem Pfosten saß eine kleinere Person und deutete in ihre Richtung.*

„Ich muss sofort zurück!" Arons Stimme zitterte. „Wer weiß, was sie mit Aila gemacht haben.

„Sie werden dich erwischen und dann kannst du ihr auch nicht helfen", sagte Elias. „Ich werde dieser Elfie den Hals umdrehen!"

„Dann werden wir uns eben hier verstecken, bis es dunkel ist", schlug Aron vor.

„Eine gute Idee!", sagte Elias. „Lass uns die Pferde hier hinter den Hügeln verstecken und dann die Berge ein Stück hochklettern, bis wir die Elefanten sehen können."

Und genauso machten sie es dann auch. Schweißgebadet hangelten sie sich über einen Felsvorsprung.

„Da!", flüsterte Elias. „Die Männer sind am Fluss weiter nach Osten geritten. Mein Vater ist dabei, deinen kann ich nicht entdecken. Na, wenigstens haben sie uns verfehlt."

„Prima!", jubelte Aron. „Und genau in der entgegengesetzten Richtung befinden sich die Elefanten, schau doch." Er deutete nach Westen. „Ich reite schnell zurück und hole Aila. Hoffentlich ist Elfie nach Hause gegangen."

„Das schaffst du nie", warnte ihn Elias.

„Ich muss aber, wer weiß, was sie ihr antun. Warte hier und behalte die Elefanten und die Männer im Auge."

„Ok! Wenn du den Ruf des Schakals hörst, bedeutet das, dass die Männer umgekehrt sind."

„Ja, unser Erkennungsruf! Ich werde darauf achten!", sagte Aron und kletterte eilig hinunter und ritt los.

Binnen kurzer Zeit war er bei dem Schuppen angelangt.

„Halt, bleib stehen! Jetzt habe ich dich!" Arons Vater tauchte hinter ihm auf und zerrte ihn ins Dorf zu einer kleinen abgelegenen Hütte. Er schob ihn in eine Kammer mit vergittertem Fenster.

„Dein Verhalten ist unverzeihlich, du bringst das ganze Dorf in Gefahr und unsere Familie in Verruf!"

„Papa, nun höre mir doch bitte zu!", bettelte Aron, doch vergeblich.

„Wir reden morgen! Trink das, du warst fast den ganzen Tag in der Sonne!"

Gehorsam nahm Aron die Flasche, die sein Vater ihm reichte und trank.

„Papa, bitte!", versuchte er es erneut.

„Schlaf jetzt!", sagte sein Vater, verriegelte die Tür und ging davon.

Als Aron erwachte, war es stockdunkel und er fühlte sich schlecht. Das Rascheln des Steppengrases hatte ihn geweckt, und es klang genauso wie in dem Moment, als er Aila gefunden hatte.

Nur langsam begann er sich zu erinnern. Er war im Dorf! Aber hier gab es kein Steppengras, also musste er geträumt haben. Was war bloß mit ihm los? Erschrocken fuhr er hoch, sackte jedoch gleich wieder in sich zusammen. Seine Stirn war heiß und ihm war übel. Doch er musste hier auf alle Fälle raus. Was hatte ihm sein Vater da bloß gegeben und warum. Sein Schädel brummte und die Wut auf seinen Vater wuchs. Es fühlte sich an wie Verrat. Er verstand überhaupt nichts mehr.

Erschrocken fuhr er hoch. Was war das? Ein Geräusch direkt über ihm ließ ihn hochblicken.

„Hey, Aron, komm ans Fenster!"

Mühsam rappelte sich Aron auf. Elias blickte ungeduldig durch das Gitter.

„Wir müssen weg hier! Morgen wollen sie Aila erschießen, sie ist krank und keiner weiß, was ihr fehlt!"

Aron kletterte auf eine Kiste und hielt sich an den Stäben fest. „Wie soll ich denn hier rauskommen? Mein Vater hat mir irgendetwas gegeben, mir ist übel und ich kann kaum stehen. Es ist ja schon Nacht, wir haben so viel Zeit verloren."

„Ja, und zwar noch viel mehr, als du denkst! Du hast zwei Tage geschlafen. Gestern hatte ich Hausarrest und heute habe ich nur gewartet, bis es dunkel war. Aber jetzt müssen wir uns beeilen, deinem Elefantenmädchen geht es nämlich mit jeder Stunde schlechter."

„Was fehlt ihr? Wo ist sie?" Aron sah Elias fragend an.

„Keine Sorge, Aila ist hier. Ich habe sie aus dem Schuppen geholt, was sehr mühselig war, sie konnte kaum gehen. Ich weiß auch nicht, was mit ihr los ist. Aber du siehst auch echt schrecklich aus."

„Danke für das Kompliment, ich fühle mich auch so." Aron spürte, dass er sich nicht mehr lange am Fenster würde halten können. Da kam ihm eine Idee.

„Aila komm her!"

„Du hast leicht reden, sie ist zu schwach."

„Kannst du nicht wenigstens ihren Rüssel zum Gitter bringen?", bettelte Aron verzweifelt.

„Ich werde es versuchen, aber so ein Elefant ist ja keine Maus, auch wenn es noch ein kleiner ist", maulte Elias und schob und drückte, bis der Rüssel am Fenster auftauchte.

„Entschuldige, meine Kleine! Aber ich glaube das wird uns beiden helfen", sagte Aron und griff nach dem Rüssel. Sogleich erfasste die beiden das Kribbeln ihrer ersten Berührung nur in einem vielfach verstärkten Maße. Alles wurde in ein rotes Licht getaucht und pure Energie floss zwischen den beiden hin und her. Nach ein paar Momenten war das ganze Spektakel vorbei. Aron saß erschöpft auf seiner Kiste und Aila war leicht in die Knie gegangen, aber beide sahen deutlich besser aus. Dann stand Aila auf und zog mit ihrem Rüssel am Gitter, das sogleich nachgab und mit lautem Getöse nach außen krachte. Erschrocken blickte Elias sich um, doch bis jetzt schien die ganze Aktivität unbemerkt geblieben zu sein. Aron kletterte heraus.

„Was jetzt?", fragte er.

„Nun, du könntest mir mal kurz erklären, was das gerade war", presste Elias hervor.

„Keine Ahnung!" Aron zuckte mit den Schultern.

„Ich wusste einfach, dass diese Verbindung für uns beide wichtig war. Sie hat unten am Fluss begonnen, als ich Aila zum ersten Mal berührt habe. Und jetzt ist der Bund perfekt. Ich glaube wir wären beide gestorben, du hast uns gerettet."

„Ich verstehe das alles überhaupt nicht", maulte Elias, der sich ein wenig außenvor fühlte.

„Lass uns zu Genese gehen. Vielleicht weiß sie Rat", schlug Aron vor.

„Unsere Heilerin? Aber sie wusste ja auch nicht was Aila fehlte!", sagte Elias.

„*Wir müssen ihr von diesem Bund erzählen. Wir brauchen Hilfe. Wir können Aila nicht allein zu ihrer Herde bringen und solange sie hier ist, ist unser Dorf in Gefahr*", erwiderte Aron.

„*Du hast recht! Vor allem, wenn sie sie erschießen.*" Elias war wieder voller Eifer.

Genese lebte in einem Zelt am Rande des Dorfes. Als die drei ankamen, schlief sie nicht. Sie saß am Feuer und ließ den Rauch von Heilkräutern aufsteigen.

„*Da seid ihr ja!*", sagte sie.

„*Woher wusstest du, dass wir kommen?*", fragte Aron.

„*Die Energie, die du und der Elefant ausgestrahlt haben, war bis hierher zu spüren. Setzt euch und erzählt!*"

Die beiden Jungen berichteten genau die Erlebnisse der letzten Tage.

„*Von diesem Bund haben schon die alten Schamanen erzählt. Ihr könnt froh sein, dass euch Elias in der dritten Nacht zusammengeführt hat, denn sie ist die entscheidende. Eine unvollständige Verbindung hätte euer beider Tode bedeutet.*"

Aron sah Elias erschrocken und dankbar an.

„*Doch jetzt,*" fuhr Genese feierlich fort, „*ist der Bund geschlossen. Aron und Aila - das ist eine besondere Ehre für euch. Ihr seid auserwählt das Dorf und die Elefanten zu retten. Sobald die Sonne aufgeht, spreche ich mit den Ältesten. Wir wollen hoffen, dass sie einsichtig sind!*"

„*Das wird bestimmt nicht einfach!*" Aron klang mutlos und zornig. „*Nicht einmal mein Vater hat mir zugehört. Er hat mich sogar betäubt.*"

„*Urteile nicht zu hart, er wollte dich schützen. Du hättest nie Ruhe gegeben und dich zwischen die Ältesten und den Elefanten gestellt, was deinen Ausschluss aus dem Dorf bedeutet hätte. Dein Vater liebt dich!*"

Aron schwieg beschämt.

„*Mein Vater hat mich nicht beschützt, als mich die Männer gebunden ins Dorf schleppten!*" Elias fühlte sich allein gelassen.

„*In dem Moment konnte er nicht mehr helfen, aber du solltest wissen, dass er den Suchtrupp erst an den Bergen vorbeigeführt hat.*" Genese lächelte. „*Ihr habt starke Familienbande und auch unsere Ältesten sind fair und gerecht. Habt Vertrauen!"*

Genese sollte Recht behalten. Am nächsten Tag wurden Aron, Aila und Elias in die Nähe der Elefantenherde gebracht. Das letzte Stück legte die drei allein zurück, um die Herde nicht allzu sehr aufzuschrecken. Aila erklärte ihrer Mutter alles. Sie war dankbar ihr Junges unversehrt zurückzubekommen. Das Dorf blieb über viele Generationen von den Elefanten verschont, eh die Geschichte in Vergessenheit geriet. Die Familienehre der beiden Jungen war mehr als wiederhergestellt und es wurde ein großes Fest gefeiert. Die einzige unzufriedene Person in diesen Tagen dürfte wohl Elfie gewesen sein. Man trug ihr auf, den Schuppen zu reinigen, in dem Aila eingesperrt gewesen war.

Von der Ferne konnte Aron manchmal die Herde beobachten, aber mit Aila hat er nie mehr gesprochen.

Oft saßen die beiden Jungen zusammen und erinnerten sich an das Erlebte. „Das wäre um ein Haar schief gegangen!", stöhnte Elias in solchen Augenblicken.

„Ja, aber du hast mich und Aila gerettet und dadurch auch unser Dorf, du bist ein Held!", schwärmte Aron dann immer.

„Trotzdem bist du der mit der besonderen Gabe und natürlich Aila", warf Elias dann ein.

„Aber ohne dich wären wir daran gestorben, deshalb braucht jede Geschichte mindestens zwei Helden!", sagte Aron.

Und diesen Satz konnte Elias nicht oft genug hören.

Osta seufzte zufrieden.

„Was für eine schöne Geschichte! Vor allem der Schluss hat mir gefallen! Aber jetzt rücke endlich mit der Wahrheit heraus! Was ist nun mit euch in diesem roten Licht passiert?" Osta lehnte sich zurück und war ganz Ohr.

„Nun zuerst war wieder dieses Kribbeln, aber diesmal wurde alles entsetzlich warm und dann begannen sich unsere Körper auf einmal zu vermischen oder so, ich kann das gar nicht erklären."

Osta blieb der Mund offenstehen, doch er sagte nichts.

Kilpa sprach zögernd weiter.

„Philine hat sich in ein Mädchen mit braunen Haaren verwandelt und ich…" Er brach ab und sah Osta an.

„Und du in ein Eichhörnchen?", Osta wagte kaum zu fragen.

Kilpa nickte.

„Das ist toll!" Osta war begeistert.

„Und du lachst mich nicht aus?" Kilpa sah ihn zweifelnd an.

„Hast du mir deshalb nicht gleich alles erzählt, weil du dachtest, dass ich dich auslache?" Osta schaute Kilpa mit großen Augen an.

„Du bist doch mein Freund und außerdem ist das cool. Du kannst dann noch besser klettern und bist viel schneller. Habt ihr das schon mal getestet?"

„Einmal, aber das rote Licht kommt dann wieder und das ist total auffällig. Außerdem wissen wir noch nicht so richtig, wie es funktioniert, also behalte das bloß für dich."

„Ja, schon klar! Nur die Sache mit dem blonden Mädchen würde mich noch interessieren!", sagte Osta.

Kilpa sah ihn erschrocken an. "Woher weißt du davon, das habe ich keinem erzählt."

„Du vertraust mir ja immer noch nicht." Osta klang enttäuscht und etwas verletzt. „Ich habe gehört, wie du vor dich hin gemurmelt hast an dem Morgen im Zelt, kurz bevor Bertram kam."

„Ja, du hast recht, tut mir leid. Es war ein Traum. Den habe ich immer noch. Anfangs dachte ich eben, ich würde von Philine träumen, aber dieses Mädchen sieht ganz anders aus. Manchmal bittet sie mich um Hilfe. Aber in der Nacht bei den Zwergen im Tal hat sie mir gesagt, dass ich mich beeilen muss."

„Das ist schon sehr mysteriös!" Osta überlegte.

„Wie geht es Lina?", wechselte Kilpa das Thema.

„Och, prima! Sie erzählt jedem ihre Geschichte", sagte Osta. „Und Papa hat die Moorechse besiegt. Jetzt sind wir wieder sicher im Heulensee. Sie feiern ihn wie einen Helden", fügte er stolz hinzu.

„Das sind ja gute Nachrichten! Hast du was von Polkis gehört?", fragte Kilpa

„Ja, er hat sich schon wieder auf den Weg gemacht ins Tal zu seinem Bruder. Er begleitet seinen Vater, der sich nach all den Jahren endlich mit seinem alten König versöhnen wird."

„Das ist eine richtige Sensation nach so langer Zeit!", freute sich Kilpa. „Hoffentlich zieht er dann nicht ganz ins Tal!"

„Das glaube ich nicht. Es könnte höchstens sein, dass sich demnächst hier noch mehr Zwerge ansiedeln", grinste Osta.

„Und damit noch mehr so anstrengende Zwergen-Kinder, wie Polkis!" Kilpa stöhnte lachend. „Ich vermisse ihn richtig, den kleinen Chaoten!"

„Und ich vermisse Philine!" Das war Osta nur so herausgerutscht und jetzt bekam er eine rote Gesichtsfarbe.

Doch Kilpa lachte nur. „Sie fragt auch ständig nach dir!"

Osta wurde noch ein wenig röter. „Wirklich? Ich würde sie so gerne einmal als Mädchen sehen."

„Das lässt sich bestimmt einrichten! Und ich habe noch eine Überraschung für dich", sagte Kilpa.

„Was ist es denn?" Osta war aufgestanden und hatte dabei vergessen, dass sie ja im Boot saßen. Platsch machte es und er ging über Bord.

„Geht das schon wieder los!", maulte Kilpa und wischte sich die Wassertropfen von den Flügeln. „Kannst du denn nicht aufpassen?"

„Tut mir leid!" Osta kletterte zurück ins Boot. „Und?"

„Was und?" Kilpa schaute fragend.

„Na, die Überraschung!"

„Ach so! Philine kann jetzt auch unsere Sprache sprechen, wenn sie nicht mit mir in Verbindung steht", erklärte er freudig.

„Das ist ja riesig!" Osta wäre fast wieder aufgestanden, wenn Kilpa ihn nicht in den Sitz zurückgedrückt hätte.

„Stell dir vor, es waren tatsächlich die Hochländer, die das Feuer gelegt haben!", fiel Osta jetzt ein.

„Ja, ich habe davon gehört!", sagte Kilpa traurig. „Aber deine Cousine Ruth-Anne trifft keine Schuld."

„Nein, sicher nicht, aber es hat sie trotzdem ganz schön getroffen. Irgendwie hatte sie es ja eh schon die ganze Zeit geahnt", sagte Osta. Kilpa nickte zustimmend.

„Ich muss zurück, bevor meine Mutter Alarm schlägt. Wenn sie wüsste, dass ich gerade mitten im Heulensee bin, oh weh!"

Sie ruderten zurück und banden das Boot ordnungsgemäß fest.

„Wir treffen uns am anderen Ufer!", rief Osta und sprang ins Wasser. Diesmal war er schneller. Als Kilpa angeflogen kam, deutet er Richtung Grashügeldamm.

„Sieh` mal, wer da kommt!"

Kilpa blickte in die Richtung. Ruth-Anne und Arpox kamen auf sie zu und da war noch jemand bei ihnen.

„Aber, das ist doch gar nicht möglich!" Kilpa murmelte vor sich hin und starrte fassungslos in die Richtung der Ankömmlinge.

„Was ist denn los?" Osta sah ihn irritiert an.

„Das ist sie!" Kilpas Stimme klang dünn.

„Ja, das ist Ruth-Anne, aber…" Osta verstand nicht.

„Nein, sie ist es, das Mädchen aus meinen Träumen!"

Ruth-Anne trat vor. Sie hielt schützend ihren Arm um ein Mädchen mit hellblondem Haar und strahlend grünen Augen.

„Darf ich euch unsere Tochter Luisa vorstellen?" Ruth-Anne strahlte und wirkte viel gelöster. „Wir sind unterwegs zu deinem Vater, Osta!"

„Ja, äh, er ist zuhause!", stotterte Osta.

„Ich will ihm endlich meine Familie vorstellen, er war immer gut zu mir und hat mich so akzeptiert, wie ich bin."

Kilpa sagte gar nichts, er starrte nur Luisa an!

Diese war kurz stehen geblieben, um die beiden Jungs zu betrachten. Sie zwinkerte Kilpa zu.

„Wir sehen uns!", sagte sie lächelnd. „Bis bald!" Dann ging sie zügig hinter ihren Eltern her.

„Das kann ja interessant werden!", sagte Osta.

„Wie meinst du das?", fragte Kilpa noch reichlich abwesend.

„Nun, weil ich mir einen tollen Freund ausgesucht habe. Du kannst mit Tieren reden, der Melodie des Windes folgen und bist im Traum mit einem wunderschönen Mädchen verbunden", schwärmte Osta.

„Denk an die Geschichte von Aron und Elias und an unsere Erlebnisse. Ohne so einen Freund wie dich, der an all das glaubt, hätte ich nie die Kraft gehabt für die ganzen Abenteuer", sagte Kilpa.

„Nun, ich glaube, da kommt noch viel mehr!", grinste Osta. Er winkte Kilpa zu und trollte sich Richtung Heulensee.

Auch Kilpa machte sich auf den Heimweg. Hatte sie ihn erkannt? Träumte sie auch von ihm? In Not schien sie im Moment nicht zu sein. Kilpa versuchte die wirren Gedanken aus seinem Kopf zu verbannen. Er hatte schließlich einen einzigartigen Bund mit einem Eichhörnchen oder mit einem kecken Mädchen mit braunen Haaren, je nachdem, wie man die Sache betrachtete. Für ein neues Abenteuer war er jetzt noch nicht bereit.

Mit zügigen Schritten traf er am Platz der großen Eiche ein. Alles fühlte sich so gut an. Moosland und die Eichhörnchen waren gerettet.

Vieles hatte sich verändert, auch er. Eine seiner Kinderfedern landete sanft neben ihm auf dem Boden. Die würde er nicht wegwerfen.

Der Wind holte die gelben Blätter von der Eiche und sie sangen dabei jene Melodie, die Moosland noch lange beschützen würde.

Ende (fürs Erste)

Personen und Tiere Mooslands

Moosflieger

Kilpa, 13 Jahre, kann gut klettern, abenteuerlustig

Pami, 16 Jahre, Kilpas Schwester, verliebt in Kalei, fliegt wahnsinnig gut

Sikko, Kilpas Vater, hört sehr gut

Jola, Kilpas Mutter, glaubt an den Geist der Zeiten

Kalei, verliebt in Pami, Enkel von Nora

Nora, hat Visionen, Oma von Kalei

Arpox, Fluglehrer

Ruth-Anne, geheimnisvoll, Feuerexpertin

Andreas, hat seine Frau im Feuer verloren

Tobias, Andreas Sohn

Tatjana, hat beide Eltern im Feuer verloren

Rudolf, Verletzter

Carina, Rudolfs Frau

Cäsarius, Chef der Moosflieger

Franko, ein Rädelsführer

Harry, Moosflieger der ersten Gen,eration

Tiere im Hocheichenwald

Lotte, ein Wildpferd, wurde von Nora als Fohlen gefunden und aufgenommen

Ein Baummarder, hat eine feine Nase

Antilope, flieht aus der Steppe vor dem Feuer

Dreihornmufflons, eigentlich ganz sanft

Moostaucher

Osta, 13 Jahre, ein treuer Freund von Kilpa

Zacharias, Ostas Vater

Lina, Ostas Schwester

Tiere am Heulensee

Philine, ein Eichhörnchen

Oskar, der Kammmolch, wurde von Kara gerettet

Moorechse, gefährlich, treibt im Heulensee ihr Unwesen

Biber, meistens grantig

Waldzwerge in der Hochebene

Alfred, der Flusswächter, 313 Jahre, hat Siebenlinge

Waldtraud, Frau von Alfred

Polkies, 8 Jahre, liebenswertes und einfältiges Kind von Alfred

Kali, Sohn von Alfred

Tina, Tochter von Alfred

Ida, Tochter von Alfred

Mattes, Sohn von Alfred

2 weitere Zwergenkinder ohne Namen

Waldzwerge im Pelikantal

Alfred der Zweite, Sohn von Alfred
Burgundis, seine Frau
Herrmann, sehr klug, glaubt an den Geist der Zeiten
Roland, Bibliothekar
Zorfan, böse, gierig
Zwergen König, schon alt, regiert nicht mehr

Tiere im Tal

Esmeralda, Pelikandame für Transporte aller Art
Elster, diebisch
Seeadler, gefräßig
3 Hunde, gehören den Forschern

Forscherteam

Bertram, Leiter des Teams
Julijana, seine Frau
Gisa und Paul, seine Kinder
Günther und Thomas, Forscher, Besitzer der drei Hunde

Menschen (Großmoosler, Moosriesen)

der Alte, Bösewicht, jagt die falschen Lebewesen

Kara, seine Tochter

Hubert, ein Wachmann

der Bärtige,

junge Frau,

alter Mann und noch so einige

und der Geist der Zeiten

Maßeinheiten

1 Eichenlänge:	50 m
1 Eichel:	3,5 cm
1 Schatteneinheit:	1 Stunde
1 Karpfenlänge:	50 cm

272

Danke!

Danksagungen sind vielleicht ein wenig langweilig und dennoch wichtig.

Abenteuer besteht man nicht allein, das haben Kilpa und Osta schnell begriffen.

Und auch wie gut es tut, öfter mal „danke" zu sagen.

Ein Buch zu schreiben ist ebenfalls ein großes Abenteuer, das man gewiss nicht allein bestehen sollte.

Deshalb:

Danke mein lieber Mann, du musstest oft rutschen, wenn ich stundenlang vor dem Computer saß und nicht ansprechbar war.

Danke Alexander, dass du mir einen Weg gebahnt hast durch den Dschungel der Schreibprogramme und stets meine verrutschten Texte gefunden hast.

Danke Claudia und Herby. Vom Anfang bis zum Ende habt ihr mir beigestanden, habt nachgefragt und seid mir auf die Nerven gegangen, wenn es nötig war. Ihr habt das Korrektorat und Layout übernommen.

Danke Marianne, Beate, Iris und Carola. Eure Begeisterung hat mir Mut gemacht mit dem Buch bis ans Ziel zu gehen. Danke Marianne für die entscheidenden Hinweise.

Danke Ruth-Anne, dass du deinen Namen zur Verfügung gestellt hast. Er steht jetzt für alle Zeiten für die Verbindung zweier Völker.

Danke Linda, dass du dich auf das Wagnis eingelassen hast. Ohne dich und deine Bilder wäre die Geschichte ein großes Stück leerer. Du führst den Lesern die Figuren und Landschaften vor Augen.

Danke an alle, die im Kleinen da waren und mit manchem Satz viel verändert haben.

Danke an alle meine Leser, dass ihr euch auf gemacht habt nach Moosland. Ich hoffe, dass wir uns dort einmal wieder sehen.

Karte von Moosland

Moosebene

Gras-
hügeldamm

Großer
Wald

Heulensee

Menschendorf